嫵妹當道 3

朱弦詠嘆 著

文創風 337

風文創 337

目錄

第三十二章　情投意合

蔣嫵得到文達佳琿稱帝的消息時，正被趙氏強迫著喝一碗鯽魚湯，已有四個多月身孕的蔣嫵已經顯懷。

卻說她上次私自離家，回到家中反倒是霍十九被霍大栓罰跪了豬圈一整日，她竟沒有受罰，還得到了更加的優待。問過才知道，原來是她前腳出門，霍十九得了信後就立即寫了家書告知父母，蔣嫵是被他接走的。

霍大栓見霍十九這般不懂事，怒不可遏，當場差點就拎著鋤頭去追隊伍了，好在有趙氏阻攔著，霍十九回來後便被狠狠地罰跪了。

蔣嫵到如今，想起霍十九鐵青著臉、跪在豬圈裡滿身臭氣時的樣子，都還覺得又心疼又好笑。禍是她闖，卻是他受罰，她心裡哪裡過意得去？

「嫵兒，妳爹那兒妳也不必擔憂，阿英說了，皇上親自安排了杏林聖手去醫治他的腿傷，定然不會有事的。」

「我知道，娘。」蔣嫵將空碗交給身後侍立的冰松。「只是我娘那裡，這些日我瞧她悶悶不樂的，還請娘有空的時候多開導開導她，畢竟我是晚輩，有些話也不好說出口。」

趙氏笑道：「我知道，我回頭就去與她說。我看妳的胎象也穩了，最近也不是吃什麼吐什麼了，心中當真是安慰。」

蔣嫵就笑著與婆婆和小姑又說了一會兒體己話。

離開上房往瀟藝院去的時候，聽雨和冰松二人小心翼翼一左一右攙扶著，冰松道：「夫人，明兒個英國公府的宴會，您還是不要去為妙。天寒地凍的，您身子又重，萬一去了有那不長眼的奴才衝撞了您，對您可不好呢。」

「侯爺也是這麼說。」蔣嫵笑著掐了掐冰松白嫩的臉頰，笑道：「知道妳們都關心我。」

冰松紅著臉道：「我自小跟著夫人在一塊兒，如今能有幸媵嫁，是三輩子修來的福氣，自然感恩戴德，全心全意為了夫人著想。只不過我想得再多，也不及侯爺對夫人的一片心啊。您看侯爺對您，真可以說是百依百順，您不知道後院裡那些姨娘們多羨慕。」

聽雨也笑著道：「昨兒採蓮又來太夫人處回，說是苗姨娘又病了。」

「是嗎？自咱們從錦州回來，苗姨娘已經來報過六次病了。她們也怪可憐的，郎中去看過了嗎？」蔣嫵問。

「周大夫早就去瞧過了，說是無大礙，就是不好生吃飯睡覺，自個兒折騰出來的，可苗姨娘偏說周大夫治得不好。」聽雨哼了一聲，不屑地道：「周大夫連蔣大人截肢那樣大的病都能治，如今蔣大人還好好的，醫術之高明足以見得，難道就能看錯了苗姨娘？夫人，我看她們分明就是賊心不死！」

「其實她們都是侯爺的妾室，也是名正言順可以伺候侯爺的，到底是我欺負了她們。」

「算什麼欺負？夫人好吃好喝供養她們，她們什麼都不用做就錦衣玉食，難道還要求夫人將侯爺也分給她們？夫人對她們已經夠寬厚了。」

說話間，三人回到瀟藝院，誰知還沒到門口，遠遠就看到一人在院門前來回踱步。

那人身材頎長，穿了一身淡灰色的夾襖，披著件石青色獾毛領子的大氅，正搓著手轉過身來。那張與霍十九有五分相似的年輕臉龐上，是掩不住的憂慮。

是霍廿一。

蔣嫵稀奇地眨眼。自上次她說了霍廿一之後，她的小叔就將自己關進房裡更加苦讀起來，雖然對她不是很熱情，但也從來沒有惡言惡語，可見他也並非是完全是非不分的人。

對於這個年紀大了她六歲的小叔，蔣嫵其實也並不討厭。

笑著上前，蔣嫵溫和喚道：「阿明，找你大哥嗎？他現在還沒回來呢。」

「大嫂。」霍廿一先給蔣嫵行禮，年輕俊秀的臉上有些靦覥之色。「我可以在大嫂這裡坐坐嗎？」

蔣嫵雖然詫異，但霍家人都十分厚道，且重親情，平日裡對親人都很好，便笑道：「當然可以，阿明能來，你哥哥也會喜歡的。」

蔣嫵注意到提起霍十九的時候，霍廿一的眉頭挑了一下。還是不喜歡？

二人一同到了瀟藝院的明廳，蔣嫵解了披風遞給聽雨收好，裡頭穿著淡紫色葡萄紋纏枝的褙子，將她小腹隆起的身形勾勒出來。

她扶著腰，慢慢在臨窗的暖炕上倚著淡藍色錦繡靠背坐下，又接過聽雨遞來的小巧暖手爐抱著，這才對坐在黃花梨木雕花小几另一側的霍廿一笑著道：「最近很少看你出來走動，爹娘說你在苦讀用功，打算參加明年的秋闈？」
「是，三年前我名落孫山，就發誓苦讀，此番一定要中舉。」
蔣嫵笑道：「你可以的。」
霍廿一也彆扭地笑了一下，這才又笨拙地尋找新話題，問了蔣嫵平日裡做什麼消遣，又關心了她的身子。
話題東拉西扯的，蔣嫵就覺得霍廿一肯定是有事不好開口。不然平日不登門的人，如今突然來了，還跟一個不怎麼熟悉的長嫂扯這樣多的閒話……
思及此，蔣嫵故作疲態，端了茶。
霍廿一焦急地別開眼，佯作沒看見，咳嗽了一聲，彆彆扭扭地道：「大嫂，妳說蔣大姑娘前兒起就回了妳娘家去給親家老爺侍疾了，會不會有什麼事？」
蔣學文的腿截肢之時，著實危險。直到脫離危險，他們才都鬆了口氣，其間蔣嫣回去伺候了一段日子，頭些日趁著蔣學文才好些就回了霍府，誰知前天晚上蔣學文就吩咐人來將蔣嫣接了回去，說是身邊沒有個女兒照看不成。
蔣嫵奇道：「姊姊是回家裡去，哪裡會有事？」察言觀色，見霍廿一鼻尖冒汗，臉上脹紅，就越發好奇了。「阿明，你怎麼了？」
霍廿一抿著唇，突然起身撩袍向蔣嫵跪下了。「大嫂！」
蔣嫵被嚇了一跳，忙要起身攙扶。
霍廿一卻不起身。「大嫂，妳先看看這個。」說著從懷中掏出一封信遞給蔣嫵。

蔣嫵接過一瞧，信封上娟秀的小楷十分眼熟。打開信封，信上的字更讓她確定了。「是我大姊的信？」

「是。」霍廿一連連點頭，蔣嫵一面看信的時候，他已經開始解釋。「嫣兒信上說，被蔣大人派人接回去後就被軟禁起來，不許出門，還說往後再不能相見，蔣大人還要將她許配給別人。」

蔣嫵聽著他的話，一目十行地掃了一遍信上的內容。

信的確是由蔣嫣親筆所寫，自小到大，蔣嫵心目中的大姊一直都是溫柔穩重、持家有方的家長，在父親被下詔獄的那段日子，娘撐不起來、想不到的，都給大姊想到了。

她那樣的人，想不到也有如此兒女情長的柔弱一面。

信上的內容大致意思就是告訴霍廿一，她爹不同意他們兩個的事，非但不同意，還將她關了起來，說要立即為她找個婆家。

蔣嫵收好了信，遞還給霍廿一。「阿明，你與我大姊是如何好起來的？」

霍廿一被問得臉色通紅，依舊端正跪著，話卻是結結巴巴不成個句子。「我、我們……」

不必說，一定是日久生情。

畢竟唐氏帶著蔣嫣和蔣嬌在霍家住著也有一段日子了。

「我姊姊大我三歲，過了年就二十了，你不介意？」

「不，我當然不介意。若說年齡，我還大了嫣兒三歲，且嫣兒這樣有才情的女子，當真是我平生所見的第一人。大嫂，我對嫣兒是真心的。」

蔣嫵心裡歡喜，雖然霍廿一曾經也有孩子氣的一面，可男人哪裡有不像孩子的？霍廿一儀表非凡，又有抱負、有思想，懂得孝道。雖說他還未有功名，可他才二十二、三歲，還有時間可以努力，難道都要求旁人和霍十九一樣年紀輕輕就金榜題名？

而且蔣嫣這麼多年，一心一意為了家裡好，很少有屬於自己的生活，如今少女情竇初開，遇到了一個良人……

蔣嫵是打心底裡為蔣嫣高興。只不過，現實是殘酷的，在他們之間劃了一道無法逾越的鴻溝。她太瞭解蔣學文了，他一定是寧可將女兒當柴火燒了，也不肯再送進霍家一個的。

蔣嫵沈思片刻，將霍廿一攙扶起來。「你的心思我知道了。」

「可現在該如何是好？」霍廿一焦急地道：「我知道蔣大人的脾氣。依著大燕朝的規矩，相貌儀表不好的都不許入朝為官，蔣大人如今斷了一條腿，仕途已經走到盡頭了，就算皇上給了豐厚的賞賜，可到底是壯志難酬。他如今心情正不好，又發現了我與嫣兒的事，我看他是斷不可能答應我們的。」

「你說的是，不過這件事或許你大哥他會有法子。」

「大嫂，妳暫且先別與大哥說。」霍廿一臉上已經是紅透了，彆扭地道：「我不想求他。」

蔣嫵感到好笑，難道還有人比霍十九在小皇帝面前更能說上話的嗎？霍廿一來說這番話，為的不也是因為霍十九能夠幫忙？

蔣嫵卻不想戳破他，只笑著道：「好，那我明兒就回家去看看，正好我也要去看看我爹。」

霍廿一聞言，掃地一揖。「大嫂，多謝。」

她笑得毫無芥蒂，彷彿從前的不愉快都沒有發生過，讓霍廿一臉上更紅了，誠懇地道：

「自家人，何必客套。」

「大嫂，妳是好人，嫁給我大哥的確是委屈了妳，從前小弟有失禮的地方，請大嫂不要見怪。」

蔣嫵素來豁達，哪裡會計較過去的事。「阿明不必如此，過去的事情都過去了，再者，一家人哪裡需要說兩家話了？你若當我是嫂子，這些事就讓它揭過去吧。」

霍廿一十分感動，其實當初與蔣嫵在吃飯的時候拌嘴，一則因為他生霍十九的氣，二則也是因為對她並不瞭解，到如今看著她的為人行事，又見她是真心實意地在孝順父母、照顧他與霍初六，霍廿一對她的印象早就改觀了。

將信貼身揣好，霍廿一就拱手告辭了。

蔣嫵原還在猶豫要不要與霍十九商議，只是當晚霍十九身邊的長隨四喜回來傳話，說是霍十九在外頭有事，許是回來得晚，讓夫人早些休息不必等他。

蔣嫵為了腹中的孩子著想，也不會熬夜損壞身子，就如往常那般時候到了就歇下。

半夜裡睡得正熟，就覺得有一雙手臂從背後摟住了自己，溫暖的大手輕撫她的小腹，又有柔軟的唇碰觸她的臉頰，愛憐又疼惜的撫摸，讓她感覺自己是世上最幸福的女子。

蔣嫵知道是霍十九回來了，只是她實在太累太睏，眼皮都似抬不起來，只咕噥著抱住了他的手臂，更加靠近他懷裡睡了。

次日睡到自然醒時已是日上三竿，霍十九早就出門去了。

蔣嫵一面吃早飯，一面問昨日上夜的冰松。「昨兒侯爺什麼時辰回來的？」

「回夫人，侯爺是丑正回來，寅時三刻出去的。」

蔣嫵蹙眉。「才睡一個時辰，他也不打算要他的身子了。」

「侯爺也是公事繁忙。」

蔣嫵何嘗不知道霍十九有多忙？因蔣學文傷了，錦州地區的知府人選還暫缺，所有擔子就都落在錦寧侯一個人身上。畢竟是被金國占領了五十年的地界，又是那樣大的兩個地方，要管理出個章程也不是一朝一夕就能做到的，更何況霍十九還有那樣的名聲在外，行事自然就更加艱難了。

蔣嫵心疼他的操勞，可也不會阻攔他。哪裡會有唾手可得的成功呢？男人有自己的夢想，知道自己該做什麼，她覺得是好事，應該支持。

「妳們都預備好藥膳和補湯，今兒個起就常備著。」

聽雨與冰松相視一笑，行禮道是。

蔣嫵去給趙氏、唐氏都問過安，又與唐氏和還留在霍家的蔣嬌說了一會兒話，就吩咐人預備軟轎，啟程回帽檐胡同。

她禁不起顛簸，坐轎子倒是可以免了這個擔憂，只不過霍府距離帽檐胡同的蔣府有些遠罷了。

兩組轎夫輪流換班，回到帽檐胡同的蔣家時已經是午後。

聽雨和冰松一人打起轎簾，另一人扶著蔣嫵下轎。

蔣嫵抬頭時，正看到牆上和門廊上的積雪，還看到巷口大柳樹上的冰掛，心裡卻是溫暖的。

這樣的景色，她已經看了好多年，如今離開家，霍家成了她的家，她到底對這個不甚寬敞的院落有些依戀和想念。

聽雨去打門環，來應門的是銀姊，一看到聽雨身後錦衣華服的蔣嫵，歡喜得嘴都合不攏，急忙讓小丫頭進去回話，親自引著蔣嫵進門。

蔣嫵吩咐冰松帶著轎夫去安頓，才到了院裡，正瞧見穿了一身淺綠色對襟直裰的蔣晨風焦急地從書房撩簾出來。

「三妹！」

「二哥。」

蔣嫵笑著道：「多日不見，二哥一向可好？」

「我好著呢，倒是妳，我怎麼看妳臉色不大好？」蔣晨風又看到蔣嫵在寬大披衣之下若隱若現隆起的小腹，有些不自在。「快進來說話吧，妳身子不好，可不要著涼了。」

進了前廳，銀姊上了茶，蔣嫵卻說要吃羊奶，銀姊忙歡喜地連連點著頭去預備。

蔣嫵就問蔣晨風。「怎麼不見爹呢？」

「爹今日有事出門了，才走了不多時呢。」

蔣嫵驚奇地道：「爹的腿傷都還沒好利索，出去做什麼了？再者爹如今已經不是朝廷命官了，他那麼拚命是做什麼？」

「爹的性子妳還不知道嗎？」

是啊，正是因為知道蔣學文的性子，蔣嫵才更加擔心蔣嫣。

「二哥，大姊呢？她不是回來侍疾嗎？怎麼也沒見她。」

蔣晨風在蔣嫵提起蔣嫣時，臉上就已經像是被點燃了一般燒得厲害，他並非是一個善於說謊的人，更何況要說謊的對象是從小一起長大的三妹。

「喔，大姊說是擔心父親的身子，今日起要在房中唸經打坐，三妹不要去打擾大姊才是。」

蔣嫵一見蔣晨風的表情以及說話時吞吐的樣子，就已經能夠確定霍廿一給她看的信所言不虛。蔣嫵的心思開始沈重，但是在蔣晨風面前也不好直接說穿讓他難看，只得與蔣晨風閒聊著等蔣學文回來。

用飯時，蔣嫵問：「大姊怎麼還不出來，難道飯也不吃了嗎？」

蔣晨風咳嗽了一聲道：「是這樣，是大姊說要唸什麼經書多少次，要是臨時中斷就不靈了。」

「喔，是這樣啊。」蔣嫵聲音拉長，語氣十分調侃地道：「二哥，你與我說實話，咱爹與大姊到底怎麼回事？」

蔣晨風滿心都是不情願，自然不好將父親的事洩漏出去，畢竟蔣嫵現在可是姓霍的。

「三妹不必擔憂，大姊就是要為咱爹祈福才要打坐唸經的。」

蔣嫵平靜地撐頤看著蔣晨風，如今真實情況已經是心知肚明，只是到底是自己的二哥，為了留著體面也不好戳破這層窗戶紙。

蔣嫵就與蔣晨風閒聊著，一下午時間過得極快，眼看著就華燈初上了。

蔣嫵道：「眼看著要宵禁了，我們也要走了。」

蔣晨風陪著蔣嫵一下午，要時刻對付蔣嫵的精明與說話的一針見血，著實是一件辛苦的事，現在她自己提出告辭，蔣晨風自然不會阻攔。

離開了娘家，蔣嫵坐在轎子中抱著精緻的黃銅暖手爐發呆，心裡浮現的都是大姊那張漂亮的臉和她平日裡高潔的神韻。

再想想霍廿一，也許是看著霍十九太順眼了，蔣嫵覺得霍廿一能夠有五分像霍十九，已經是他的榮幸，霍廿一也是儀表不凡，與大姊當真是一對。

蔣嫵絞盡腦汁，在想這件事到底要如何解決之時，迎面突然來了一人一騎。

蔣嫵吩咐停轎，撩起簾子去看，來人正是小皇帝身邊的景同。她心頭一跳，先客套地給景同行了禮，才問：「景公公，不知道您此番是來找我，還是找我們家裡人的？」

「回夫人的話，奴才是來給您傳一句皇上的口諭。」景同語氣稍緩，道：「皇上說，讓您立即進宮去將您家男人弄出來。」

「什麼？」蔣嫵一時間有些反應不過來。

「侯爺如今在皇上的御書房休息，無礙的。只是……哎，夫人您去看看就知道了。」

「好，那我馬上啟程。」

蔣嫵是由景同引路入宮的，到了宮中直奔著御書房去了。

她在門外等候，自然是先由景同進去回了話。小皇帝聽聞蔣嫵這樣快就趕來有些詫異。

「都這會兒了，你還裝個什麼，朕連姊姊都給請來了，你還打算繼續裝昏下去嗎？」小皇帝無奈道。

躺在榻上的霍十九眼皮動了動，半晌沒有反應。

蔣嫵見霍十九還不起來，因不知道到底怎麼了，以為他是受了什麼傷而暈倒，不免心急如焚，臉色變了變，焦急地問小皇帝。「皇上，阿英到底怎麼了？皇上英明，是明君，定然不會忍心眼看著孕婦焦急吧？」

「姊姊，妳就是不誇朕，朕也不會將英大哥如何的。」小皇帝臉上是頑皮的笑容，說明了一番。

下午時，蔣學文焦急地到了御書房進言，告了霍十九一狀，言簡意賅地表達霍家人又開始在覬覦蔣家的女兒，還說再也不能允許蔣家的女兒被霍家人糟蹋了。

蔣嫵聽得目瞪口呆，原來她在家中白等了一整日的工夫，父親竟已進宮先告狀了！

看向霍十九，小皇帝自然地道：「英大哥是蔣愛卿一拳打暈的。」

一拳打暈一個人的力氣，蔣學文從前全盛之時尚且不能，何況這會兒他還瘸了一條腿？

蔣嫵終於明白霍十九裝昏的原由。

她也是昨兒個才從霍廿一那處得知了蔣嫣與他的事，霍十九可是全然不知情，好端端的就被蔣學文在御前告了一狀，說霍家人又要糟蹋蔣家女兒，他聽了大概滿頭霧水吧。在不知具體情況的時候，最好的辦法就是按兵不動，免得事情繼續發展下去有可能會壞事，裝昏無疑是最佳辦法。

蔣嫵忍笑扶著腰走到床畔，掐了霍十九的人中。「阿英，你還不醒醒？」

霍十九噗哧一笑，張開眼，笑望著蔣嫵與小皇帝。「我是頭暈得很。」

小皇帝道：「他到底也是下了重手的，英大哥沒事吧？要不要請御醫來瞧瞧？」

霍十九起身，揉了揉太陽穴，又給皇帝行了大禮。「還請皇上恕罪，臣並非有意如此，實是因情勢所迫。」

「朕知道，英大哥也是急中生智，沒辦法，蔣愛卿一來就嚎啕大哭，好像英大哥如何欺負了他似的，連朕都滿頭霧水的。」看向蔣嫵，小皇帝道：「姊姊，到底是怎麼回事？」

蔣嫵已經明白其中細節了。只是這畢竟是霍家的家務事，到底要不要讓皇帝知情，還要看霍十九的意思，便沈默著沒言語。

小皇帝見她這般，無奈地道：「姊姊莫非還有什麼顧慮？難不成是英大哥還看上姊姊的姊妹要搶來做妾？」眼角餘光瞥向蔣嫵的肚子。

蔣嫵臉上紅透，不自在地別開眼。

霍十九無奈地道：「皇上，您都在想什麼呢，哪裡有的事？嫵兒，妳知道些什麼但說無妨，在皇上這裡無須隱瞞，畢竟所謂的『家醜』……我連被老丈人揍這麼丟人的事都經歷了，還有什麼更丟人的？」

話音方落，小皇帝就哈哈大笑起來。

蔣嫵也覺得好笑，略微整理思路，就將蔣嫣與霍廿一情投意合、蔣學文不允的事大致說了一遍。

小皇帝聞言沈吟。「這可真叫朕為難了。一方面是英大哥的弟弟，另一方面又是蔣愛卿的女兒，蔣愛卿一心為國，他若真只是求朕的一句恩旨，朕若不允也未免太不近人情，可是若允了，豈不是成了棒打鴛鴦？」

「不只如此。」蔣嫵面色憂慮地道：「皇上不知我姊姊的性子，她如今已經被我爹關了起來。要知道她與我不同，我是離經叛道慣了，爹娘都拿我沒轍，她卻是正經的溫婉才女、書香門第的閨秀，她那樣重孝道、對爹娘的話從不忤逆的人，都能將爹氣得把她關起來，可見這件事對於她的影響之大。若是皇上真的發了話，我爹將我姊姊另嫁他人，恐怕不論是誰家，迎到的也只能是一具屍體罷了。」

蔣嫵並非危言聳聽，蔣嫣是烈性女子，她當真是做得出那樣的事。

霍十九也擔憂起來。「且不說姨姊，阿明是我的弟弟，我最清楚，他若是不能完成心願，恐怕……最好的結果就是青燈古佛吧。他的婚事，著實是因為我才耽擱了。」

小皇帝面色凝重。「既如此，朕就只能想法子拖延了，這樣，朕給你們五天的時間，你們家人的親事就你們自己去作主，這五天，朕想辦法不見蔣愛卿，等五天後再決定。到時候若你們還不能想出辦法，朕就只能給忠臣一個恩典了，畢竟蔣愛卿為了國家犧牲太多，今日又求到朕的跟前。」

這已經是最好的結果了。蔣嫵與霍十九都齊齊行禮。

商定了這件事，小皇帝才道：「如今朕在宮裡已經有了自己的人，錦州那邊的事情也解決了，英大哥身邊不能沒有可靠的護衛，所以朕決定讓曹玉回錦寧侯府去，當值的時候入宮來即可。」

小皇帝揚聲喚人去請曹玉。

曹玉不多時就來了，見蔣嫵與霍十九都在，略有驚訝，給小皇帝行禮，細聲細氣地道：「皇上。」

「你往後還是繼續保護英大哥，俸祿照發。你記得，如今你也是朝廷命官，忠君是你的本分，朕吩咐你保護英大哥，你就一定要做到。」

「是，臣謹記。」曹玉再次給小皇帝行禮。

離開御書房，霍十九小心翼翼地扶著蔣嫵走向軟轎。「還折騰妳入宮一趟，真是我的不是。妳可有不舒坦？」

「哪裡就那麼嬌弱了，你別忘了，我可與尋常女子不同，郎中百般說什麼胎象不穩，我還偏偏不信我連個孩子都帶不住。」

「是是是，妳最偉大。仔細腳下。」霍十九扶著她上了轎，這才與曹玉上了代步的小馬車。

馬車為配合蔣嫵軟轎的速度，走得很慢，就那麼一路慢慢地回了霍府。

站在大門前，蔣嫵笑著對曹玉道：「墨染可算回來了，我也能放心了。」

曹玉認真地道：「夫人大可放心，我會保護您與爺的安全。」

霍十九笑著拍了一下曹玉的肩膀。「你的屋子沒動，一切還照舊。」

「好。」曹玉微笑。

蔣嫵與霍十九回了瀟藝院，盥洗更衣之後，蔣嫵穿著寬鬆的楊妃色夾襖，躺在已經用湯婆子焐熱的軟榻上，擔憂地問：「阿英，你說咱們該如何是好？你是不是該去看看阿明？」

霍十九略有些猶豫。他們兄弟自幼親厚，形影不離，他是最瞭解霍廿一的性子，這種事原本該與大哥說的，他卻去求蔣嫵，可見在霍廿一心目中，他這個大哥有多可恨、多不稱職。

蔣嫵見霍十九垂眸不語，雖表情如尋常那般雲淡風輕，以她的瞭解，自然知道霍十九內心的鬱結。霍十九是個很重視家庭的人，否則這樣好的一個宅院，也不會容忍霍大栓將之變成農莊。在外頭讓人聞風喪膽、可使小兒止哭的霍指揮使，若非珍惜家人，也不會允許自己的手足當面對他不恭不敬。

霍十九，總歸還是個很顧家的男人。

蔣嫵撫著隆起的小腹，很是滿足地看著霍十九，突然，她感覺到小腹處被什麼撞了一下，並不很重，卻因為來得突然，讓蔣嫵禁不住吸了口氣。

「怎麼了？」霍十九原本還在猶豫是否要去看霍廿一，聽到蔣嫵驚喘，嚇得臉色煞白，立刻來到她身旁。

蔣嫵摸著肚子，又感覺到一下輕微的震動，張口結舌地道：「阿英，我好像、好像感覺到了他在動！」

霍十九先是一愣，隨即俯身以耳貼著她腹部隆起處，當真聽到了一些動靜，甚至感覺到了輕微的動作。這些日他也是惡補過許多相關書籍，立即歡喜地坐在蔣嫵身畔，拉著她的手道：「莫怕，妳如今已快五個月了，有胎動也是正常的，這說明咱們兒子健康，說不得這會兒他正在伸展拳腳呢。」

蔣嫵雖未經歷過，到底也是有些常識的，見霍十九如老媽子一般安撫她，不免覺得好笑，又覺得腹中的小機靈動了動，她不免覺得有趣起來，臉上滿是稚氣且滿足的笑容，竟然跟孩子說起話來。

聽著她放軟聲音的溫柔話語，看著她俏麗紅潤的面龐，見她英氣凜凜的眉目此即已被母性特有的溫柔軟化，霍十九方才因霍廿一之事升起的一些惆悵也都化解了。他便脫了襪子上榻，側臥在她身旁，與她一同和孩子說話，直到蔣嫵疲累睡下了，他才體貼地為她蓋好被褥，披了件襖子舉燈去外間書桌。

公事繁忙，他斷然不可鬆懈，許是他有名聲在外，如今才剛做了錦寧侯，當地知府之位還空缺，當地那些富商和有一些有頭臉的人家都存了巴結之意，有許多人送來的賄賂，他都照單全收。

此刻他手中是一份封地轄內所有富賈名流的名單，他在所有已送過賄賂的人名字後頭都做了記號，往下卻看到一個特別的人。

「錦州首富楊氏，閨名曦，碧玉年華（注），未曾婚配，為富賈唐萬元外孫女。」

注：碧玉年華，古時女子年齡稱謂，即女子十六歲稱之。

霍十九有些詫異，想不到錦州首富竟是個碧玉年華的女子，而且她是沒有行賄的。她外公唐萬元倒是破費了不少，他也都記得呢。

更讓霍十九奇怪的是，一個姑娘家成了錦州首富，難道她沒有父母？

霍十九將冊子翻頁，又繼續下面的工作，直至夜深才入睡。

第三十三章 爭先下聘

蔣嫵一夜好眠，次日依舊睡到自然醒，去看過了唐氏和蔣嫣，又去給趙氏和霍大栓請安。

不巧的是霍大栓已經去了豬圈，趙氏見她來了，連忙吩咐人扶著坐下，婆媳二人又笑著說了許多體己話。

不多時，霍初六和霍廿一也來了。

霍初六依舊是開朗得很，見了蔣嫵，十分親熱地挨著她坐下說笑。

霍廿一給趙氏問了安，卻不似往常那般轉身就走，而是尋了個角落處坐下想心事，間或看蔣嫵一眼。

蔣嫵自然知道霍廿一的意思，只是這會兒也不方便說話。而且她也不知道該怎麼告訴霍廿一，難道說她爹已經將蔣嫣關了禁閉，還去宮裡告狀求皇上旨意了？

「這個馬蹄糕妳不是說愛吃嗎？那就多吃點。」趙氏將婢子剛端上來的點心送到蔣嫵手邊。

蔣嫵笑著接了。「多謝娘，您看我這些日都吃胖了。」

「胖點好，胖點孩子才健康，妳生產時才有力氣。」

當著未出閣的小姑子和未曾娶妻的小叔面前說起這些，蔣嫵是覺得有些尷尬的，便轉移了話題。「也快到年關了，娘有什麼安排？」

「還能怎麼安排？咱們家裡原本怎麼過就還怎麼過，妳爹說了，那些阿英的乾兒子、乾孫子少不得來湊熱鬧，到時候還要將人一併打出去，我聽了就有氣。」

蔣嫵聞言爽朗地笑了，霍大栓的確是能做出那樣的事來。

正說著話，卻聽見外頭婢子高聲道：「侯爺回來了。」

隨即夾竹的福壽不斷紋暖簾被小丫頭挑起，披著件銀灰色灰鼠毛領子大氅的霍十九緩步進來。

蔣嫵依禮站起身，卻被趙氏扶著坐下。「妳坐妳的，不必那麼拘泥於規矩，阿英疼妳還來不及，咱家不講究那些東西。」

霍初六卻是快樂地跑到霍十九跟前。「大哥，你回來啦？今兒怎麼這麼早。」

霍十九對霍初六微笑。他平日對外人是極少給好臉的，素來一副矜貴高不可攀的模樣，就如同蔣嫵第一次見他時那樣倨傲。

如今他對家人卻不吝嗇笑容，看了看霍初六身上湖水藍的對襟襖子，道：「妳穿這個顏色的衣裳好，我剛帶回來幾疋緞子，都是皇上賞的，裡頭好像就有這樣顏色的，妳回頭跟妳嫂子要。」

姑娘家哪有不愛美的，聞言霍初六當即嘻笑地摟著霍十九的手臂搖晃。「多謝大哥！」回頭對蔣嫵吐舌頭。

趙氏見狀搖頭，女兒也忒不見外了些，他們家的孩子彼此之間甚是親厚，初六又是男孩子性格，對霍十九這個長兄從小就崇拜，這會兒人家說給料子就去找嫂子要，她就大咧咧地表示喜歡，也不怕人家不樂意。

趙氏看了看蔣嫵，卻見蔣嫵滿臉滿眼的笑意是真的開懷，就釋然笑了，也暗笑自己想得太多。他們家如今是真的和諧，旁人家那些婆媳姑嫂之間的鬥爭，全然不見一絲影子，她將蔣嫵當作自家的女孩，蔣嫵也當真是個值得心疼的人。

一家人坐下來說著閒話，難得霍十九這麼早散衙回來，趙氏自然喜歡得緊，吩咐下人去預備一桌好菜，要霍十九中午留下用飯。

其間，霍廿一如坐針氈，不怎麼說話，幾次看著蔣嫵欲言又止。

蔣嫵自然有發覺他的焦急，也想找機會與他說說蔣嫣現在的情況，奈何這個場合，他們二人也不好單獨出去。這樣一熬，就到了午飯時間。

霍大栓從外頭回來，見全家人都在，自然喜歡。

午膳時去請唐氏來，不料剛才蔣嫣餓了，她們就先吩咐小廚房預備了飯菜吃過了，唐氏有些過意不去，還特地吩咐現在伺候她的婢女來與趙氏說明。

霍十九見桌上有唐氏愛吃的幾樣菜，還特地吩咐人裝了食盒送去。

霍大栓對霍十九此舉很是滿意，今兒個又高興，還讓人拿了烈酒「燒刀子」來自斟自酌。

一家人正其樂融融之際，霍十九的長隨四喜突然到了門口，撩起簾子探頭探腦。

霍十九見了，擱箸問：「什麼事？」

「回侯爺，外頭來人送信，是給夫人的。」

給蔣嫵？眾人都十分驚奇。

四喜快步到了跟前，將一封信雙手呈給蔣嫵。

蔣嫵接過信，卻見信封上的字跡很眼熟，是蔣晨風的字跡。拆來一目十行地看過，蔣嫵大驚失色，險些忘了自己是有孕的人，就要起身。

還是霍十九眼疾手快將她攔腰摟住，道：「莫焦急，發生什麼事了？」

霍十九拿過信來，在霍廿一焦急的注視下細細地看了一遍，上面內容簡短，大致說的是蔣學文已經與薛家定下了，要將蔣嫣賣給薛華燦做妾，今日下午薛華燦的家人就要抬買妾的錢來，明兒就將人抬去。現在蔣嫣還不知道消息，可不能確定下午她知道後會如何。

在此信的結尾處，蔣晨風還寫了一段話：「我原贊同父親做法，不願大姊明珠暗投，想父親定會為她尋得良人。不料父親竟覺大姊與人私相授受已是不貞，且年齡已大，又在霍家小住過一些時日，外頭人不知如何評價，這樣的女子只能與人為妾。我與父親爭論無果，父親一意孤行，我別無他法，才來信告知，盼望三妹能夠想得辦法，否則大姊性命休矣。」

蔣嫵已氣得臉色煞白，若是在自己的院中，她就是罵娘也無所謂，可如今是在公婆面前，她又不好發作。

霍十九看罷了信，隨手就遞給霍廿一。

霍廿一幾乎是焦急地搶了過去。看過之後，霍廿一做了蔣嫵想做的事：拍案而起。

「糊塗，糊塗！他們難道就不考慮嫣兒的感受？這是要將人逼死啊！」

趙氏與霍大栓一頭霧水，霍大栓雖不明白怎麼回事，也見不得小兒子如此放肆，沈下臉來斥責。「混帳，你嫂子還在這裡，你吆喝個屁，嚇著你姪兒，老子窩心腳踹飛你去豬圈裡！」

「爹！」霍廿一急得面紅耳赤，脫口道：「你還有心思管我，你小兒媳婦都要被賣去當妾了！」

「啊？」這下子輪到霍大栓與趙氏傻眼。「什麼小兒媳婦？」

霍廿一也顧不得許多，當即直言道：「我與蔣大姑娘情投意合，可是蔣大人說什麼都不同意她進咱們家的門，還說要將她賣給薛家的公子薛華燦做妾。蔣大姑娘是京都聞名的才女，如今淪落到如此境地，到底是我害了她……」說著，跌坐在圈椅上，恍若被人掏空了靈魂一樣失去力氣。

霍大栓還在消化著霍廿一的話。趙氏略想想，已經想通了，其實前一段日子蔣嫣在霍府小住時，她就已經覺得那姑娘不錯，人雖不如蔣嫵美豔，卻是端靜賢淑，蕙質蘭心，又識大體，舉止談吐文雅到讓她覺得自慚形穢。那樣書香門第的小姐，能看上她家阿明？

蔣嫵這會兒卻已經平靜下來。冷笑了一聲。「那薛華燦就是個想吃天鵝肉的癩蝦蟆，當初我爹在詔獄，我們求助無門的時候他還登門來大言不慚，要我們姊妹都給他做妾，他來保護我們周全，這會兒我嫁給阿英，他居然還敢賊心不死？當初他在外頭造謠，我就該一腳踢廢他了事，免得他再去禍害別家姑娘！」

「大嫂……」霍初六聞言吞了口口水，好慓悍的嫂子……

提起當初這件事，罪魁禍首不就是霍十九嗎？霍大栓心情一瞬變得很差，狠狠瞪了霍十九一眼。

蔣嫵已看向霍廿一。「阿明放心，嫂子給你想辦法。這事涉及到你與我大姊一輩子的幸福，我就是搶也要將人給你搶來！」

大不了宰了薛華燦那混蛋！

霍十九扶著蔣嫵道：「夫人稍安勿躁，既然是大姨姊的喜事，岳父大人心意已決，我們做小輩的也只有恭賀的分罷了。」

蔣嫵聞言一愣，看向霍十九。

霍十九笑容溫和，說出的話對霍廿一來說卻是極為冷酷。「我這就吩咐下去，預備厚厚的一份禮，給大姨姊做添妝，也不致讓夫人在岳父大人面前跌了體面，更不讓你們父女之間再起嫌隙。」

霍十九的話，著實等於一盆涼水兜頭澆在霍廿一身上。

是啊，大嫂是霍家媳婦，但也是蔣御史的女兒，他憑什麼就認定大嫂一定會幫著他去鬥自己的親爹，人家的父女關係憑什麼要為了個外人毀了？再說，大嫂當初嫁進霍家時，其中內幕細節不可為外人道，她嫁給大哥是委屈至極的，他憑什麼就認為她一定會希望嫣兒也嫁給霍家男子？

霍廿一彷彿被抽了骨頭，一瞬癱軟在椅子上。

霍十九拿了公筷，給蔣嫵布菜。「吃啊，妳不是愛吃這個嗎？」

蔣嫵若有所思地舉箸吃飯。

餐桌上的熱鬧氣氛蕩然無存。

飯畢，蔣嫵回到臥房，霍十九果然去帶人張羅起賀禮添妝來。

霍大栓和趙氏都很無奈，將霍廿一叫到屋裡來訓話。

霍大栓道：「你大哥做得也沒錯，人家蔣大人雖然不是官了，但是聲望猶在，你說人家是那樣的門第，咱們家又是這般，人家哪裡會甘心再嫁過來一個女兒？你呀，還是死了這條心吧。」

趙氏惋惜地搖頭。「到底是咱們對不住蔣大姑娘，若非有此一事，恐怕蔣大人也不會急得將女兒賣了給人做妾。」

霍廿一心痛地道：「她那般才情，做皇后都綽綽有餘，如今淪為妾室，恐怕她也活不成了。到底是我無能，害了她……她若有個萬一，我也……」

話沒說完，霍大栓大巴掌已經賞了過來，霍廿一被打得一個趔趄，臉上瞬間腫起一朵紅花。

「你個混帳王八犢子，這會兒你跑這兒在你爹你娘面前來說這些話，當初你怎不知好生掂掂自己的分量！你害了人家不說，這會兒不知想法子去，倒要死要活起來，你也算個爺們？老子還不如打死你，就當沒生過你這個沒用的東西呢！」霍大栓罵著，揚手又要打。

趙氏忙推著霍廿一出去，攔著霍大栓。

霍廿一出了門，聽著屋裡趙氏勸說霍大栓的那些話，眼淚禁不住湧了上來。

怎麼辦，他已經不知道他該怎麼辦了……那麼好的嫣兒，就要淪為別人的妾室，要知道妾通買賣，薛華燦那樣的公子哥兒，說不定還記恨之前「裸奔」一事，到時不知道要怎麼折磨蔣嫣，玩夠了就送人賣人也都有可能。

蔣大人那樣一個清官，為什麼不肯對自己的女兒好一些，蔣嫣是他的親生骨肉啊！難道被「污染了貞潔名聲」，這女兒就可以隨意捨棄嗎？

正胡思亂想時，突見霍十九快步而來，見了他，彷彿沒看到他臉上的淚痕，道：「我正要去蔣家送賀禮，你與蔣大姑娘畢竟相好一場，也一同來吧，也算咱們家多出了一個人去。」

霍廿一猛然抬頭，望著霍十九時眼中猶如點燃了火焰，似要將霍十九拽進來一同燃燒似的。

在孩子心目中，父親是座山，可在他的心中，大哥才是他的大山。只是世事無常，他想不到自己心目中的大山會有轟然倒下的一天，想不到崇拜的人，如今變作這副樣子。

他壓根兒也沒有指望霍十九會幫忙，但也沒有想到霍十九為了討好他的岳丈老泰山竟會這樣主動，還拉著他一同去。

罷了，他不也正愁想要見蔣嫣一面嗎？跟著霍十九去，也正好。

他必須要勸說蔣嫣，就算為妾，也要好好保全自己，等他一朝功成名就便來救她於水火之中。就算她做過別人的妾室，他也不會介意，一樣要迎娶她做妻子。

霍廿一吸了口氣，點頭道：「好。」

了。

誰料想原本很平靜的情緒，到了門外一見那紅彤彤的長龍隊伍時，一下子心裡又冒火了。

霍十九笑著道：「時間倉促，我只準備了六十抬的添妝，不過呢，咱們霍家出馬可不能輸了人場。我的那些義子乾兒都已經趕來，還有我的手下也已經部署好了。」他翻身上馬，曹玉也策馬跟在他身旁。

霍十九見霍廿一還杵著不動，道：「阿明，上馬啊。」

霍廿一攥緊了拳頭，在心裡反覆告訴自己：這個貪官奸臣是他哥，等他將來功成名就後，就能為民除害，卻不能罔顧親情現在就宰了他……

也不知霍十九怎麼想的，那送賀禮的隊伍極盡張揚地離開了霍家，繞城往名師坊帽檐胡同去，一路上有錦衣衛護送，場面甚是壯觀。

越是接近帽檐胡同，霍廿一的心就越是糾結。他在心中演練一遍遍要對蔣嫣說的話，這會兒卻好像都忘得一乾二淨，腦子裡就只剩下蔣嫣的音容笑貌。他甚至想，如果蔣嫣想不開，他該怎麼辦？

如此糾結著，隊伍就在不知不覺中到了帽檐胡同。

讓霍廿一回過神來的，是驟然響起震耳欲聾的鞭炮聲。他茫然抬頭看向蔣家院落，只見一小廝堵在門前，扯著嗓子也壓不過鞭炮聲，急得跳腳，道：「你們這是什麼意思！我們家大小姐如今正在談婚事，都說了老爺沒空見客！」

這時鞭炮聲緩緩停了。

霍十九從懷中掏出一頁香箋，上頭飛揚的字跡寫得簡單直白，他看了之後忍俊不禁，隨手交給馬前跟隨的一名千戶。

那人是個粗嗓門，咳嗽了一聲，以震天響的聲音高聲道：「聽著，我們是霍家下聘的隊伍！我們霍家二少爺看上了蔣家大姑娘，今兒個下聘，明兒個就來迎親！歡迎各路賓客明兒來霍家吃喜酒哇！」

這麼一喊，蔣家門前倏然寂靜。

門前攔路的小廝已經目瞪口呆，喃喃道：「不對啊，薛家才來送了買妾的金資……怎麼、怎麼又來……」

霍十九一揮手，隨從上前扒拉開小廝，就將六十抬的聘禮往院裡抬。

來下聘的都是錦衣衛，哪裡有人阻攔得住，不一會兒蔣家院裡都堆不下了，還沿街擺了兩行。

聽到動靜的蔣學文已在蔣晨風和薛大人、薛華燦的陪同下出了院子。

霍十九依舊端坐馬上，劍眉微挑，秀麗眸中是毫不掩飾的輕蔑，隨意對蔣學文拱手。「岳父大人。」

不等蔣學文破口大罵，霍十九就已冷淡看向薛大人身後的薛華燦，慢條斯理且文質彬彬地道：「我們明兒已正來迎親，歡迎薛大人以及薛公子前來湊個熱鬧。」

點明了時間，無異於給要買妾的薛家下戰書。

這已經不單單是霍家和薛家、蔣家的鬥爭，更是清流與奸臣之間的鬥爭了。

圍觀的許多百姓有聽信前來的，都開始七嘴八舌地罵起「霍英狗賊」、「強搶民女不成」、「沒天理沒王法，霍英狗賊不得好死」之類的話。

霍十九卻似聽不見，還對著已經呆愣住的霍廿一淡淡一笑，回頭吩咐道：「回去吧。」下聘的隊伍，連同錦衣衛和霍十九的那些義子們，就人潮洶湧地離開了帽檐胡同。

隊伍護送了霍十九兩條街，他就吩咐手下以及義子們回去了。那些義子乾兒平日想巴結都沒機會，今日好不容易得了個表現的機會，自然是歡喜不已，臨去前還都在霍十九馬前齊齊行禮，口稱。「乾爹安康，兒子們告退了，明日定去參加叔叔的婚禮。」

聽聞「叔叔」二字，看著那些「乾兒子」中不乏六、七十歲的老頭子，霍廿一臉上脹得通紅。若擱在平日裡，他是可以拉得下臉去鄙夷的，可今日這些人卻幫襯了他，成功地做出聲勢，給蔣家下了聘禮。

思及此，霍廿一看向霍十九。他今日行為跋扈得很，也是他平日所不喜，且定會激發他將來光明正大地扳倒這個奸臣的鬥志，然而今日，正是他大哥的跋扈和果決，成功地給他與蔣嫣留下了一線希望。

霍十九似察覺到霍廿一的注視，回過頭以詢問的目光看他。

霍廿一像被燙了似地別開眼，心中百般滋味交雜。今日霍十九為了幫他擔了罵名，他很過意不去，又不知如何開口道謝，畢竟對於這個兄長，他已經有許多年沒有好好說過話了。

霍十九卻不在意，一路想起方才看到那張香箋上的內容，就覺得好笑。蔣嫵果真是與他心有靈犀，他們都沒商量，只在他臨出門時，聽雨急忙趕來送了他那個，果真就派上用場了。

他原本不乏出口成章的本事，可現在想來，蔣嫵寫得那樣直白粗狂的話才更加符合他的身分和場合，且能讓圍觀的那些平頭百姓都聽得懂。

他就是要明目張膽地替他弟弟將心愛的女人搶過來！若是說什麼四六駢文，老百姓都聽不懂，還叫什麼明目張膽？回去他一定要好好犒勞他家乖巧懂事善解人意的好嫵兒。

兄弟二人一個糾結一個喜悅，不一會兒就回了霍府。

才剛翻身下馬進了大門，卻見霍大栓穿了件土黃色的棉襖，腰上搭著深灰色的帶子，後腰桿上插著個煙袋鍋子，手中還拎著鎬頭，正大馬金刀地立在院落當中，那魁偉的身形和怒目圓睜的氣勢，著實有一夫當關、萬夫莫開之意。

霍十九和霍廿一同時止步，步調一致地行禮。「爹。」

隨後兩人一同直起身，異口同聲道：「您怎麼在這兒？」話音方落，兄弟倆不約而同對視一眼。

霍大栓板著臉哼了一聲，揮舞著鎬頭就衝了上來。「你們兩個小王八蛋，叫你們不學好，老子砸死你們！」

「爹，您做什麼？」

霍十九和霍廿一驚呼著一左一右閃開。

霍大栓就追著霍廿一掄鎬頭。「你這個兔崽子，跟你哥不學點好的，專門學這些邪門歪道，連搶親你都學會了！你哥是土匪，你也是土匪嗎？你哥還是進士呢，你怎不是！」

「爹，你冤枉我了，是我哥帶我去的！」霍廿一抱頭鼠竄。

霍大栓一聽，鎬頭立馬又對準霍十九。「你也不是啥好東西！連你親老丈人都敢欺負，你還是不是個人了！你給我站住！臭小子！站住！」

霍十九又不傻，難道站在原地等霍大栓的鎬頭敲在他腦袋上？他也就一邊解釋著一邊躲。

如此，霍大栓一會兒追霍十九，一會兒追霍廿一，這兩小子就似兩尾靈活的魚一樣滑不嘰溜，好在他老當益壯，身子骨硬朗，追得倒也不累。

冰松和聽雨扶著蔣嫵，霍初六扶著趙氏，遠遠地站在廊下看著玩「老鷹捉小雞」的父子三人，都是笑容滿面。

趙氏道：「他們兄弟小時候就這樣，一起闖了禍，回家要挨揍也一起跑給妳爹追，他們那時候小，哪知道什麼叫跑得了和尚跑不了廟？到了晚上還不是要回家吃飯睡覺，開始妳爹氣急了就罰他們跪祠堂，可他們一點都不害怕，妳爹就想出個損招，讓他們去跪豬圈。阿英那個人啊，最愛乾淨了，跪豬圈果然是管用的。阿明學他哥，也愛乾淨，所以後來他們闖的禍也就少了。」

說到此處，趙氏握住蔣嫵的手。「嫵姊兒，多虧了有妳，娘都記不清咱們家多久沒這麼熱鬧過，我還以為他們爺們、兄弟會一直那麼僵下去，誰知道自妳來了之後，一切都在變好。」

蔣嫵應對危險的能力是一流，臥底刺探也擅長，可就是面對人真心相對時會百般覺得不自在，紅著臉道：「娘就知道偏疼我，我哪裡有做什麼。」

「傻孩子，妳就是這樣才惹人疼啊，妳為咱們霍家做了這麼多事，不但救了我和妳爹的性命，還為阿英背負罵名，孕育子嗣，如今還要為了妳小叔背叛妳父親，娘都不知該怎麼……」趙氏說到此處已經哽咽。

蔣嫵手忙腳亂地為趙氏拭淚。「娘說這些外道話做什麼，都是一家人，無須如此的。娘對我也一直視如己出，我都知道的。」

「好孩子，真如妳爹說的，阿英能有妳這樣的媳婦，是他八輩子修來的福氣。」

蔣嫵臉上更紅了，怕趙氏再接著誇獎下去更讓她不自在，忙轉移了話題。「娘，明兒就是阿明的好日子，咱們還是張羅起來，先去預備一下，這事來得也突然，我庫房裡還有好多珍玩可以拿出來擺一擺充場面，還有紅綢和紅緞我也有好幾疋。至於喜服，剛給我家裡送去的新娘喜服是阿英臨時找來的，阿明的現在要做也來不及，不如先去成衣鋪看看。實在不成的話，就先用阿英的那身可好？」

經蔣嫵提醒，趙氏才想起還有要緊事要辦，連連點頭，道：「這事妳別管了，我和初六去張羅，妳快去歇著，身子重不宜久站。」

「是。」

蔣嫵目送趙氏與霍初六離開，又看了看前院，卻見霍大栓父子三人已經沒在玩「老鷹捉小雞」，而是三人都蹲在地上氣喘吁吁各居一方。蔣嫵莞爾一笑，也不打擾，就去了唐氏的院落。

比起外頭的熱鬧，唐氏所居的客院就顯得冷清。進門時，唐氏正在教蔣嬌盤針。一見蔣嫵來，二人都起身。

蔣嬌好奇地看著蔣嫵的肚子，笑道：「三姊，妳好點了嗎？」

看來是她先前的孕吐將蔣嬌嚇壞了。

蔣嫵攙扶唐氏坐下，又拉著蔣嬌與自己並坐，笑道：「我都好了，又不是泥塑紙糊的，哪裡那麼嬌貴。」略想了想，道：「嬌姊兒，我有話想與娘說，妳先自己去寫字，好不好？」

蔣嬌好奇地眨眼，雖不情願，依舊乖巧地點頭，去了側間，聽雨和冰松便去服侍她練大字。

蔣嫵這才低聲與唐氏道：「娘，大姊的事妳聽說了吧。」

唐氏眉宇間略見疲態，點了點頭，唇角翕動欲言又止。

蔣嫵笑道：「娘，霍明是個可造之材，將來必定有大作為，且他對大姊十分喜歡不是假的，大姊嫁給他定會幸福。還有，我公公婆婆是什麼樣的人您也知道的，他們待我視如己出，對大姊也會一樣，將來我們姊妹做了妯娌，不必天涯兩隔，也不必對彼此牽腸掛肚，每天能夠同侍公婆，同桌吃飯，多好。」

「嫵姊兒，對不住。」唐氏嘆息道：「妳說的都對，我都料想到了，其實也是希望促成他們的好事，是以發現他們二人有聯絡，我也就睜一隻眼閉一隻眼。我怕妳覺得難堪，又怕妳夾在中間左右為難，也就沒告訴妳，想不到今日事發就成了如此局面。」

唐氏面色變了變，似是由憤怒轉為灰心，有氣無力地道：「剛才的事我已經聽說了，想不到妳爹為了他自個兒的面子，竟連女兒的終身幸福都能不顧，實在太可惡。」

「娘，您也別與爹嘔氣了。」蔣嫵寬慰唐氏。「爹的性子就是那樣，況且在他眼裡，我們這三個姑娘也不算什麼的，只要我二哥還是入得眼就可以了，是以他才能為了名聲臉面要將大姊賣人做妾。您與爹過了這麼些年的日子，其實也早知道他的性子吧。」

「早知道，卻也想不到他能真的狠下心來。」唐氏眼中有淚，不願意在女兒面前示弱，垂頭平靜了許久，才道：「好在阿英是有情義的，我剛聽說你們打算將嫣姊兒搶過來？這樣也好，只要結果是好的，不過一道儀式罷了，也不必太過追究。」

「娘能這麼想，我與阿英也就放心了。」蔣嫵其實擔心唐氏會因此心懷芥蒂。

唐氏莞爾。「傻丫頭，嫣姊兒是我的女兒，妳也是我的女兒，妳們都是我的心頭肉，將來妳們能在一處，免去妯娌之間的勾心鬥角，彼此間又能有個照應，且霍二爺是個知書達禮的人，霍老太爺和太夫人也都厚道，我又有什麼可求的呢？我可不像妳爹，滿口仁義道德，覺得嫁女兒來霍家丟人。若真丟人，當初他怎麼還讓妳……」話音一頓，唐氏生硬地轉移了話題，起身道：「娘去幫襯親家張羅一下，妳也快回去歇著吧。別太勞累，這胎才穩下來呢。」

蔣嫵笑著起身。「知道了，娘。」

第三十四章 搶親完婚

有趙氏與唐氏的操持，又有霍初六的幫襯，加之霍十九冷著臉往前廳主位那麼一坐，下人們連抱怨都不敢有一句，手上動作極為利索地開始鋪張開來，佈置喜堂的、發帖子邀請賓客的、雇請喜樂吹打班子的……場面雖忙，卻不亂。

蔣嫵回了臥房，卻是如何都睡不著，披了件襖子在地上遛達十來圈。

聽雨和冰松起初以為蔣嫵是在遵醫囑多走動，可後來見她走個不停，面上又看不出喜怒來，便知情況不對。

聽雨推了推冰松，給她遞了個眼神。

冰松會意，上前來扶著蔣嫵道：「夫人，您走得差不多了，休息片刻吧。」

蔣嫵這才回過神，在臨窗的暖炕上坐下。

冰松試探地問：「夫人，您怎麼了？是不是大姑娘的事，您不贊同？」

聽雨其實也是這樣猜想的，因為對於蔣家那樣的清流來說，兩個女兒都嫁給霍家，對外傳揚開來是不好聽。

蔣嫵卻搖頭，道：「我是贊同大姊的事。我只是擔心……」後頭的話，蔣嫵沒有說出口。

她太瞭解蔣學文的個性了。

蔣學文雖然有些思想迂腐又固執，可是並非愚笨。今日霍家人大張旗鼓地在薛家人面前立威，明兒薛家未必就敢去抬妾，若是去了，也未必就能打得過錦衣衛，若依常理來看，蔣嫣必定會進霍家門。

可是蔣學文卻是個寧為玉碎不為瓦全的人，他自己有在金鑾殿上一頭撞死的膽量，也有為了保留清名將子女的生死置之度外的覺悟。

蔣學文已經認定蔣嫣必定會嫁入霍家。若是此時蔣嫣殞命，起碼對外能博個蔣御史教女有方，且蔣家女兒渾身傲骨的美名，還能藉由此事宣揚霍十九的不好——大奸臣又逼死一個好人。

蔣嫵越想，越覺得蔣學文做得出這樣的事來，她就心裡、背脊上都冒涼氣。

手撫著隆起的腹部，無奈地蹙眉，她若沒有身孕，此刻定然飛奔回去保護蔣嫣的安全，可是她已經快五個月了，雖然胎象日漸穩固，到底不能再那樣劇烈運動。

聽雨和冰松見蔣嫵愁眉不展，都噤若寒蟬。

蔣嫵猶豫著道：「聽雨，妳去請侯爺回來一趟。」

誰知話音方落，隔著夾竹暖簾卻傳來曹玉細聲細氣且極為有禮的聲音。「夫人。」

蔣嫵一愣，扶著腰起身。「墨染，進來吧。」

方行至外間，就見暖簾撩起，曹玉先行進來，卻是做請的手勢。隨後進來的是披了件男式大氅的蔣嫣。

「大姊！」

「嫵兒！」

蔣嫣淚流滿面地衝向蔣嫵，不敢碰蔣嫵的肚子，就抓住她的雙手。

蔣嫵歡喜地望著曹玉。

曹玉笑道：「爺說夫人必定擔憂蔣大姑娘的安危，就吩咐我去將人悄無聲息地帶出來，等明日時辰差不多時再將人送去。夫人大可放心，直到蔣大姑娘進咱們家門之前，我都會暗中保護，絕不讓姑娘有事。」

方才還在掛心的事，沒等擔憂幾時，卻已經被霍十九未卜先知地解決了。除了他行事謹慎之外，哪裡能說他不是為了她？

蔣嫵笑著對曹玉道謝。

曹玉連連搖頭，靦覥道：「保護夫人與爺是我的職責，我先告退了。」言畢，就拱手退了下去。

蔣嫵這才得以觀察蔣嫣，見她臉色不大好，眼睛也哭腫成了兩個桃子，當即心疼得要落淚。

蔣嫣卻道：「嫵兒不必哭，姊姊都不哭，妳哭什麼？妳該為我高興才是。我如今也看透了，爹那樣……我雖然理解，卻不能原諒，也難怪娘當初走的時候連頭都不回，想來夫妻這麼多年，娘要比咱們還要瞭解爹。我原本不信，虎毒尚且不食子，何況是一向對咱們疼愛的爹，可是如今我卻看透了，在他心目中，咱們永遠是最末位的，我已經心寒了，不做他想了。」

蔣嫵也很矛盾。蔣學文的所作所為，著實不討喜，也太過自私了一些。

蔣嫵與蔣嫣說了許多體己話，就吩咐人將蔣嫣送去客院唐氏處，還囑咐蔣嫣。「妳來的事除了娘和四妹，別讓旁人知道，尤其是阿明他們，免得讓他們以為咱爹……對妳我的名聲也不好。」

蔣嫣冰雪聰明，自然明白蔣嫵的意思，連連點頭道是。

唐氏和蔣嬌見了蔣嫣，自然一番詢問，蔣嫣不好細說，只道暫且回來，明日還要回去。蔣嬌不明所以，可唐氏是最瞭解蔣學文的人，當即就明白了意思，眼中含著淚囑咐蔣嬌千萬不可外傳，嚇得蔣嬌也跟著落淚，連連點頭，道明兒都不出去看婚禮了。

多虧霍十九考慮周到，蔣嫵睡了一夜的好覺。

次日清早，蔣嫵睡到辰時初刻才起身，見聽雨不在跟前，便詢問起冰松。

冰松笑道：「侯爺說聽雨善於上妝梳頭，如今事情緊急，也不好照著原本的規矩來，就讓親家夫人充當全福人去給大姑娘開臉上頭，讓聽雨去服侍梳妝打扮，待會兒一切都預備好了，再瞧瞧時機將人送去。」

蔣嫵莞爾，笑意直達眼底。「妳們侯爺做事是最謹慎有分寸的。」

「誇我為何不當面誇？」

蔣嫵話音方落，就見暖簾一挑，霍十九笑著進了門。他一夜未合眼，如今雖然有些憔悴，下巴上也起了鬍碴，可依舊不減俊美風姿。

蔣嫵笑道：「你這不是聽到了？」

霍十九恍然。「妳難道是知道我在外頭聽妳說話，才故意誇我？」

「我可沒那麼無聊。」

蔣嫵起身，服侍霍十九洗臉剃鬚，又選了身喜慶點的外袍給他穿。

霍十九卻搖頭，道：「今日穿官服，待會兒還有場硬仗要打呢。如今大姨姊被咱們接來，岳父大人那裡都預備好了砒霜卻找不到女兒，眼瞧著薛家和咱們家都要去抬人，恐怕已經急瘋了。」

砒霜！

蔣嫵心頭一跳，臉色煞白地抬起頭看著霍十九，眼中逐漸聚集水霧。「我爹他真的……」

霍十九頷首。「曹玉不會說謊話。因為這個，二舅爺還與岳父大人大吵了起來。曹玉就是趁著這個機會將人偷偷帶走的。」

蔣嫵手腳冰涼地倚靠在霍十九身上，她很難想像，若是霍十九吩咐的人晚一步去，蔣嫣又會如何，她支持蔣嫣與霍廿一的婚事以及豪爽的搶親計劃，就會害死她最愛的大姊……

蔣嫵是個性子剛強又生性豁達的人，曾經受那麼重的傷都未必落一滴淚，天大的事到她眼中恍若都能夠化解開來，如此一來，她此時少有的羸弱就格外讓霍十九心疼。

扶著蔣嫵的腰，霍十九道：「嫵兒別胡思亂想，妳看大姨姊現在不也沒事嗎？岳父大人是恨死我才會那樣做，估計回頭也會後悔。虎毒不食子，岳父大人心裡不會成心要自己女兒的命。別難過，妳想想腹中的孩子，別傷了他。」

蔣嫵聞言點頭，深吸了口氣平復波動的情緒，再抬頭，有些靦覥地望著霍十九。「也不知為何，自有了身子之後就格外情緒化。」

「我知道，娘背地裡沒少囑咐我，叫我一定要萬事順著妳的意，免得氣到妳，有了身孕的婦人的確是會情緒化的。」霍十九說到此處撇了撇嘴。「妳瞧，爹娘現在都向著妳，大姨姊也快成妳的弟妹了，往後全家還不都是妳的天下？我就越發沒有地位了。」

一番話說得蔣嫵心裡甜蜜，戳著霍十九的肩膀道：「你說的是呀，不論你在外頭多跋扈，回到家裡是龍也得盤著，是虎也得臥著，我現在可是兩個人，你若是敢傷我，我就帶著孩子離家出走，讓你永遠都找不到。」

雖知道蔣嫵是在開玩笑，霍十九卻知道她的確是有這個能耐，遠的不說，現今金國皇位上坐著的那位可是一直惦記她的，一把拉住她的手臂將她往懷裡帶。「混說，我哪裡會那樣！」

蔣嫵嘻嘻笑著，靠在霍十九的肩膀上道：「好了，我也不過是說句玩笑話。妳待會兒要隨阿明去迎親吧？還不快些去預備？」

「這就去，妳還有什麼要囑咐的？」霍十九張開手臂，讓冰松服侍更衣。

蔣嫵在臨窗鋪設厚實彈墨坐褥的暖炕上坐下，笑道：「你辦事有分寸，比我見多識廣，我放心得很，再沒什麼需要囑咐的了。只有一樣，你自己得保護自己。」

霍十九慣於寵辱不驚，不過誇獎的話從他心愛的女子口中說出，也還是讓他覺得通體舒暢，彷彿一夜沒睡的疲憊感都輕鬆了許多。

整理妥當的霍十九穿上飛魚服，斜挎繡春刀，又是從前那個高不可攀的矜貴貴族。

蔣嫵目送他快步離開，這才回了屋裡歇下，吩咐冰松去看看蔣嫣預備得如何了。

不多時候冰松和聽雨一同回來，說是曹玉已帶梳妝妥當的蔣嫣乘車離開了，蔣嫵才終於放心，便斜躺著等著吉時。

霍家再度迎親，排場雖不如霍十九娶親，可依舊是熱鬧非凡。迎親的隊伍披紅掛彩，兩旁有身著官服的錦衣衛沿途維持秩序。霍十九端坐馬上，竟然比騎著白馬、戴著紅花、著新郎服的霍廿一氣派還要足，引得一路上百姓圍觀不知凡幾。其中也不乏對霍十九指指點點的，還有人低聲罵霍十九殘害忠良之後，要為他兄弟搶蔣家才女來做老婆，還有人甚至說當初霍十九沒搶到蔣大姑娘，這會兒誰知兄弟倆安了什麼齷齪心思。

那些議論和喜樂一同傳入霍廿一耳畔，他臉上紅一陣白一陣，但最後想要娶到蔣嫣的渴望戰勝了一切。而且此番，他也的確是該多謝他的奸臣大哥，若非他如此泰然自若地背負了罵名，他與蔣嫣恐怕今日就會天人永隔。

如此胡思亂想，時間就在不知不覺中過去，似乎很久，也似乎就是一瞬，隊伍來至帽檐胡同。

圍觀的百姓有許多，蔣家的院落卻十分冷清。

霍廿一畢竟沒經歷過，看向霍十九，叫了一聲。「大哥。」

霍十九挑眉，懶洋洋地望著霍廿一。

霍廿一咳嗽了一聲，道：「接下來該怎麼辦？」

霍十九依舊端坐馬上，看了看蔣家院落，對身旁隨從道：「去看看，薛家抬妾的人來了嗎？」

誰知話音剛落，就見一隊大約五十多人，手持棍棒，從胡同的另一端迎面而來，正與霍家迎親的隊伍走了個對面。

薛俊帶領手下，高聲呵道：「是我們先送的買妾金資，錦寧侯不能不講道理！」

霍十九哈哈大笑。「看來薛公子是裸奔還沒裸舒坦！」

薛俊臉上騰地燒起了一把火。

他不成言之際，霍十九已是臉色一變，聲音不見得多大，卻是字字擲地有聲。「我看薛公子是在溫室裡待得太久，不知道外面的行市了。你且去打聽打聽，我霍英要的東西誰敢搶，我霍英要做的事誰敢攔！」

「你、你不講道理！」

「道理是對強者講的，對你，不必了。」霍十九輕蔑地哼了一聲，揮手示意，錦衣衛就往前衝。

薛俊哇哇大叫。「你做什麼，你這是要搶婚！」

這會兒也不必霍十九說話，下頭那些義子乾兒就已開始說起風涼話。「明擺著就是搶婚，你待如何？有能耐你搶過去啊！」

這時候，兩方對峙已不只是霍家與薛家的對峙，更是清流與貪官奸臣之間的對峙，薛俊就算嚇得苦膽差點破了，也不敢不戰而退留下笑柄，左右也是手下出馬，就一揮大袖，道：

「你們，上！」

那五十多個家丁護院就紛紛揮舞著棍棒，喊打喊殺地往蔣家院子裡衝去。

霍十九這方的錦衣衛也同時往院裡衝。

兩方人大打出手，蔣家小小的院落混亂非常。

聞聲出來的蔣學文，彷彿一夜之間蒼老了十歲，神色倦怠又掩不住憤怒，拄著枴杖、扶著下人的肩膀出來，站在門廊上指著霍十九破口大罵。

霍十九卻一副聽不到的樣子，看天看雲彩看柳樹葉子，就是不看蔣學文。

霍廿一哪裡見過這樣的場面，這會兒早已經呆呆愣住，他也曾經在腦海中勾畫自己婚禮時的場面，卻萬萬沒有想到他的婚禮竟然會是這樣一場鬧劇。

就在這時，卻見蔣晨風將一身大紅嫁衣的女子從院子裡揹了出來，他們身後跟著曹玉擋開要來搶奪的手。

蔣學文原本丟了女兒，一夜不成眠，這會兒卻見兒子將長女給揹了出來，氣得險些吐出一口老血。

「你、你們！逆子！孽障！」

蔣晨風卻不理會，直接將人揹到霍家迎親的隊伍前，停下腳步，卻沒有立即將人放上紅毯扶上轎子。

他仰頭，先是看端坐馬上、身著飛魚服、氣勢高華的霍十九，隨即又看一身新郎裝扮的霍廿一。

「就是你？」
霍廿一偏身下馬。「是我。」
蔣晨風顛了顛背上的蔣嫣，抿唇道：「事到如今，別無他法，只希望我沒有做錯，沒有讓我大姊掉入虎穴龍潭。你承諾會對我大姊好嗎？」
霍廿一神色端凝，鄭重地道：「我會待她如寶如珠，將她當作這一生上天給予我最珍貴的賞賜。」
「好，你是讀書人，希望你一諾千金，別讓我後悔。」蔣晨風將蔣嫣放下，也不讓婢子喜娘攙扶，親自送蔣嫣到了花轎前，聲音驟然哽咽。「大姊……」
紅蓋頭下的嬌顏已是梨花帶雨。
「大姊，從此妳就能與心愛的人在一起，還能與三妹在一起，希望妳能幸福。弟弟先前有做得不周之處，也都是因為我太關心妳，一心為了妳好，只想不到，事情竟會發展成現在這樣……」
蔣嫣終於忍不住，喚了一聲。「晨哥兒。」
蔣晨風吸了吸鼻子，道：「妳去吧，既是妳的決定，那往後歡喜憂愁、苦辣酸甜的路就都是妳自己來走，相信三妹也會幫襯妳的。至於家中，妳不必擔憂，我就不送妳了。」
蔣嫣點頭，喜帕上的長流蘇晃動。高眺窈窕的身影，終於被喜娘攙扶著上了花轎。吹吹打打的聲音再度響起，配合著蔣家院中僵持混戰的熱鬧場面，完全是只一個「喧鬧」難以形容的境地。

霍廿一翻身上馬，朝著蔣晨風一抱拳。

迎親的隊伍便這樣瀟灑離開，錦衣衛也開始有秩序地撤退，就剩下被揍得鼻青臉腫的家丁護院們。

蔣學文暴跳如雷，指著蔣晨風的背影大罵不孝子，罵過了蔣晨風，又罵唐氏、罵蔣嫣。蔣晨風看著花轎遠去的隊伍，突覺這個冬天為何這般寒冷，用手一抹臉，沾了滿手濕。

而此處憂愁之際，霍家卻是完全相反的熱鬧。

平日裡只看送禮排隊的那些隊伍就知道霍十九的能耐，如今再看到場的那些大小官員還有乾兒子們的親朋，著實是熱鬧非常。

婚禮進行得極為順利。蔣嫵一直用一種奇妙乃至於微妙的眼神看著蔣嫣的身影被送入洞房。

她身子疲憊，早早回去休息，睡得正熟時感覺到身旁床褥往下塌陷，就知是霍十九回來，靠近他身邊，咕噥著叫。「阿英。」

「嗯。」霍十九身上已沒有酒氣，他怕蔣嫵聞著酒味不舒服，是特地沐浴更衣還嚼了茶葉才敢上榻的。

蔣嫵低聲道：「一切順利嗎？」

「順利，這會兒阿明和弟妹應當也歇下了。」

「嗯，那就好。」說了兩句話，蔣嫵清醒了不少，翻個身面向霍十九，摟著他的脖子啄了他嘴唇一下。「你這次做事這樣出色，這是賞你的。」

霍十九原本就有飲酒，蔣嫵嬌軟身軀在懷，美人媚眼如絲，又主動送上香唇，他哪裡會善罷甘休？也不回答，當即含著她柔軟的紅唇，由淺入深，直到二人氣喘吁吁才依依不捨地放開。

「嫵兒，如今已經快五個月，應當無礙了吧？」

蔣嫵原本就身上酥軟，他大手還伸進她小衣中撫摸她的腰背，直讓她背脊上都起了顫慄之感，氣息越發不穩，斥責的話也成了軟綿綿的撒嬌。「你想什麼呢。」

「想妳。」霍十九輕柔地將她翻了個身，讓她背對自己，落唇在她耳垂和頸部。「我後悔，為何那般不小心，讓妳有了身孕，否則……」唇移到她香肩，霍十九緩緩掀開已經鬆鬆垮垮的小衣，大手握住她胸口飽滿，聽得她一聲嬌喘，才又道：「嫵兒，醫書上寫五個月就無恙，大不了我不進去……」

如此露骨的話，竟然是平日裡那個冷淡疏離、高貴矜持的霍十九說出來的！

蔣嫵恨不能揍他一拳，可這會兒哪裡還能提起力氣。

一時間，霍府偌大宅院，兩處洞房。

次日清早，霍十九起身之後神清氣爽，倒是蔣嫵有些疲憊，不過今日是新婦進門第一日，她還要去看她端莊的大姊做了新媳婦的嬌俏模樣呢！蔣嫵梳妝打扮的時候臉上都掛著詭異的壞笑。

當看到蔣嫣穿了大紅色百蝶穿花褙子，改梳婦人髮髻，走起路來似乎還有些許僵硬——

外人大約瞧不出，她卻是看得分明，蔣嫵臉上的壞笑又擴大了。

直到蔣嫣給公婆敬過茶，拜見大伯和長嫂，將喜氣洋洋的五彩蓋盅恭敬地端到她手上，叫了一聲「大嫂」時，蔣嫵終於憋不住，笑場了。

蔣嫵笑得花枝亂顫，怪沒形象的，弄得蔣嫣抹不開臉，嬌嗔地白了蔣嫵一眼。

霍大栓和趙氏也笑了起來。

蔣嫵笑道：「做了十幾年的妹妹，如今託阿英的福，我也要當一回大的了。弟妹可別怪我，這感覺實在太舒坦了。」

蔣嫣面如桃花，又瞪蔣嫵一眼。

還是霍廿一扶著蔣嫣坐下，才解了尷尬。

趙氏便道：「嫣姊兒是大家小姐，識文斷字，又善於掌管家事，我打算將家裡的對牌交給嫣姊兒。阿英，你覺得呢？」

蔣嫣聞言，立即覺得不妥。畢竟現在侯府中吃用都是霍十九的俸祿和收入，他們二房是完全依附長房，哪裡有吃著住著人家的，他們還要管著家的？這個家若是太夫人不當，也定要蔣嫵當才行。

誰知霍十九卻笑著道：「娘考慮得周到，內宅之事就全都聽娘的安排。」

蔣嫣詫異，忐忑地看向蔣嫵，以眼神詢問。

蔣嫵安撫地對蔣嫣笑笑，對趙氏道：「娘是疼我，我沒有身孕時也是個怕麻煩的人，寧可跟爹去地裡種黃瓜、挖壟溝，要麼就陪娘打葉子牌，也懶得去看那些帳冊，我大姊……

喔，是弟妹，在家時就是掌家的高手，交給她管理剛剛好。」

趙氏原本也是擔憂蔣嫵不答應的，如今見她誠懇又毫無芥蒂的笑容，才終於放了心，還是忍不住解釋道：「妳身子重，娘的確是怕妳勞累。」

「我知道的，娘。」蔣嫵起身到了趙氏身邊，握著她的手道：「一家人何必計較那麼多，這家裡當然是各有所長、各司其職了。譬如爹，擅長種地養豬，那就種地養豬；娘擅長統領全局，那就統領全局；大姊善於理家，絕對要當家；阿明善於讀書，就要讀書，至於我，善於好吃懶做……」

話沒說完，霍初六已經哈哈大笑。「大嫂，妳也太能自貶了，我看妳不是善於好吃懶做，是善於做土匪。」

指的分明是搶親一事。

蔣嫵白了霍初六一眼，眼珠一轉道：「初六也不小了，下一個就該為初六張羅了。我只盼呀，將來初六得個刁婆婆、壞小姑，整日裡欺負妳，才讓妳知道今兒打趣嫂子是造孽。」

霍初六雖已不小，可也到底雲英未嫁，哪裡禁得起這樣的打趣，當即捂著臉跺腳逃了，惹得霍大栓、趙氏、霍十九兄弟和蔣家姊妹都是笑。

如此歡樂了片刻，蔣嫣就和蔣嫵一同去唐氏那處請安，只留了霍大栓夫婦與霍十九兄弟在廳中。

霍大栓掏出煙袋鍋子，點了一袋煙吧嗒著嘴吸著，眼角眉梢都是笑意。

趙氏嘆了口氣，笑道：「阿英、阿明，都是有福氣的，能得蔣家的女兒為妻，是你們的造化，也是咱們霍家的福氣。」
霍十九笑而不語。
霍廿一點頭道是，又續道：「尤其是大嫂，我覺得自從大嫂進門之後，咱們家裡的氣氛就變得不一樣了，好像好運會連連來。」
「是啊。」趙氏也滿足地點頭。
霍大栓哼了一聲，吧嗒著煙嘴，含混不清地道：「現在是啥都好，差就差在老大身上。」話音剛落，就被趙氏推了一把。
好不容易好起來的氣氛，偏偏哪壺不開提哪壺。
霍十九眸中的笑意退去，又恢復平日裡的雲淡風輕模樣，站起身來，道：「爹、娘，我還有公事，就先去衙門了。」
霍大栓也知道大喜日子不好給兒子找晦氣，壓著火哼了一聲。
趙氏忙起身道：「快些去吧，你的大氅呢？外頭冷得很，別凍壞了，把病氣過給嫵姊兒，那可不好。」
霍十九哭笑不得。「娘到底是心疼兒子，還是怕病氣會過給嫵兒啊？」
趙氏一愣，隨即笑道：「你們都是娘的孩兒，都疼，都疼。」她拍著霍十九的背，哄孩子去學堂裡似的將霍十九哄出去了。
霍廿一這才道：「爹、娘，那我回房去溫習功課。」
霍大栓冷不防放下煙袋鍋子。「你還打算考功名扳倒你哥？」

「是。」霍廿一堅定地點頭。

「他是你哥。」

「我知道，於公，他是奸臣，我要扳倒他；於私，他是我哥，我卻不知該如何是好。」

霍大栓沈默片刻，道：「你哥雖然在外不做什麼好事，可你看這回，不也是他不做好事才成全了你？或許你哥做的那些事，都是有苦衷的，就如同這次幫你搶親一樣。阿明，將來你要是真有跟你哥針鋒相對的那一日，你也要問明白原由再判斷。那朝廷辦案還要問個證據啥的，你別有偏見，就將你哥給斷成壞人了。你瞅瞅，真壞人會像你哥那樣？」

霍廿一抿唇，低垂著頭不言語。

霍大栓在鞋底上磕磕煙袋，道：「你去吧，還有，你還欠你哥一句多謝呢。」

「是。」霍廿一行禮退下了。

蔣嫣進了霍家門，蔣家姊妹分別嫁給了霍家弟兄的消息，在有心人刻意的傳播下，被染上了一層黑暗的色彩。

故事分為幾個版本，不過內容卻是大同小異的，大多都是在說「霍英狗賊」又一次色迷心竅、賊心不死，看上蔣家姑娘就像狼叼到肉一樣不撒口，還將人家京都聞名的才女蔣大姑娘強搶來做弟媳，誰知道霍家兄弟是怎麼分派的，其中藏污納垢、各種污穢只可意會不可言傳。

這些傳言到了英國公耳中，便化作一聲哂笑。

「我原本還當霍十九是個聰明的，保不齊是要輔佐小皇帝，做個忠臣。原來他也不過是個酒色之徒罷了，倒是一副道貌岸然的模樣。」英國公以碧玉的精緻小梳子梳理花白的鬍鬚，面帶譏諷地道：「不過這樣也好，咱們雖無法確認他到底是否能夠對我忠誠，好歹也對皇上未必全心就是了。」

譚光笑著拱手，奉承道：「國公爺英明。我瞧著那霍英如今做了錦寧侯，就越發傲慢起來了，見了誰都是一副狂傲樣。」瞧英國公面色不變，他分辨不出真偽，又道：「不過也虧得他機靈，當初為了掩飾國庫一事在朝堂上跟清流那些酸儒據理力爭，竟讓他歪打正著得回失地來。只不過此人太過不知檢點，有了這麼一齣，才剛好點的名聲豈不是又全毀了？」

英國公哈哈大笑。「小譚啊，你看得還是不夠透澈啊。」將象牙梳子放入明黃色錦緞香囊佩戴在腰間，英國公看著那只有皇帝才可以用的明黃，面露得色。「就因為他不是黑也不是白，是灰色地帶的人物，咱們才更好用他才是。」

譚光最善察言觀色，見英國公眼神得意地瞥了一眼腰間的錦囊，便道：「無論如何，國公爺的地位是不可撼動的，前兒上朝，國公爺就帶著這個錦囊，小皇帝見了不是也沒說出什麼，還說若國公爺喜歡，就多賞一些那緞子給您做靠枕也好。」

「哈哈！」英國公捋順鬚髯，大笑道：「小皇帝雖有些心眼，可也知道溜鬚拍馬不是？他即便有那個心，也得看看螳臂擋車是什麼後果，不過區區一個乳臭未乾的毛孩子，能奈我何？我肯叩拜，跪他一日，他就是一日的皇帝，若不然……哼！」

「國公爺英明啊！」譚光一迭連聲奉承。

英國公想起一事，凜然道：「不過當初在錦州城外，炸毀韃子輜重彈藥的那個騎黑馬的少年人，卻怎麼瞧都眼熟。」

浮現於英國公眼前的除了當時在沙場上來去自如的身影，還有那個曾經闖進國公府裡將匕首當飛鏢投擲向他的刺客。

雖然兩個人有點搭不上邊，但因為都穿黑衣，身形也瘦小，又有一股凜然煞氣，他很難不將兩人聯繫在一處。

「國公爺，那個人卑職去查過，戰場上著實是血肉模糊的，有好多焦屍，無法斷定那少年是死是活，說不得已經被炸爛燒成焦炭了，也未可知。」

「你說的有理，不過那刺客一日不捉拿到，我就一日不安心。還有霍十九的老婆，也聽過你我說話，那娘兒們又敢灌達鷹的酒，絕非是個溫婉賢淑的角色，你我也要注意。」

「是，那娘兒們好辦，若有個不成，要做掉也容易。」

「先不急，等那事辦妥了再說。」英國公負手走向院中。「也不知是不是我多想，我總覺得霍十九的老婆看著眼熟，身形特別像那天的刺客，可是霍十九的確是被刺客給傷了，小命險些都丟了，如果她是刺客，霍十九會娶？」

譚光眼珠一轉，笑道：「國公爺真是心思縝密。其實國公爺您大可以這樣想，若蔣氏是刺客，霍十九豈不是在枕邊放了個隱患？若不是，咱們也不必擔心了。退一萬步來說，若那刺客和蔣氏是同一人，霍十九又知道她的刺客身分，那就只能說明他們是一夥的，合夥來朦騙國公爺。且不論他們動作如何，國公爺連皇上那樣的九五之尊都不懼，難道還怕他們？那霍十九就算沒人給他安罪名，現在已經是罵名滿天下了，自個兒綁了滿頭的辮子還特意出來招搖，就怕沒人抓他的小辮子呢！到時候都不必咱們動手，他老丈人就會帶頭先滅了他。咱們只管作壁上觀，自然有好戲看。」

英國公一想也對，紅潤面龐的笑容又多幾分，拍著譚光的肩膀道：「小譚，你越發沈穩了。不錯，老夫沒有看走眼。」

譚光行禮，恭敬地自謙，臉上浮現出看不出心緒的笑容。

轉眼間，霍廿一與蔣嫣成婚已到了第三日。

蔣嫵一大早剛送霍十九出門，蔣嫣就帶著幻霜和如今服侍她的婢子秋蘭、秋月一同來了瀟藝院。

「大姊。」蔣嫵起身相迎。

蔣嫣忙扶著她坐下，道：「妳快別亂動，自家姊妹，又不是外人，何必要拘泥禮數？」說著笑了。「不過我還是聽妳叫我大姊習慣一些，聽妳叫我弟妹，我渾身雞皮疙瘩都出來了。」

「聽妳叫我大嫂，我也是那樣子啊。」蔣嫵掩口而笑，隨即吩咐婢子去上茶。

婢子們識相退下，屋內只餘下姊妹兩人。蔣嫣望著牆角精緻的琉璃花樽裡盛開的百合，看著蔣嫵臥房內恬靜舒適的佈置，嘆了口氣。

蔣嫵道：「大姊，可是擔憂回門的事？」

蔣嫣面上帶笑，搖頭道：「哪裡的話。我不擔心。」

「大姊在我面前還要逞強嗎？」

蔣嫵扶著腰起身，蔣嫣連忙扶著她，二人挨著在臨窗鋪設彈墨坐褥的暖炕上坐下。

蔣嫵道：「今早沒見二哥回來迎妳，我就知道準是爹在鬧性子。他那般驕傲的人，這次被我擺了這麼一道，保不齊連我也恨上了。」

蔣嫣垂眸，淚盈於睫。「嫵姊兒，這次多虧了妳和大哥，我和二爺的事才能成。只不過到底是你們犧牲太多，那些黃白之物且不算，大哥在外擔的罵名，還有妳為我們做的犧牲，我們都是知道的。只是我一時間，想不出要如何才能回報。」

「自家姊妹，何必說回報不回報的話？我和阿英都希望妳和阿明能過得好而已，其他的根本沒有考慮。」蔣嫵想起霍十九，便是掩不住的滿眼柔情。「再說阿英根本也不在乎外頭的人是怎麼評價他的，有人罵他就罵去，又不會少塊肉。」

蔣嫣聞言失笑，想起昨夜霍廿一與她說的，若有所思道：「或許大哥其實也不是個壞人呢，妳看，他這一次還不是對外做著跋扈的事，實際上救了我，還幫了阿明？其實縱觀整件事，根本就沒有誰受到傷害，只是沒能讓爹如意罷了，再加上大哥素來做事張揚，落下了『病根』，才會有那麼多百姓罵他。那些罵他的人，有誰其實真受過大哥的害？就算大哥真有做惡事，相信他也會斬草除根，還會留著人等著添堵？」

「妳倒是會為了阿英辯白，他若是知道了還不定怎麼開心呢。」蔣嫵笑著，不去想蔣學文，因為她根本無法理解也不能原諒他要給蔣嫣下砒霜的事，而且依蔣嫵的觀察看來，蔣嫣應當也是知道此事。

「罷了，回門的事不成就算了，免得回去還要惹氣，妳和阿明現在新婚燕爾，該是最濃情密意的時候，可不要回去討罵。再說阿明的性子比他哥哥要強硬一點，說白了，阿明沒有阿英臉皮厚，禁不起罵的，回去被下了臉面，少不得回來還要跟妳抱怨，到時候妳豈不是兩邊都難受？還不如就這樣。」

「妳說的也是。」蔣嫣摩挲著手中包裹手爐的鵝黃色錦緞香囊，半晌笑道：「那我就預備一些禮，遣人送回去吧。」

「也好。」蔣嫵笑著點頭。

其實她們都知道，蔣學文未必就肯收那些禮。

果然不出所料，去送東西的幻霜和秋月是被蔣學文罵出來的，連同東西都給丟了出來。二人灰頭土臉地來回話，惹得蔣嫣躲在房裡流了許久淚。

霍廿一自然心疼不已，因蔣嫣為了與他成婚，連家都拋棄了，他只想對她更好一些來補償她缺失的那份家庭溫暖，也是彌補心中的內疚，所以二人的日子過得也是十分甜蜜。

且好在太夫人吩咐將對牌給蔣嫣，蔣嫣「家務繁忙」，不必去陪著霍大栓餵豬餵雞，倒也正合了她的習慣。

如此溫馨太平的日子實在難得，年關裡朝廷雖有些事，但也算不得是大風波。

小皇帝依舊表現出對正經事的抗拒，英國公放了心，也無大動作。

第三十五章　初為人母

春暖花開，春末夏至。

此時的蔣嫵臨盆在即，早兩個月前霍十九就已請好了產婆和宮裡有經驗的嬤嬤，也在奶子局挑了兩名年輕清秀、身體強健的奶媽子預備著，就連身邊伺候的人，除了有聽雨、冰松之外，還另外安排了四名懂事貼心的大丫鬟。

霍十九緊張，唐氏、趙氏和霍大栓等人更緊張。蔣嫵散個步，多走兩步路，他們尚且都要跟隨叮囑。

五月二十三這日的清晨，唐氏與趙氏都用罷了飯，坐在廊下一面搖著團扇納涼，一面低聲商議產房的佈置，眼神卻是放在院門口的兩人身上。

蔣嫵穿了件淡紫色雲霧紗的襦裙，即便大腹便便也不失美感，舉起雙臂為霍十九正了正帽子，又理了理飛魚服的領子。

霍十九滿目柔情，握住她的手道：「好了，別忙了，妳也快足月了，我今日就與皇上告假幾日，在家裡多陪陪妳，以備不時之需。」

「你朝務繁忙，如今新上任的錦州地方官好不容易才被捋順了一些，就不必為了家裡的事操心了。你又不是穩婆，在家裡能幫上什麼忙？」

「我雖非穩婆，好歹在一旁陪伴著妳，我也放心啊。」霍十九很無奈。「妳呀，從沒見過妳這樣心寬的人，我聽說旁人家的婦人臨盆之前有焦慮的，有害怕的，也有鬧情緒的，怎麼偏偏就妳與人不同。」

「那是別人家的，你喜歡呀？」蔣嫵挑眉瞪著他。

霍十九忙搖頭。「哪會。可就是因為妳什麼都不讓我擔心，我才更擔心。」

「你放心。」蔣嫵撫著肚子道：「我好得很，他也好得很。你快去衙門吧，再話別一會兒就該吃晌飯了，你也不必走了。」

霍十九失笑。「妳這小壞蛋。」心裡更打定主意，今日一定要與皇帝告假。

目送霍十九離開後，蔣嫵便來至唐氏與趙氏跟前。「娘，妳們慢慢聊，我回房去了。」

二人都笑著點頭，叫了聽雨、冰松，讓紅梅、櫻雪、落蕊、玉橋四個大丫鬟跟在蔣嫵後頭，一同護送她回瀟藝院。

看著蔣嫵走遠，二老才又商議著產房裡還有什麼需要預備的。

蔣嫵這廂扶著聽雨的手，緩步走向瀟藝院，到了夏季，霍府裡又是一番流觴曲水、百花芬芳的景象，就連霍大栓今年新種的那些瓜果菜蔬，看起來也是鬱鬱蔥蔥的，很順眼。

蔣嫵走走停停，面色如常，心情很好地欣賞景色。

等回到瀟藝院，聽雨與冰松要扶著蔣嫵回正屋時，蔣嫵卻道：「先去產房瞧瞧。」

二人道蔣嫵是想看看產房的佈置，就都點頭。

其實產房就是瀟藝院中緊挨著正房、一間帶有耳房的廂房，為了照顧蔣嫵生產方便而稍微做了一些擺設上的變動，也預備了嶄新的床褥。

蔣嫵緩步進了屋，穿過多寶格到了裡間。

牆角的小几上琉璃花樽中擺著今日新換的新鮮百合，鋪設百花盛放錦緞桌巾的八仙桌上放著時新瓜果，和著百合花香很是宜人。架子床四周是淡綠色紗幔，顏色與屋內搭配著只覺清爽。床頭垂下的兩條綢帶，想來是生產時借力所用的。

蔣嫵就緩步走到床畔，輕輕坐下，吩咐道：「去請周大夫和穩婆來吧。」

聽雨道：「是。」只當蔣嫵是有話要吩咐。

冰松卻覺得蔣嫵的臉色不大對，擔憂地到了近前道：「夫人可是不舒坦？」

「還好，妳去吩咐廚房給我紅糖臥雞蛋，先來十個好了。」蔣嫵說罷，就脫了繡花鞋躺在床上，閉了閉眼，才道：「還有，不准去打擾侯爺，待會兒大夫和穩婆都來瞧過了，再去慢慢告訴太夫人和我母親。」

這就是要生了？

冰松先是愣了一下，隨後才驚呼一聲，慌亂地奔了出去。「穩婆，嬤嬤！快、快，夫人怕是要生了！」

這一聲尖銳的叫喊，讓整個瀟藝院都炸開了鍋。

蔣嫵聽著外頭慌亂的腳步聲，還有丫頭奔走時撞在一處跌倒時的聲音和銅盆落地水灑落一地的聲音……不免有些好笑。

她就是怕她們慌亂，結果她們反倒更慌亂了。

穩婆和宮裡請來的接生嬤嬤輪流給蔣嫵觸診後，相視一眼，不約而同地點頭。

周大夫也被請來給蔣嫵號脈，又與穩婆和接生嬤嬤出去商議相關事宜。

這廂聽雨已和冰松一樣慌亂，匆忙地端了紅糖臥雞蛋來。

蔣嫵已卸了釵環，長髮只隨意紮成一束，見她們二人回來，不免一笑，就抓著借力用的綢帶要起身，還是聽雨眼明手快地扶著蔣嫵坐了起來，緊張得恍若捧著一大塊嫩豆腐。「夫人，您、您這會兒能起身嗎？」

蔣嫵向紅糖臥雞蛋伸出手。「沒事，有什麼不能起身的。待會兒吃飽了我還要走走。」一旁的冰松已將精緻的湯碗捧了過來，拿了湯匙要餵蔣嫵進食，聞言手一抖，險些將湯匙扔了。「夫人，您、您可別……」

蔣嫵卻是安撫地對身旁已慌亂的婢子微笑。「別怕，我素來身體強健，不過是生產這等事，還能難得住我？」說話間已接過湯碗，先灌了幾口湯水，又拿了湯匙自個兒吃裡頭的荷包蛋。

穩婆和接生嬤嬤進門見了，都面帶微笑。「夫人知道要自個兒進食是好事。這才剛開始呢，離生產還有段時間，若是不多吃點，哪裡來的體力？」

「正是，夫人生得這般嬌弱，理應多吃一些以存體力。」

蔣嫵笑而不語，專心吃荷包蛋喝紅糖水。如今五月，雖未到盛夏最熱之時卻也不遠，她吃得不快，且吃一會兒歇一會兒，不多時鬢角額頭就都出了汗，背脊上也被汗沾濕，紗衣貼在身上。

蔣嫵剛吃完一碗，靠在柔軟的彈墨引枕上打算休息片刻時，外頭傳來一陣急促錯雜的腳步聲，唐氏與趙氏二人已攜手踉蹌地搶步進來，蔣嫣和霍初六也緊隨其後。

趙氏還算沈著，面上是焦急又興奮的表情，握著霍初六的手，緊張得渾身發抖。

唐氏卻是臉色煞白，她清楚生產之痛，一想到女兒即將要受什麼折磨，她就心痛得恨不能時光倒轉不讓女兒生子了，可這個世界哪裡容得女人不依附男人而活，不為男人生兒育女？那樣不但自身將來沒有託付，道德倫理上也是說不過去的。再一想生產之事最是危險，有多少女人喪命於此，唐氏再看蔣嫵含笑的眉眼，眼淚就將奪眶而出。

蔣嫣見唐氏如此擔憂，也跟著急得有些慌亂。「嫵兒，妳還好吧？」

「我很好。」蔣嫵道。「我這裡有穩婆和嬤嬤照顧，還有周大夫也在外頭，身旁有這麼些得力的人照看著，待會兒大姊就跟在娘身邊細心看護，等好消息即可。」言下之意，不要待會兒唐氏慌了，蔣嫣也跟著慌。

蔣嫣立即明白蔣嫵的意思，重重點頭。「妳放心吧，我會照顧著娘的。」

趙氏已在蔣嫵身畔坐下，關心地詢問蔣嫵身子狀況，蔣嫵只道一切都好，又道：「娘，還是暫時別告知阿英，一則他公事繁忙，二則他那個性子要是回來，還指不定怎麼焦急呢。我瞧，我這一時半刻也生不了，他下衙回來自可看到了。」

趙氏頷首，道：「這些妳都不要理會，只好生照顧自己即可。」

然而霍十九還是在半個時辰內快馬加鞭地回來了。並非是趙氏等人去報信，而是他先前就已經在府裡安排了人，聽到動靜就立即去衙門裡找他，不論他正在做什麼。

霍十九與曹玉二人騎著棗紅馬橫穿街道，揀人少僻靜的道路一路狂奔往什剎海方向而去，看到他身上的飛魚服，百姓們便開始低聲罵起錦衣衛來。

霍十九並不在意，也沒工夫在意，到了府門前避開那些排隊送禮的朝臣，走西邊的側門策馬入府，揮鞭趕開要為他們牽馬的下人，就策馬長驅直入進了內宅，在瀟藝院門前勒馬。

等趕到院中時，趙氏、唐氏、霍初六、蔣嫣四個已經在樹蔭下坐在藤屜子春凳納涼，她們各自的婢女都在身後輕輕打扇。

霍十九就要往產房裡去，門前的婢子連忙阻攔。「侯爺，產房乃不祥之地，您不能進去。況且夫人現在還沒事呢，您不要焦急。」

趙氏和唐氏也來相勸。「你先別慌，嫵姊兒好著呢，才剛一口氣吃了十個荷包蛋，喝了一大碗紅糖水，看她那樣子好得很呢。」

「再說你去了也幫不上忙，你看你，滿臉是汗，今兒不去衙門了吧？緊著去換身衣裳，到外院書房坐坐，等好消息就是了。」

母親與岳母都說得這麼輕鬆，可霍十九哪裡輕鬆得起來，他今年已二十八歲，還是頭回有自己的子嗣，且為他孕育子女的是他的愛妻。而他家嫵兒也才剛十七歲，還是個小姑娘呢！

也不知她怕不怕，疼不疼……

霍十九一言不發地回臥房更衣，穿了身碧青色紗袍，墨髮整齊地以碧玉簪綰在頭頂，曹玉就一直陪著他在主臥內，透過敞開的格扇觀察隔壁產房的情況，不多時就見蔣嫵穿的還是早起的那身淡紫色襦裙，只長髮已散開，在婢子的攙扶之下來到院子中緩步地繞彎。

見她出來，趙氏和唐氏、蔣嫣、霍初六都連忙起身，霍十九也快步衝了出去。

「嫵兒。」

蔣嫵聽到霍十九的聲音，內心歡喜，回眸一笑。「你回來了？我本不想告訴你呢，等快差不多時你回來抱兒子就行。」

霍十九扶著蔣嫵手臂。「怎麼出來了？這會兒還是能亂走的嗎？妳現在怎麼樣？我看妳臉色不大好。」說到此處，冷淡的目光一掃穩婆和接生嬤嬤。「妳們怎麼伺候夫人的，她的臉色為何如此難看？」

「侯爺息怒！」二人忙行禮，結結巴巴地解釋。「夫人這樣實在是正常，這才剛開始陣痛呢，要生產說不得還要等到明兒個，現在走動走動也有好處。至於夫人的臉色，大約是夫人素日裡積弱……」

「放屁！」霍十九還是第一次在外人跟前如此粗暴地說話，冷笑著道：「妳們別瞧著夫人生得嬌柔就亂往體質虛弱上胡謅，是想夫人若有危險時，妳們也好撇清關係吧？我現在就告訴妳們，夫人若安好，妳們便都有命和家人一同享福，若是夫人有一丁點不是，妳們就等著全家一起陪葬！」

「是！」二人嚇得雙膝一軟，跌跪在地。

蔣嫵白了霍十九一眼。「你瞧瞧你，怎麼能如此亂來，都說了我沒事。大夫也說了，我這樣比其餘的產婦還是好的呢，你別搗亂了，趕緊去外頭書房。」

「我不去，我在這裡陪妳。」

蔣嫵堅持讓霍十九出去，霍十九卻堅持不走，最後還是蔣嫵妥協，由霍十九攙扶著散步，趙氏、唐氏幾人根本就插不上話。

起初的陣痛不算強烈，如此一整天，到華燈初上之時，蔣嫵才感覺到陣痛變得越發緊密起來，且愈加有規律，那種小腹之下的疼痛，當真比今生所有小日子來時的疼擰在一起還要疼上一萬倍。

蔣嫵最是能忍痛的，她也曾受過比這再疼的痛，倒不至於這會兒就怎麼樣了，反倒讓外頭等候的家人們著急。

產房內安安靜靜，間或還聽得到穩婆和下人們的說笑聲，那場面全不像是在生產，倒像是尋常召集了人在閒聊，倒顯得等在外頭的這些人過度緊張了。

他們已有一整日沒離開瀟藝院。

霍十九便勸說兩位母親先去休息，可話音方落，眼角餘光就看到燈火通明的產房內，蔣嫵的身影投映在糊著明紙的格扇上，她正扶著婢子的手走路。與白日裡比起來，她走得極為緩慢，腳步也不似尋常那般矯捷了。

裡頭有人道：「已經吃了催產的湯藥，活動活動等開了就好了。」

外頭人的心都提到嗓子眼，誰也不願意離開瀟藝院了。

唐氏就想進屋去看，霍十九怕她見不得女兒受罪，不要蔣嫵還沒怎樣，唐氏先倒下，就竭力勸阻，並讓趙氏和蔣嫣進去看了看。

不多時，二人出來道：「暫且無恙。」

唐氏才鬆了口氣。

如此，等了一整夜，眾人都未曾合眼。倒是產房內的蔣嫵照常吃吃喝喝，累了就睡，疼醒了就忍一會兒，也不曾覺得時間多麼難熬。

到了次日清晨，霍十九勸兩位老人家都先回房歇著，自個兒也去洗了把臉，臉上的水漬還沒等擦淨，就聽見產房裡有人說了句。「……破水了。」

隨後就見穩婆、接生嬷嬷和周大夫在廊下低聲商議。

霍十九忙到跟前詢問：「怎麼一回事？」

接生嬷嬷道：「回侯爺，夫人如今還沒開過四指……」

他不懂這些，卻也惡補了一些相關的常識，還特地去問過接生嬷嬷，破水後若是產道不開，胎兒和母體都有危險。

他嚇得臉上發白，就要進產房去，卻被冰松和聽雨攔住。

因著產房內，本該因為疼痛而呻吟的人一聲不吭，下人們似大氣都不敢喘。

產婆幾人又進了內室，單將霍十九隔在門外。

霍十九滿地亂轉到晌午，聽裡頭的對話，說是產道還未開，就連後面趕到的趙氏和唐氏都慌了。

卻聽裡頭蔣嫵低柔的聲音堅定地道：「那就動剪子，還等什麼。必要時候剖腹取子都使得，哪還在乎這一點？妳們都麻利些，別憋壞了我兒子！」

那聲音雖然虛弱，卻是氣勢非常，外頭的霍十九聽得眼眶一熱，忍不住就喚了一聲。

「嫵兒，堅持住！」

蔣嫵就在屋內應道：「還用你說，你去照顧娘，別來煩我。」

霍十九急得不輕，又開始滿地亂轉。

屋內只聽得穩婆幾人商議時的說話聲音。她們的語氣都很焦急，卻不曾聽到一聲蔣嫵的呻吟。

霍十九知道，蔣嫵說不定受了不少苦，這會兒疼得滿身是汗呢。

平日裡殺人不眨眼的霍指揮使，這會兒像熱鍋上的螞蟻……

再到傍晚時分，安靜的產房內突然傳來一聲清晰的悶哼，那一聲似捶在霍十九的心頭。

大多婦人們從陣痛就開始受不住地亂喊亂叫，而蔣嫵從陣痛起到現在，一直都沒吭過聲。這會兒這樣算是怎麼回事？

他慌亂地進門，推開婢子自行撩起珠簾，險些被門檻給絆倒。剛穩住身子，就聽見一聲響亮的嬰兒啼哭。

接著就是穩婆和接生嬤嬤張羅著為蔣嫵處理傷口的對話聲，還有婢子們的說話聲音。

霍十九似被點穴般站在門前，不多時侯穩婆就抱著個襁褓出來，興高采烈地道：「侯爺，是位小公子呢，母子平安！」

霍十九呆呆地看著穩婆手中的大紅襁褓，那裡頭的小娃兒還在張口啼哭。緊接著院子裡就有歡呼聲傳來。趙氏和唐氏都急忙要進來，又一次被穩婆攔在門外。

穩婆道：「這會兒眾位主子不宜進去，還是先看看小公子吧。侯爺您瞧，小公子生得多好、多精神啊，這眉眼瞧著就像您呢。」

霍十九伸著脖子一看，襁褓中的小娃兒皮膚皺巴巴、紅通通的，眼睛緊閉著只知道哭，哪裡看得出來像誰。

霍十九望著那折磨了蔣嫵兩日的小東西，甚至有些不敢碰觸，雖知那是他的兒子，可那孩子的一切都那麼陌生又那般脆弱，好似他只要力道稍微拿捏得不對，就能將孩子碰壞。

「你……」一開口，才發現聲音已經沙啞，霍十九清了清嗓子才道：「先抱小公子給太夫人和親家夫人看，再吩咐人去請老太爺。」

「是。」

穩婆抱著襁褓到了門廊，趙氏與唐氏已經迎了上來。

霍十九這會兒已經進了內室，才剛進門就聞到一股濃重的血腥味。眼見著接生嬤嬤和僕婦們正為蔣嫵蓋上被子，又有小丫頭端著盛放血水的黃銅盆魚貫出去，霍十九一見那些血水，就覺得腳心升起一股寒氣直衝向腦門，連骨頭都有軟綿之感。再看躺在床上臉色煞白、雙目緊閉的蔣嫵，更加擔憂，忙快步到近前來，卻不敢碰觸她，只低聲叫。「嫵兒。」

蔣嫵本昏昏欲睡，但聞霍十九顫抖的聲音就知他在外頭等了兩日的煎熬或許並不比她少，就強撐意志張開眼，勉強擠出一個笑容。「阿英。」

霍十九內心稍放鬆，在床畔蹲著，握著她冰涼的手道：「妳受苦了。怎麼手這麼冰？妳還好吧？」

「沒事，已經沒事了。我就是累了，想睡一會兒。」

她的確是該累了。在疼痛的折磨之下，她根本就沒怎麼睡著。

「好好好，妳睡，我守著妳。我已與皇上那兒告假了。這些天我都不去衙門，就在這裡守著妳。」

「你也睡一會兒，看你眼眶青的……」蔣嫵眼皮沈重，卻還強打精神道：「你看到兒子了嗎？」

「看到了。」

「我瞧著，兒子像你。」

「皺巴巴的，看不出。」

蔣嫵失笑，道：「你還未給兒子取名。」

「已經取好了，還是今兒個皇上幫我選定的，就叫霍翀。」

「哪個沖？」

「左羽右中，『鵠飛舉萬里，一飛翀昊蒼』的那個翀。」

「翀哥兒嗎？也好，既是皇上賜名，便無更改的道理了。」蔣嫵已是疲憊得眼皮都抬不起，喃喃道：「阿英，你快歇著去，我睡了。」

「妳快睡，我在這裡陪著妳。」

霍十九握著蔣嫵的手不鬆開，就那般蹲在床沿守著她，不多時她已呼吸平穩。

而外頭已傳來霍大栓開懷而笑的聲音，壓低嗓門問穩婆。「這孩子幾斤幾兩重？」

「回老太爺，小公子正巧七斤整重。」

「七斤啊?那就叫霍七斤好了。」霍大栓哈哈大笑。

屋裡的霍十九聞言就皺了眉。

他們兄弟姊妹三個叫個十九、初六、廿一也就罷了，其實叫熟了還滿順的，怎麼輪到孩子就以體重來命名了?七斤七斤地叫著，還不將孩子都叫成個粗人……

霍十九忙輕手輕腳地出來院中，先是將圍觀笑談的家人都引去外頭，這才壓低聲音道：「爹，皇上已經給孩子賜名了，叫霍翀。」

「啥?」霍大栓不甘心地叫道：「啥沖啊，哪個字啊?沖有什麼好聽的啊，叫個七斤多好啊!你個毛孩子懂個屁，叫簡單的賤名，孩子好養活!你看你們兄弟姊妹不就是例子!」

趙氏道：「皇上御賜的名，那是孫子的榮耀，天生的榮寵別人想得還得不到呢，你還挑三揀四的，別亂說話惹禍上身!」

霍大栓也知道聖命不能違，只得退而求其次地道：「那乳名叫七斤好了。」

小名叫翀哥兒不是更好?

可霍十九眼看著霍大栓瞪著眼睛、一副殷殷期盼的模樣，著實不想讓父親失望，又想不過是乳名罷了，便道：「那就聽爹的意思吧。」

「好，好!」霍大栓拍著大腿哈哈大笑。「妳看，兒子都說話了，可見我想的名字甚好，不過皇上也已經賜名了，就只得如此了。哈哈!」

「爹，好在翀哥兒是七斤整重，若是個六斤八兩四錢之類的，乳名還太長了呢。」

霍初六一句話，引得眾人都笑，霍大栓險些脫了鞋打她。「妳個臭丫頭，還敢取笑妳爹，妳還別不信邪，若真是六斤八兩四錢也容易，直接叫六斤唄！」

「可若是將來大嫂再生一胎，還是七斤重怎麼辦？」

「這……」霍大栓犯了難，撓著後腦勺道：「妳說的也是，要不，不叫七斤了，改叫狗娃？」

「爹……還是叫七斤吧。」霍初六無奈地搖頭，還是先過了這關再說，以後的孩子以後考慮便是。

就這樣，在蔣嫵還在昏睡的時候，霍翀的乳名已經被其祖父拍板定讞了。

蔣嫵再次醒來時天色已經大亮，因是在月子中，穩婆與嬤嬤根本不讓她下床，更不許吹風，就連想看看孩子，也得讓奶媽子將孩子抱來再看。

聽聞冰松說霍大栓給孩子取了個乳名叫七斤，蔣嫵失笑，道：「叫什麼還不一樣，不過是個代號罷了。」

的確，她前世還沒名字呢！能有個祖父取的乳名，叫七斤也是幸福的。

蔣嫵堅持要自己給孩子餵奶，可是她奶水不足，只得與乳娘一同餵養七斤。

霍十九更是陪伴在她身邊寸步不離。

到了這一日的下午，外頭的小丫頭們風風火火地衝到了廊下，氣喘吁吁地回道：「回侯爺、夫人的話，皇上到了！」

霍十九一愣，忙起身去迎。

蔣嫵則是讓聽雨拿來一件襖子披上，坐在拔步床上等著。

不多時，小皇帝在霍十九的陪同下進了臥房，人未到，聲已先至。「姊姊，聽說你們母子平安，朕來看妳了。」

「多謝皇上。」蔣嫵微笑，在床上欠身。「請恕妾身不能給皇上行大禮了。」

「罷了罷了，自家人何必如此。狆哥兒呢？」小皇帝由霍十九服侍著坐在臨窗的玫瑰椅上。

霍十九回道：「才剛吃飽，讓乳娘抱下去了，臣這就吩咐乳娘將他抱來。」

小皇帝連連點頭。「朕也想看看英大哥和姊姊的孩子是個什麼樣子，哎，若跟著姊姊論，他是朕的外甥，若跟著英大哥論，他又是朕的姪兒，都不知該怎麼算好了，不過朕已經想好了，今日就要親口封他為錦寧侯世子。」

原本霍十九是打算請封的，不承想小皇帝會親自前來。雖同樣是錦寧侯世子，可自個兒請封與皇上親封卻是大大不同。

霍十九忙行禮謝恩，還未跪下，已被小皇帝雙手攙扶起來。「英大哥，自家人不必如此。」

不多時，乳娘已將狆哥兒抱來，小小的嬰孩正在熟睡，歪著頭靠在乳娘胸口，半張著小嘴，睡得很熟的模樣。

小皇帝新奇地湊近他，看著他紅通通的皮膚還有皺巴巴的臉和小手，撇嘴道：「這是英大哥和姊姊的孩子？不會抱錯了吧？怎麼這麼醜！」

蔣嫵不滿得很，誰說她家猏哥兒醜的，孩子還小，都沒長開呢，能看出個什麼？

蔣嫵招手讓乳娘將孩子抱來。

乳娘卻是害怕得渾身發抖，要知道這是她第一次面聖，皇上居然還說她抱錯了……如果這會兒皇上計較起來，這些當日為蔣嫵接生的人，豈不是都要死無葬身之地？

好在霍十九瞭解小皇帝的性子，笑道：「皇上，這屋裡悶熱，不如臣陪您去外頭走走？」

小皇帝看過了小孩，也的確不願待在屋裡，就與霍十九並肩出去，到了外頭的花園裡尋了個四周空曠之處低聲說話。

蔣嫵這廂則是摟著猏哥兒躺著，道：「好孩子別怕，你可一點兒都不醜，在娘眼裡你是最好看的孩子，說你醜的那是沒見識。」

乳娘想去捂住蔣嫵的嘴……要是被人聽見，他們全家都要跟著陪葬啊！

皇帝親臨錦寧侯府，親口御封了錦寧侯世子的消息不脛而走，一時朝堂之中錦寧侯的聲望又高了許多，有了小皇帝打頭陣，那些原本對霍十九就存巴結之心的人就越發靠上前來，就連英國公都送了兩柄上等的玉如意以示親近。

不過送禮的人雖多，其中卻沒有蔣學文。

蔣嫵也吩咐了人回蔣家報信，蔣學文卻始終沒有表示，只有蔣晨風親自登門。

蔣嫣與蔣嫵一同在瀟藝院的臥房中見了蔣晨風。

再見之下，三人都很是唏噓。

蔣晨風清瘦了許多，身上沒有了從前書生意氣的那種幹勁，換而代之的是一種經歷滄桑之後的蒼涼。

在見了蔣嫣與蔣嫵時，他臉上有歡喜欣慰的笑容，開口便道：「看來大姊過得也很好，我果真沒有做錯。」

蔣嫣百感交集，道：「晨哥兒，多虧了你肯幫忙，只是我出門後，爹沒有為難你吧？」

「沒有。他頂多對我的態度不滿罷了，時常訓斥敲打兩句，也沒什麼的，況且我正打算離開京都。」

蔣嫵一愣。「二哥，你離開京都要去哪兒？」

「是不是爹他又怎麼了？」蔣嫣也很焦急。

蔣晨風搖頭，笑道：「我已與三兩好友相約出行，要去遊歷名山大川，俗語說的好，讀萬卷書不如行萬里路。我總要去看看外面的世界是什麼樣。我今日來，除了看看三妹的孩子，也是為了辭行。」

蔣嫣與蔣嫵聞言一陣沈默。

微風從開了個縫隙的格扇送來，風鈴發出叮鈴脆響，與院中小丫頭低聲說笑的聲音和在一處，讓人內心寧靜。

蔣晨風垂眸片刻，唇角漸漸逸出輕笑，抬眼時笑容已是一派輕鬆，像是放下了許多沈重的包袱，站起身道：「三妹，我看看妳的孩子就走了。」

蔣嫵蹙眉，欲言又止。

蔣嫣則拉著蔣晨風的衣袖道：「晨哥兒，你出行的事已告訴了爹嗎？爹怎麼說的？此番遠行同去的都有何人？要到何處？」

蔣晨風笑道：「爹自然是不許的，要我參加今年的科舉呢，只是，我現在對朝堂之事真是全無心情，若是當官最終會讓人連人性都丟了，那不當也罷。」

「晨哥兒……」

「我沒事，如今大姊與三妹都已成家，四妹與娘在一起，也不必擔憂，爹他是一代名臣，自有人會貼心照顧，我留下反而會礙他的眼，徒惹他動輒發怒。至於出行，我還不知要去哪兒，總歸與三兩好友一同，安全是可以保障的。」

蔣嫵這會兒已經吩咐人將霍翀抱來，嬰孩才剛吃飽，這會兒睡得正香，許是聽到了一些動靜，有些不滿地皺著眉頭。

蔣晨風驚奇地看著大紅襁褓中的嬰兒，半晌方道：「真好，真好。如今我也做了舅舅，已經取了名字嗎？」

「皇上賜名為『翀』，乳名是我公爹取的，叫七斤。」

蔣晨風聞言微笑，以拳擊掌，信心十足地道：「既如此，七斤抓周之時，我定會回來。」

「既然二哥決定要出行，我和大姊便也不阻攔了，不過出門在外，定要有足夠的盤纏才行。聽雨。」

「是，夫人。」

「去開庫房，取二百兩的銀票來，再拿些碎銀子。」

聽雨應聲退下。

蔣晨風連連搖頭。「不成，不成，我怎能拿三妹的錢？我又不是來拿錢的！」

「二哥，你若不拿，我就只好派人跟隨保護你了。我是想，你既與朋友相邀，身邊頂多跟個長隨，若是跟了許多人，就大大不方便，再者我們都是一家人，二哥連妹妹給的程儀也不肯收嗎？」

蔣嫣也道：「若是不肯拿嫵兒的，拿我的也是一樣。」

蔣晨風望著蔣嫣與蔣嫵真誠的笑臉，好似又回到了從前他們一同在那貧陋的家中同甘共苦的時候。他本以為現在日子過得好了，蔣嫣與蔣嫵就會變了，想不到她們一直沒變，變的只有他的心態，讓他看不清她們的真實面目罷了。

蔣晨風收了聽雨交給他的錢袋，就去見了唐氏。

母子見面，自然有好一番話要說，只是蔣晨風對唐氏隻字未提出行一事，擔心唐氏反對，才打算如此先斬後奏。

蔣晨風出行那日，正是五月三十，是霍翀出生的第六日，也是秀女入宮的日子。

霍十九吩咐了四喜跟著霍廿一一同去給蔣晨風送行的同時，葉澄所乘的馬車也緩緩停在西華門前。

穿著鵝黃色錦緞如意紋褙子的葉澄扶著陪嫁丫鬟的手下了馬車，抬起頭看著萬里無雲的晴空，妝容精緻的面龐上有了笑容，腦海中依舊迴蕩著方才出門時祖母的囑咐。

「澄兒，從今往後，妳便是皇家的人了，妳能被選為宮嬪，是祖上積德，也是咱們葉家的造化，妳定要好生侍奉皇上，不得任性妄為。如若不能得寵，也要學會好生自保……」

葉澄如今是滿心的滿足。從前她羨慕蔣嫵嫁得好，能嫁給那般位高權重之人，平步青雲地做了侯夫人。可如今，她雖然只被封為婕妤，但好歹她的男人是當朝天子，是天下最尊貴的人。雖然皇帝是比她小了三歲，可是俗語說的好，「女大三，抱金磚」，恐怕皇上選中了她，也有考慮這一點的成分吧？不像杜明鳶那個走霉運的。

葉澄扶著陪嫁丫鬟的手，跟著內侍緩緩步入了她今後的戰場。

第三十六章　使臣送禮

蔣嫵這會兒剛吃完一碗雞蛋糕，正百無聊賴地把玩她的匕首。她指頭修長靈活，匕首在她指尖翻飛，像是開了一朵銀花，從七歲那年開始，她還從未如懷孕到生產這段時間一般將功課都疏忽了，也不知坐完月子之後，那些技法她還會不會……

正胡思亂想，外頭冰松就笑著道：「夫人，杜三姑娘來了。」

「妳可算是來了。」蔣嫵將匕首歸鞘放在枕下，抱怨道：「我這不准出去，整日在屋裡待著，身上都快長出蘑菇來了，也就指望妳來能陪我說說話。」

杜明鳶在蔣嫵床畔坐下，笑道：「所以我一大早就上妳這兒來。而且，今日中選的秀女已經入宮了。」咬了咬唇，杜明鳶感激地道：「嫵兒，妳千萬要替我感謝錦寧侯。若不是他，我也不會坐在這裡了。」

蔣嫵笑道：「不過是舉手之勞，他又不費事，不必謝他。」

「那也要謝妳啊！若非有妳，他哪裡會幫我？嫵兒，還是妳最懂我。」

「妳又客套起來，不是說了嗎？自家姊妹，無須如此的。」

悅來客棧的上房中，此即有兩位妙齡女子一站一坐。

端坐在八仙桌旁的姑娘約莫十六、七歲，穿了身時下最流行的月牙白蜀錦暗花褙子，下著鵝黃色柔紗裙子。長髮梳了雙平髻，並未點綴首飾頭面，可耳上戴著的碩大金剛石梅花耳釘卻與她素手上的金剛石戒指呼應著光華。

要知道，金剛石難得，能夠雕琢金剛石成為梅花形狀更難得。單這對耳釘和戒指就已有價無市。

而她身上淡淡的玫瑰清香，聞之使人心曠神怡，也是京都最有名的心悅坊提煉的香精，一小瓶就要八十兩銀子。就如同她身上的淡淡香氣一樣，她全身上下雖不做過多裝飾，卻無處不透著低調的奢華。

一旁身著紫衣、梳雙丫髻的俏丫頭不過十三、四歲模樣，笑咪咪地為主子斟茶，笑道：「姑娘，您說咱們大老遠地打錦州來這一趟，到如今連正主兒的門都沒進去，到底值不值得？」

「紅鳳，妳信不過我的眼光？」

「不不不。」裴紅鳳連連擺手，認真地道：「姑娘能在兩年之內一躍而起成為錦州首富，不依靠唐家任何的幫助，甚至還要與唐家的人鬥法，如今有如此成就，都是您一點一滴賺來的，您的決斷和能力，紅鳳瞭解，不會有絲毫懷疑。」

那姑娘，正是錦州首富楊曦。

「在大多數人給錦寧侯送上心意之時，我反其道而行，他必定已經注意到我。而如今，我要做的事也只要他動動嘴皮子幫個小忙，我想如此互利互惠的事，他應當不會拒絕，看到我遞去的帖子，當會見我的。去預備馬車吧！我想霍府應該快來人了。」

「是，姑娘。」裴紅鳳點頭，快步出去了。

而果真不出楊曦所料，霍家的人果然不到半個時辰就到了客棧，專程請她們過府一敘。

傍晚時分，蔣嫵正抱著七斤逗弄著他玩，霍十九就笑著回來了。

她忙傾身，問：「你用了晚膳不曾？」

「用了，在外院用的。妳今天如何，累嗎？」霍十九將外袍交給聽雨，自己拿了帕子擦擦手臉，這才到內室，蹲在床沿看襁褓中的嬰孩。

七斤吃得飽足，這會兒正眨著一雙黑葡萄般的大眼睛好奇地望著四周，唇角翹翹的，見了霍十九，小手揮舞著，像是在討好，十分討喜的模樣。

霍十九的心都覺得軟綿綿的，想要抱起七斤，又怕自己粗手粗腳碰壞了他，就蹲在床邊以一根手指頭小心翼翼逗著他玩。

蔣嫵斜歪在軟枕上，望著這極為養眼的畫面——霍十九的笑容很是孩子氣，像是發現了什麼好玩的玩具。

「你今兒個心情好？」蔣嫵笑問。

「回家來，心情從來都沒有不好。」霍十九抬眸對蔣嫵微笑，蹲累了就在床沿坐下，轉而拉著蔣嫵的手。

的確，霍十九極少將朝廷中和外頭那些瑣碎事引起的負面情緒帶回家中，不過今日的他的確是比往日要快樂一些。

蔣嫵便好奇地傾身。「發生什麼好事？」

霍十九聞言索性枕著她的腿躺下。「果然妳最瞭解我，不過是收受賄賂，得了一大筆鉅額的銀子。」

「啊？多少銀子，讓你心情這般好？」霍十九幾時變成見錢眼開的人了？

霍十九伸出左手，五指張開。

蔣嫵詫異。「五萬兩？」

「不。」霍十九也不賣關子，道：「五百萬兩。」

「什麼？」蔣嫵險些咬掉了舌頭，什麼人瘋了，送五百萬兩銀子的賄賂！霍十九居然也敢收？那人能以這麼多銀子來行賄，一定不是等閒人物，難道霍十九不擔心其中有詐？

霍十九見她如此驚訝，笑道：「那人也是個奇女子，與妳差不多的年紀，在商場混跡，明面上不超過兩年，就一躍成了錦州首富。如今又有如此魄力，敢拿出如此一筆鉅額行賄，且還是直接來找我，只求我幫一個小忙。我就是不看在那筆鉅額賄賂的分上，也要看看她到底要做什麼？」

蔣嫵一聽對方是個年輕女子，還是錦州首富，便對其有了好奇之心。她素來敬佩那些女中豪傑，這樣的人物，若是傳言不摻假，還真是個值得結交的對象。

蔣嫵好奇地問：「她求你幫什麼忙？」

「她的要求很簡單，要我想法子將京都國家糧倉中的陳糧拿出，以原價的九成拋售。她會將新糧原原本本地補滿倉，且全部費用由她支付，事後據說還有一筆酬謝。」

蔣嫵眨眨眼，美目中多了一絲忖度。

將國家糧倉中的糧食全部拋售，有能力吞下那樣大庫存的必然是京都富賈，如此一來，京都乃至於京都周邊的糧食市場將會掀起一場駭浪。

那麼這位女首富要做什麼？

「在想什麼呢？」霍十九這會兒已經吩咐乳娘將七斤抱走，他則躺在七斤方才的位置。

蔣嫵回過神，低頭看著霍十九道：「我在想，那位首富姑娘要做什麼，若是我，我能做什麼。」

霍十九笑道：「不論她做什麼，我要做的事也不難。左右糧倉中的陳糧也是該清一清了。至於她，咱們不必理會，銀貨兩訖的買賣罷了，她要在糧食上做什麼手腳，就不是我該在意的。」

「我是擔心她的動作影響到你，若是真掀起什麼浪，到時要你來善後。還有，受賄五百萬兩，足夠砍頭幾百次了。」

蔣嫵越說越覺得擔憂，霍十九原本就已經有滿身的小辮子給人抓，如今又添了這一樁大的，那些有心之人沒事還要找事，若真知道他受賄這麼多，不論是出於正義還是出於妒忌，霍十九怕都沒有善果。

正想著，蔣嫵已被霍十九長臂一伸摟在胸前。她此刻長髮披散，如瀑一般鋪在兩人身上，滑過霍十九的手臂，像是涼滑的緞子，直搔到他心裡。

霍十九忘了原本要問的話，低聲問：「妳現在身上好了嗎？」

蔣嫵一愣，半晌才反應過來霍十九在問什麼，使勁白了他一眼，嗔道：「你又胡想什麼呢，現在當然不成。」

霍十九孩子氣地嘟著嘴。「可是已經很久了。以後等妳好了，我去畫一張表，照著日子來，生男生女什麼的，說不定都能算得出。」

「你這人，真該讓你兒子聽聽你這做爹的一整天都在想什麼。」

「他要是聽得懂，也得雙手雙腳贊同啊，要是沒有我這麼努力，哪裡來的他。」

「你壞死了！」蔣嫵用力捶了霍十九胸口一下，反被他翻身壓下以吻封緘。

由於得知了楊曦「行賄」霍十九一事，又知霍十九已經答應清空糧倉陳糧的要求，蔣嫵坐月子期間就緊密關注外頭的動向。

不過幾日，京都商賈之中果然湧起了驚濤駭浪，一池水都被此舉攪得渾到不能再渾。清水難養魚，蔣嫵開始拭目以待首富姑娘的下一步動作了。

果然，不過十幾日，先得到內部消息的各地商賈已經一擁而上，有走霍十九門路的，也有走其他大人門路的，讓霍十九又賺了一大筆。

國庫放空之後不出十日，便有業內之人內部消息傳來，說是有一大糧商又一次大批量地運送糧食而來，將以低於先前國庫清倉兩成的價格拋售，但是有唯一的要求，便是這批價值九千八百七十萬兩的貨物，必須要一次性出售，不能分批售給多人。

這消息一出，京都城中但凡原本有些躍躍欲試的人就都悉數息了念頭，九千八百七十萬兩的貨物，誰吃得下？恐怕將幾十輩子的身家銀子都放出來也難以成事。

蔣嫵在家中聽到曹玉這一席話的時候，就緩緩放下了茶碗，說了一句。「看來萬隆票號的東家要易主了。」

萬隆票號乃京都第一票號，此事可非同小可。曹玉聞言愣怔，清俊的面龐上瞬息閃過一些不可置信。

蔣嫵好奇地道：「怎麼了？」

「不，沒什麼，只是覺得夫人與侯爺心有靈犀。剛我告知侯爺這番話時，他也這麼說，只是我不懂糧食一事與萬隆票號有什麼關係。」

蔣嫵雖知道曹玉與霍十九是過命的交情，但也不能將那五百萬兩的事情隨便拿出來說，更無法扯出楊曦一事，只得笑而不語。

曹玉也是極有深淺的，便不再問，拱手行禮，打算告辭。

聽雨這會兒抱著個琉璃花樽進屋來，笑道：「夫人，侯爺說這花樽孤伶伶地擺在前廳不好看，而且明兒個辦滿月酒，來的賓客眾多，只放這麼一個花樽也丟咱們侯府的面兒，讓夫人開庫房再尋一些好的來。」

聽雨說得含蓄。蔣嫵卻猜得到，霍十九的原話八成是：「只拿這麼一個小小花樽，都辜負了我多年來『搜刮民脂民膏』的大名。既然已經背了罵名，為何不大大方方地做個貪官？」

蔣嫵思及此處，不免好笑，霍十九好似特別在意自己是個「斂財有道」的權臣一事，所以動輒就拿此事來自嘲。蔣嫵瞭解他的想法，如果不在意，他不會時常提起，可見他不喜「貪官」這個名頭，只不過是因情勢所迫。

蔣嫵曾經旁敲側擊地問過霍十九那一大筆銀兩的去向，霍十九只說是「為皇上所用，而且皇上也知道」。蔣嫵就愈加確定了霍十九與小皇帝或許早在多年之前，就已經開始合作。只是蔣嫵也擔心，在皇帝的允許之下受賄，難道就不是受賄？

「夫人？」聽雨見蔣嫵發呆，問道：「您怎麼了？」

「沒事，妳去我的妝奩裡拿鑰匙，取了冊子給侯爺瞧，他喜歡擺什麼就拿什麼去。」

仔細看了看蔣嫵的神色，見她只是若有所思，不是動氣，這才放心去取了鑰匙，拿了登錄庫房的冊子去給霍十九。

離開瀟藝院，穿過狹長的小巷往前頭去，越是接近二門就越是熱鬧，小世子滿月是震驚朝野的大事，莫說是朝中同僚，就是宮裡這會兒都傳了話來，明兒個只允准在府裡辦午宴，晚宴宮裡另外有安排。

如今皇上後宮充盈，皇后位置空懸，各路妃嬪既知道皇帝與霍十九的關係，自然卯足全力百般討好。

此消息一經散播，在坊間傳出了若干版本，等傳到清流耳中時，已經變「霍十九蠱惑小皇帝要在宮裡辦滿月酒」。

蔣學文寒著臉端坐前廳，手中緊握著鯉魚戲蓮的蓋碗，指尖漸漸泛白，一旁伺候的銀姊垂眸侍立，噤若寒蟬。依著她近來的經驗，便知接下來的動作不是砸桌子就是摔茶碗了。

果不其然，碎瓷聲傳來，才剛購置的鯉魚戲蓮茶碗應聲落地。

「混帳！」

「老爺，您息怒。」銀姊蹲下身以帕子裹手去撿碎瓷。

一代清流名臣，落得個身殘告老、妻離子散的下場，著實令人唏噓。

蔣學文正在計算應當如何告假，銀姊便道：「老爺，衣裳已經預備得了，您要不要試穿？」

「如今連妳也敢來嘲笑我？」

「老爺您多心了。」

蔣學文怒瞪銀姊，知道她並非刻薄性子，這才強壓著怒氣，道：「不必，妳退下！」

銀姊也不再多言，拿了碎瓷片退了下去。

蔣學文靠著椅背，半晌才順過氣來。罷了，皇命不可違，既無法推辭就只得前往。

蔣學文的內心其實也是複雜的，他的第一個外孫，為何偏偏要是霍十九的孩子？他的女兒，為何背叛他……

許是父女連心，蔣學文在糾結之時，蔣嫵和蔣嫣也正與唐氏說起蔣學文。

「娘，爹好歹是七斤的外公，若是不下帖子去請，也太過意不去。可要下了帖子去請，爹也未必肯來，到時候霍家臉面上過不去，讓侯爺不喜歡，對嫵兒也未必是好事。我昨日與阿明商議很久，也都沒想出個妥當的法子來，真是難辦。」蔣嫣皺著眉望著唐氏，似是希望唐氏能夠想出個好法子。

蔣嫵盤膝坐在臨窗的紫檀木羅漢床上吃水果，無所謂地道：「隨爹去吧。其實阿英一早就讓曹玉送帖子去了，只不過爹不肯收，還將曹玉給罵了一頓，說他為虎作倀、助紂為虐。」

「妳爹的那個脾氣，這輩子怕是都改不了了。他原本只是固執，如今失了一條腿，反而變得偏執起來。好在咱們家兩位姑爺都不是多事的人，否則這樣的岳父只會給他們添堵，妳們的好日子也都成了泡影。」唐氏站起身來，緩步在屋內踱步，似是十分煩躁。「只是這會兒，他又開始犯起倔來，若明兒個晌午的宴會他真的不肯來霍家，又該如何是好？」

蔣嫵與蔣嫣對視一眼，其實她們都清楚，唐氏對蔣學文還是有感情的，之所以放棄了蔣學文，是因為看不慣他的做法。當初剛得知蔣學文失去一條腿時，唐氏曾經連續幾日以淚洗面，但蔣嫣一開口勸說她回去，她就嚴詞斥責。

有時候，即便有感情，也不代表能夠繼續容忍。

蔣嫣見蔣嫵緩緩放下銀叉，似是沒有了食慾，擔心她憂心忡忡對身子無益，便起身挽著唐氏的手臂，笑著開解道：「娘，您也不必擔憂，侯爺和阿明都知道爹的性子，他們也不會與咱們計較這些。」

「我知道，就是霍家對妳們這般好，我才更希望娘家能多給妳們做面子，誰料想那老東西……算了，不提他也罷，就當他已經死了。」

「娘。」蔣嫵擔憂地就要起身。

「嫵姊兒好生歇著吧，我與娘出去走走。」蔣嫣給蔣嫵使了個眼色，便挽著唐氏的手臂出去。

冰松和聽雨侍立在廊下，見唐氏與蔣嫣出來，忙屈膝行禮，見二人漸行漸遠才回了裡屋。

蔣嫵這會兒正靠著柔軟的彈墨大引枕，憂心忡忡緊皺著眉頭，手指無意識地纏繞著垂落在身前的長髮，漫不經心地問：「什麼事？」

「回夫人，剛太夫人來了，說是明兒個要穿的大禮服已經送來了，叫您試穿一下，若是有哪裡不合身的可以立即送去修改。」

蔣嫵不耐煩這會兒思考穿衣打扮之事，就道：「我無所謂穿什麼，妳們去看看就是。」

冰松笑嘻嘻地拉著蔣嫵的袖子勸說道：「夫人，明兒個晚上宮裡還有宴會，那可是皇上特地為了小世子而辦的，到時候諸位大臣家眷都會到場，您不為自個兒，也要為了侯爺的體面……」

「難道我穿得隨意一些，就不是霍夫人了？」蔣嫵冷冷丟下一句，便讓冰松住口。

她們自小一起長大，冰松是極少見到蔣嫵有如此冰冷的一面。這會兒她才想起來，那個平日裡對人溫和、大多數時候都是漫不經心的蔣嫵其實也是一個冷下臉來殺人不眨眼的狠角色。

「夫人息怒，我也是為了夫人。」冰松怯懦地退後一步，已開始懼怕此刻的蔣嫵。

蔣嫵也知自己剛才的話說得太過了，而且也有遷怒的嫌疑，遷怒又是她所不喜的，便放緩了語氣嘆息道：「罷了，去將禮服拿來吧，我試試看，也總得讓妳們能去太夫人那裡交差。」

方才冷凝的氣氛，這會兒終於有些緩和，聽雨面上便有了笑容。

冰松小心翼翼抬眼看了看蔣嫵的神色，發現她如同往常一般才鬆了口氣，快步往外去，不多時候就與玉橋一同捧著托盤回來。

紅木金漆的華麗大托盤上放置著冰藍色的九雀翟衣和鳳冠，腰帶乃白玉所串，在冰藍襯托之下，有冰冷與火熱結合起來的冷豔美感。

蔣嫵由婢子伺候著更衣，望著西洋美人鏡中的自己，左右瞧了瞧，捏著腰腹處的衣裳道：「我太胖了。」

「夫人才不是胖，依著奴婢來看，夫人現在這樣剛好。穠纖合度，不似從前那般纖弱。」聽雨誠心誠意地道：「若是天下女子都能如夫人這般，剛剛要出月子就已經恢復了身材，還不知要多高興。」

蔣嫵搖頭，她們怎麼會知道她現在的心情，果然孕育和生產是摧毀女人身材的利器。

她要保持原來的身形並非是為了美麗，而是要保持迅捷的反應力和應變力。霍十九的身邊看似風平浪靜，可是隨時隨地都會有「風暴」襲來，什麼時候會「變天」可不是霍十九與蔣嫵可以控制的。如今霍十九就算有曹玉在，蔣嫵也要親自保護他才能放心。如果她哪一日失去了一身本領，或者是本領打了折扣，她定然會沒有安全感。

蔣嫵脫掉翟衣交給冰松，內心已經開始盤算著要制定一個練功的日程並且照做才是。

而在外頭小花園裡悄聲談了片刻的蔣嫣與唐氏，最終還是決定再寫帖子，由蔣嫣親自前去請人。

就算皇上下了聖旨吩咐蔣學文明日的晚宴必須參加，然而在霍家辦的午宴，身為世子外公的蔣學文若不出場，不光是霍府丟了體面，蔣嫵心裡也不好過，更會被有心人揣度出數個版本來到處去惡意宣傳。

蔣嫣在霍府也住了一段時日，對霍十九的脾氣品行有了瞭解，霍十九若真的如同傳言中的那些一樣，那才當真是十惡不赦，就連蔣嫵都沒有必要繼續與他糾纏下去。

只是霍十九這個人，實際上很乾淨，不但救了她的性命還頂著責罵成全了她與霍廿一的婚事，蔣嫣就算不出於對妹妹的愛護，也要竭盡全力。

但是，蔣嫣下午出門，不過一個時辰就哭腫了一雙眼回來，回府之後將自己關在房裡，悶了許久也不出來。

蔣嫵得了消息，就知道蔣嫣一定是勸解不成。想去安慰，可行至路中，卻有小廝來回。

「夫人，金國使臣到了，說是有一物一定要親手獻給夫人與世子。」

蔣嫵想起年前灰溜溜離開的文達佳琿，內心也說不上是什麼感覺，在這個時間他派了人來，只見得金國人對大燕國朝廷當中一切動向瞭若指掌。而文達佳琿的人來，無疑是幫襯著清流，將火往他們身上燒，又將僅存的水放入那些根本就不缺水的人手中。

蔣嫵深吸了口氣，金國來的人，必須好生應對。「你去前頭告訴侯爺，讓他若得了閒，便來此處。」

小廝聞言行禮退下。

蔣嫵則是穿戴整齊，去了瀟藝院的正廳。

「臣下參見錦寧侯夫人。」使臣是個二十出頭的青年，身上穿著金國人特有的交領長袍，長髮在腦後梳成一條長辮。

蔣嫵笑道：「使臣一路辛苦，不知貴使是否已經見過我國皇上？」

「回夫人的話，還不曾。」

蔣嫵挑眉，道：「你來到京都，就直接來了霍家？」

那使臣頷首，面上神情倨傲，眼神面對蔣嫵時有些探究。

「你這般就來了，是貴國陛下的意思還是你個人的意思？」

使臣道：「這兩者有差別嗎？臣下不過是奉我國陛下之命，為夫人與小世子送上賀禮罷了。」說著就向著外頭拍了拍手。

不多時，便有兩名同樣身著金國服飾的青年走了進來，手中托盤上擺放著許多珍貴的寶物。

蔣嫵冷笑，也不吩咐人去接禮，只是向著後頭的軟墊靠著，擺擺手道：「這些東西，怎樣拿來的就原樣帶回去。還有，你們今日的居心叵測，卻是我不能夠輕饒的。」

那使臣聞言十分詫異，似想不到一個女子還能這般不為金銀所動，那些珠寶可都是價值連城的啊！

蔣嫵道：「你抗命而來，分明就是意圖挑撥我大燕朝皇上與臣子之間的關係。那些禮，你回去告訴文達佳琿，就說我不要，我的兒子也不會要，我們家也不缺少這些。」

難道文達佳琿做了皇帝，就可以隨便攪和燕國的一池水，不顧著霍十九的死活嗎？若是被有心人看到，大肆宣揚開來，怕是霍十九收受外國賄賂的消息不出一個時辰就要傳遍了京都城。這賄賂可是金國人送的，到時候小皇帝若不信任霍十九，通敵叛國的大帽子壓下來，她就算去劫法場，都未必能夠將霍家所有人都救出生天。

「來人，將這人叉出去。」蔣嫵慵懶地道。

使臣聞言立即變了臉色。「錦寧侯夫人，妳這是什麼意思！」

「就字面上的意思。」

「臣下是奉我國陛下的聖旨而來，專程給您與小世子送禮物的，您怎能如此對待我？」

「你心懷不軌，我現在只將你叉出去而已，你再敢有諸多言語，我殺了你，你家陛下又能說什麼？」

使臣聞言氣得面色脹紅，他就不信一個尋常的燕國深閨婦人，敢有膽子對金國使臣如何！

「錦寧侯夫人果然好膽識，不過縱然要立威，也沒必要拿我大金國使臣來作筏子（注）。我好歹是奉旨而來，妳若是敢，殺了我也無妨，到時候且看妳如何與我金國皇帝陛下交代，若是攪了兩國的關係，妳該當如何！」

蔣嫵聞言輕笑。「很好，既然使臣有如此提議，我便試試又如何？」撐頤打量他，似當

注：作筏子，抓住某事當作藉口，借題發揮。

真在思考要從哪一處下刀子。

一旁陪同而來的四喜開始抹汗。這位使臣來之前難道沒先打聽打聽他們家「姑奶奶」的脾氣？別的且不說，連霍爺那般在外頭如虎狼一般凶狠的人物，到了家裡都得好好聽話，他就不信這位貴使會比霍爺還能耐？

使臣被打量得心中發虛，但轉念一想這等婦人不過是虛張聲勢，何須擔憂，便嘲諷一笑，道：「錦寧侯夫人，還請您速速收好賀禮，不要拂了我國陛下一番好意。」

蔣嫵緩緩站起身，因孕育而略豐腴的面頰豔若桃李，修長劍眉下的杏眼中有著勾魂攝魄之光，更多的卻是猛獸即將捕獲獵物時嗜血的興奮。

「來人。」

「夫人。」聽雨和冰松應聲。

「將這冒充金國使臣，意圖攪亂燕、金兩國和平關係，又企圖誣衊侯爺的賊子抓起來！」

「是！」聽雨是全然信任蔣嫵，且完全不顧一切聽命於她，聞言立即飛身上前，左手抓住使臣手腕，向下一按一擰，那身材高眺的青年立即被擰成了一隻大蝦，連臉上都是通紅一片。

「妳、妳放肆！」

「放肆的是你！」

聽雨玉足一蹬，使臣單膝跪地，臂膀越發疼得他滿腦門子汗。

「我們夫人金玉一般的人，叫你這蠻子輕賤了去那還了得！皇上待夫人親厚，還稱呼一聲姊姊，你個蠻子再大，大得過我燕國皇上？」

被個姑娘家拿住就不是光采的事，如今又被如此斥責，聽這一番話，使臣心中便有些打鼓，真有這事？他怎麼不知道！

蔣嫵緩步到跟前，居高臨下望著他。「給你兩個選擇，要麼你告訴我，是誰指使你，要麼你現在帶著東西回國去見你家陛下。」

「妳不要欺人太甚！」使臣聽聞蔣嫵頭一句話就已變了臉色，梗著脖子仰頭怒瞪蔣嫵。然而他的傲氣，就只是讓人覺得只是強弩之末而已。

蔣嫵蹲下，俯視他笑道：「還是這兩樣你都辦不到？也對，那個指使你違抗你們皇帝聖旨的人，一定給了你不少好處吧？交代出他，你怕沒有什麼好下場，可是帶著東西回國去見文達佳琿，你也沒法交差，嘖嘖，文達佳琿要是發起飆來，你又怎麼承受得住？恐怕你的家族都會被牽累。這麼一想，我都開始可憐你了。」

也不知是疼的還是氣的，使臣臉上一陣紅一陣白，已是汗流浹背。

蔣嫵歪著頭看他額上的汗，道：「哎呀，你很熱嗎？來人，給貴使上涼茶來。聽雨，先放開他。」

聽雨放開手，使臣就掙扎著站起身，揉著發疼的手臂，自個兒尋了個位子坐下。

蔣嫵也不在意，回到主位端坐，吩咐了四喜幾句。

四喜聽得一愣，傻呆呆地下去了，不多時就興奮地拎著個黃銅大壺回來，笑嘻嘻道：

「使臣大人請用。」

拿了個大碗公往桌上一擱，就先斟了一大碗。

蔣嫵眉目含笑。「貴使大人，請用吧。」

使臣自然沒見過招待客人用茶有用大碗公的，遲疑著端起碗來，湊到鼻端聞了聞，就嗆得打了個噴嚏。

「這是什麼？」

「沒什麼，不過是府裡新來了一批舶貨，裡頭的辣椒不錯，打算給貴使大人嚐鮮。」

「妳、妳豈能如此辱我？我不喝！」

「不喝？聽雨、四喜，伺候使臣大人用茶。」

蔣嫵搖著紈扇看向一旁，聽雨已上前去，輕而易舉將那倒楣蛋又一次按跪在地，四喜乾脆就拿著黃銅大水壺往他口中灌開來。

蔣嫵望著敞開的格扇外明媚的陽光，笑道：「辣椒水這東西可不錯，開胃消食，暖胃祛寒，促進血液循環，其妙處舉不勝舉，貴使不必客氣，喝完這壺還有好幾壺呢。」

「妳、妳別……咳咳！」使臣抓著空，才開口說話就又被灌了一大口，劇烈地咳嗽起來。

「你幾時肯開口，咱們就幾時停下，我是深閨婦人，也不懂得那麼多，只是不知道一個人的肚子能裝得下多少辣椒水，到最後會不會漲破胃囊。試想滿肚子裡都是水，腸子什麼的都泡在其中。用刀子輕輕往肚皮上那麼一劃，裡頭那些什麼流一地，嘖嘖，你放心，一定會將你的五臟都洗得很乾淨。」隨即看向已臉色慘白的的使臣，嫣然一笑。「那場面，必定很壯觀。」

不只使臣，就連聽雨和四喜都嚇得渾身發寒，如此歹毒的法子，虧夫人想得出來！

冰松已經噁心得受不住，捂著嘴竭力忍住才沒讓自己吐出來。

「妳、妳太狠毒了！」

「你欺到我霍府來時，難道就只打探到錦寧侯不好對付，沒聽說他夫人是個毒婦嗎？」蔣嫵搖頭，道：「就你這樣子，功課不做足還敢來左右逢源、欺上瞞下，也活該你洗洗臟腑。四喜，再灌！」

「夫人，這壺灌完了。」

「再倒一壺來，涼茶喝多了不好，這次要溫水，多加辣椒。」

「是！」四喜打了個哆嗦，同情地看了一眼趴在地上辣得滿臉滿身熱汗、一手捂肚子一手摳嗓子的使臣，隨後拎著壺撒腳出去了。

蔣嫵冷淡地望著那人慘狀，道：「別吐，你吐一口，我就給你灌一壺。」

這會兒使臣已辣得涕泗橫流，胃部灼燒脹痛，極度想要小解。

四喜拎著黃銅壺回來，笑道：「使臣大人果真是硬漢，這都守得住。來，您嚐嚐這壺。」

聽雨扳開使臣的口，就那麼灌下一大口。

溫水加辣椒，更能讓味蕾被刺激得張開，只一口就已讓他淚流滿面，吸吸呼呼恨不得能立即死去。「我說、我說！夫人！我說！」

蔣嫵擺擺手。

使臣趴伏在地，吐著舌頭，鼻涕眼淚滿臉，下身已經失禁，尿濕了一灘。

四喜撇嘴，聽雨和冰松則掩鼻別開了眼。

「識時務者為俊傑，貴使能想得開，也算是個人物了，說吧，你是選一還是選二。」

「我、我若告訴夫人，夫人可否收下賀禮，也讓在下能夠回去覆命？」

「不能。」

「夫人，您如此，就不考慮在下死活嗎？」

「當然，你死你活，與我何干？你若不說，現在就死吧。」

使臣垂眸，半晌方顫抖著舉起右手，藉著手上的濕潤在黑色大理石地面上寫了幾個字。是金文，聽雨等人都看不懂，蔣嫵卻看得分明，他寫的是「清客譚光」。

「好，你下去吧。」

「那賀禮？」

「我不要。」

使臣已見識過蔣嫵的厲害，哪敢再多言，只得爬起身，這會兒才發現袍襬上濕潤了一大片，羞憤難當地快步奔了出去。

誰知才到廊下，卻險些與人撞個滿懷。

面前的男子身材頎長，穿一身淺青色紗袍、腰繫白玉帶扣，寬袖與衣襬被風撩得飄舞，宛若謫仙，再抬頭觀其面容，只見墨髮高綰，濃眉秀目，瓊鼻殷唇，俊俏矜貴，高不可攀。

他身旁秀氣的書生伸開一臂，將那人護在身後。

使臣愣神之際，那書生回身問：「侯爺，此人如何處置？」

他心裡一抖，暗道不好，原來這位就是那長得人模人樣卻盡做鬼畜之事的錦寧侯！

誰料霍十九卻睨他一眼，隨意丟下一句。「隨他去。」就進了前廳。

使臣撿了一條命，到了外頭也沒空回答隨從的疑問，帶著那些貴重禮品飛也似地逃出了大門。

前廳中已有婢子將地上髒污擦淨，霍十九在蔣嫵身畔坐下，笑道：「辛苦妳了。」

「不辛苦。」蔣嫵將紈扇交給聽雨，揮手示意幾人退下，這才問：「譚光是何人？」

霍十九好奇道：「怎麼問起這個？」

蔣嫵道：「那兔崽子敢越過皇上先來找你，如此不走正常途徑，明擺著是要害你。我給他吃了點好茶，他招出這個人來。」

霍十九好奇她如何「逼供」，卻也沒有馬上就問蔣嫵，只道：「譚光是在英國公手下幫閒的一名清客。」

「原來是他。」蔣嫵站起身來伸了個懶腰，道：「你知道防範著就行了。我要去看看七斤。」

「妳不幫我出謀劃策？」霍十九起身摟過她。

蔣嫵挑眉道：「你足智多謀，智勇雙全，我不過是一介武夫，哪裡能出什麼謀，劃什麼策？」

「妳這小壞蛋！」霍十九莞爾，眼角眉梢盡是春風。「妳分明就是懶得動腦。」

蔣嫵大大方方欣賞美色，也禁不住笑。「有你在嘛！我真要去看看七斤了，不知這會兒他餓了沒。」

霍十九也要聽聽方才經過，摸了蔣嫵的頭，目送她離開後，就叫了四喜來。

四喜口才極佳，說書一般將方才經過說了一遍，說得是精采紛呈，口沫橫飛。

霍十九和曹玉卻是越聽表情越僵硬。

霍十九最後才咳嗽一聲，嗓子發乾地道：「這招放在詔獄用不錯。」

曹玉木然地點頭。

第三十七章 滿月辦宴

次日清早，蔣嫵餵飽了七斤，就先抱著孩子去上房向公婆問安。

來到上房時，蔣嫣夫婦與霍初六、唐氏、蔣嬌幾人早已來了多時，還沒到廊下，就已聽見屋內熱鬧的談笑。

婢子恭敬地行禮，隨後撩起珠簾，蔣嫵抱著七斤才進門，就見霍大栓夫婦打扮得比往日都要隆重正式，人人臉上都是喜悅的笑容。

霍大栓因種地曬得黝黑的臉，在紅色福壽不斷紋的襯托下顯得黑裡透紅，見到孫子更是眉開眼笑，一把將七斤奪來抱在懷裡。「小子趕緊長大，爺爺帶你種地去！」

趙氏使勁瞪他一眼。「好好的孩子別讓你給教壞了，將來我孫子可是要考狀元的！」

「考個屁！阿英就是書讀太多才學壞了！他們讀書人腦子跟人就不一樣，見見世面，沒兩年就變了個人似的，到時候再出第二個大奸臣，到了地下我爹非得窩心腳踹死我不可，我可不讓我孫子考狀元，最好不識字，跟我種地才好呢！」下巴摩擦七斤的臉頰，逗弄道：「是不是呀？七斤。」

小孩肉皮兒嫩，被霍大栓的鬍子臉扎著哪裡肯，當即哇的一聲哭了，還嫌惡地揮舞小手去推霍大栓。

霍大栓覺得被傷了自尊，眼珠子一瞪。「你個臭小子，又不是個閨女還敢這麼矜貴，爺爺就扎你兩下，你還敢哭！」

「爹，七斤還小呢。」蔣嫵心疼兒子，從霍大栓手中解救出大紅襁褓，回身交給乳娘，吩咐將孩子抱下去哄。

霍大栓難免有些訕訕，嘿嘿笑道：「也是，今兒才滿月呢，不急，不急。」

霍大栓的窘態，逗弄得在座眾人都是笑。

「回太爺、太夫人，侯爺才剛從宮裡回來，這會兒正在前廳，已經有賓客到了，侯爺請您二老好生在後頭歇著就是，待到正時辰再出去。」四喜笑咪咪地在門口行過禮，就退了下去。

趙氏道：「阿英那些個乾兒子、乾孫子的包准今兒都會來，咱們就晚些去吧，免得到時候見了尷尬。」

霍大栓哼了一聲。「那些沒臉沒皮的鱉孫子，比我年歲還大呢，還恬不知恥地忘了祖宗姓啥去認阿英當爹，見了咱家阿英那樣子，他也能拉得開臉叫上一句，我都替他們寒磣。」

「你不懂，官場裡的事你跟著摻和個什麼，今兒孫子滿月，你少提這些有的沒的！」趙氏訓斥了霍大栓一句，霍大栓果然不多言了。

蔣嫵笑著起身。「爹、娘，你們稍歇片刻，我這就去招待女賓了。」

「我與妳同去。」蔣嫣也起身，道：「爹娘上了年歲，不堪煩擾，不如等開宴時辰到了再去也不遲。」

趙氏與霍大栓皆點頭。「還是妳們懂爹娘的心思。」

姊妹二人便行了禮，帶上霍初六攜手而去招待女賓。霍廿一猶豫了片刻，依舊決定留下陪伴爹娘，並不預備到前頭去，由霍十九引薦那些朝中官員。

物以類聚，肯認霍十九做乾爹的也都不是什麼好人。

前廳此時張燈結綵、熱鬧非凡，其熱鬧程度不亞於霍家兄弟的婚禮，來的賓客也極多，可謂是達官顯貴、簪纓望族雲集。是以雖是錦寧侯世子的滿月宴，卻也是變相相看對象的好時機，少女們個個打扮不俗，與夫人們一同聚在過了穿堂的明廳之中，說說笑笑很是熱鬧。

蔣嫵雖不耐煩交際，但若真誠心想讓人如沐春風，於她來說也不是什麼難事，她雖話不多，但偶爾說一句便很幽默風趣，能說得到點子上，引得眾貴婦和千金捧腹。蔣嫣則是端莊穩重，有大家主母風範，這一對姊妹花又都是清流名臣蔣學文的女兒，嫁到霍家的經過也都比一部書還熱鬧，是以今日前來的夫人姑娘們對二人也是懷著滿腔的好奇，又存攀附之心，如此一來，場面沒有不熱鬧的。

午宴進行得十分隆重，可謂賓主盡歡。

散宴後，霍十九那些年齡不等、官職不同的乾兒子們齊齊留下，說著要見見義弟。

霍大栓聽了，原本因為開心而喝的那幾盅好酒都險些噴出來，剛要開口，卻被霍廿一眼明手快地給攔住了，硬是拉扯下去。

霍十九端坐首位，一本正經地點頭道：「也的確該見見的。」回頭吩咐小廝去回蔣嫵，抱七斤出來，一面道：「犬子今後有了你們諸位兄長照顧，我也放心。」

「乾爹說的哪裡話，與小弟相互照應是咱們分內之事，榮幸之至、榮幸之至啊！」

「正是如此，就怕乾爹如日中天，用不上我們！」

「乾爹但有吩咐就只管開口。」

霍十九一直淡淡笑著，間或頷首，少言少語高不可攀，不過這些人倒也習慣他如此了。

不多時，蔣嫵就抱著七斤親自前來。

她今日穿的是鵝黃真絲束腰襦裙，腰間垂著長長的宮絛，與她掛在臂彎的嫩黃碎花薄紗披帛一同被行走時的清風拂動，飄飄渺渺，顯得雪顏比花嬌，她生產之後豐腴不少，容顏更盛，楚楚可人之中多了些雍容妍麗，此時抱著大紅襁褓，竟比畫中走出的人還要美上三分。

霍十九看得心曠神怡，起身去迎，接過七斤抱著，笑道：「累了吧？怎麼不讓乳娘抱來？」

「我喜歡自個兒抱。」

眾義子乾孫這才回過神來，齊齊給蔣嫵行禮，七嘴八舌道：「兒子見過乾娘！」、「乾爹乾娘真乃神仙眷侶啊！」

恭維之下，眾人已經到了近前，各自送上了見面禮，各類小巧的珍奇立刻塞滿了襁褓，桌上也有放不下的。

七斤這會兒睡得香，被如此嘈雜吵醒，不滿地哭了兩聲，霍十九緊忙拍著他安撫住了。

眾人見狀，又是一通誇讚，有誇世子聲音洪亮底氣十足，一聽就不同凡響，也有人誇霍十九不但學問好，更是慈父心腸……

蔣嫵接過七斤哄著出去，將混亂的場面交給霍十九一個人去收拾，內心不免對他有些同情。

原本不喜這樣，還要整日應付這些，若是她恐怕早就煩了吧，可霍十九卻一堅持就是這麼多年。

她現在已經知道他與皇上之間的事，他以他自己的方法執拗地保護著皇帝，他捨棄了名聲，背負著罵名做個奸臣，以犧牲自己聲名的方式為皇上斂財，就如這次收了錦州首富的那五百萬兩銀子一樣，皇帝的內帑之中不知還有多少是霍十九這樣弄來的。

被罵也就罷了，大可告訴自己那些都是無所謂的事，可整日裡要以不喜歡的方式接觸那些不喜歡的人，且還要在其中周旋，鬥智鬥勇。別的不看，就單看這兩點，霍十九為皇帝所做的也已經夠多了，且不說還有個虎視眈眈的英國公呢？

那個譚光找上金國使臣，收買他使其先到霍府來，要挑撥皇帝與霍十九的關係，要讓天下人都知道霍十九果真與金國韃子有勾結。說來說去，霍十九也是為了皇帝而樹立英國公這個勁敵。

蔣嫵抱著七斤回了瀟藝院，都睡過午覺了，霍十九還沒回來。

吩咐乳娘暫且照顧七斤片刻，蔣嫵就脫了襦裙，只著綾衣褻褲在屋內拉抻筋骨，壓腿彎腰。

果然，久不運動，背脊上的肌肉都有些僵了，好在她有底子在，動彈了一番，又打了一套實用的格鬥拳法，氣喘吁吁地扠腰站在西洋美人鏡前，捏了捏小腹上的肉，已經心裡有數，看來要恢復身材，還要一個月，要恢復從前的靈活和敏捷，也要再勤加苦練。

蔣嫵去拿了匕首，又開始練習劈刺之法，最後練習出刀，就算手臂發疼也不停下。

其間聽雨和冰松進來為她預備今晚晚宴的禮服，見了也都見怪不怪。

蔣嫵正練得興起時，聽見外頭有腳步聲，一聽便知是霍十九回來，當下玩心大起，隨意披了件褙子藏身於博古架旁。

霍十九進了門，沒瞧見蔣嫵在外間羅漢床，就往裡屋走來，才剛過博古架，就覺得眼前冷風忽過，脖子上已經一片冰涼，他的愛妻正衣衫不整地笑望著他，匕首並未出鞘，以刀鞘抵著他的脖子。

霍十九舉著雙手，配合地道：「女俠饒命。」語氣輕鬆含笑。

蔣嫵玩心大起，哼了一聲道：「要想從此過，留下買路財！」

霍十九道：「在下身上沒帶什麼值錢的物件。」

「真的？」

「真的，不信，妳搜。」說著就動手解衣襟，雙目卻一直盯著蔣嫵，看得蔣嫵臉上發熱，收起匕首別開了臉。

霍十九卻一把拉住她的手貼在他胸膛。

隔著薄薄的夏裳，蔣嫵感覺到他的熱度和胸膛內強而有力的心跳。

霍十九弓身，額頭貼著她的，啄吻她的紅唇，問：「咱們什麼時候才行？」

蔣嫵忙躲出他的懷抱，去一旁臨窗的貴妃榻上正襟危坐。「嬤嬤說還要再一個月。」

「還要一個月啊。」霍十九看了看桌上的西洋時辰鐘，道：「嫵兒，現在距離晚宴還有段時間，不如我們一同休息片刻吧。」

「我不累。」

「可我累了，妳放心，我不會傷了妳的，咱們就如上次一樣。」霍十九這會兒也不顧許多，更不管他家夫人是否會將他踢飛，一把將蔣嫵抱起走向拔步床。

「阿英，別誤了時辰。」

「不會的。」

話雖這麼說，可一下午還是要了兩次水，險些就誤了時辰。

傍晚蔣嫵抱著七斤坐在入宮的寬敞華麗馬車上，還能感覺到聽雨和冰松揶揄的眼神。

因皇帝發了話，且自小皇帝踐祚至今才剛回宮居住，這次為錦寧侯世子辦滿月酒又是宮裡第一次有這樣的慶祝活動，是以宮人們都十分重視，就連新入宮的那些妃嬪美人也都各自使出渾身解數來想辦法順著皇上意圖討好。

如此一來，傍晚的皇宮之中彩燈高懸，將夜空照得亮如白晝，奉旨前來參加晚宴的大臣攜家眷、乘坐的馬車來來往往，比當日皇帝選秀、那些秀女入宮參選時還要熱鬧。

馬車一到重華門，蔣嫵就從掀起的車簾內看到長長的紅牆青磚宮道兩側高掛的紅燈籠。穿紅戴綠的宮女足有二十人，正提著彩荷燈侍立兩側，迎送馬車。

蔣嫵咂舌，回頭問霍十九。「宮裡這般熱鬧好嗎？」

「有何不好？我的兒子滿月，場面就該這樣大。」霍十九摸了摸靠在蔣嫵胸口的七斤，孩子軟軟的頭髮似能搔到霍十九心頭，他臉上的笑容越發溫柔，小心翼翼從蔣嫵懷中接過孩子自個兒抱著，道：「這也是皇上的意思，妳不必有不安的感覺。」

「可畢竟樹大招風，這樣一來許多人就又有話說了。」蔣嫵靠近霍十九身邊坐著。

聽雨和冰松忙退出馬車，在外緩步跟隨。

霍十九下巴碰了碰蔣嫵的頭頂以示親暱，笑道：「別擔心，就算有人告我謀反也不怕。」

「你就這麼自信？」

「這麼些年，這點自信心我還是有的。」

許是說話的聲音太大，打擾到七斤的休息。小孩不耐煩地蹬了蹬腿，兩隻小手握成拳頭擱在頭兩側，大有再吵就咧嘴哭的架勢。

霍十九和蔣嫵忙都噤聲，見七斤漸漸睡熟了，二人才相視一笑。

今日太極殿燈火通明，大臣以及家眷都已經由宮人內侍引領著往各自位置去。

蔣嫵和霍十九抱著穿了小紅襖的七斤一進大殿，便吸引了眾人的目光。

那些原本與霍十九就親厚，或者善於左右逢源的大臣已經起身拱手，七嘴八舌地道：

「錦寧侯，恭喜。」

霍十九一一拱手還禮，由內侍引著往前而去，在僅次於英國公的右手側位置坐下。

蔣嫵則抱著孩子坐在霍十九身後的案几旁，與周圍那些貴婦互相招呼。

不多時，景同就進了大殿，一甩白犀麈，朗聲唱道：「皇上駕到！」

殿內立即安靜下來，就見小皇帝身著明黃龍袍，臉上帶著天真的笑意與輕快的步伐，顯得這位才剛十五歲的少年皇帝絲毫沒有身為皇帝的架子，大搖大擺地就走上了太極殿，隨意擺了擺手。「都免禮、免禮，今兒個就是要給朕的小姪兒慶賀一下滿月，坐吧、坐吧！」

原本肅然的氣氛，被皇帝一句話就攪得蕩然無存。

蔣學文等清流文臣，將憤怒的目光都轉移至「攛掇」皇帝此舉的霍十九身上。

小皇帝這會兒已經笑著道：「快把朕的小姪兒抱來瞧瞧！」

蔣嫵應是，雖然捨不得讓孩子露面，擔心小皇帝沒輕重地傷害到他，仍只得起身，抱著穿了小紅襖的孩子走近皇帝的首位。

蔣嫵今日按品大妝，穿的是冰藍翟衣，懷中小娃是一身紅襖紅褲，明豔的母親與可愛的孩子，自然吸引眾人的注目，小皇帝一看到七斤，眼前就是一亮，笑道：「真是好看，快來，給朕抱抱。」

「是。」蔣嫵將七斤交到皇帝手中。

小皇帝動作生澀，就像是抱著一大塊豆腐那般小心翼翼，低著頭看著正在好奇打量四周的七斤，道：「猢哥兒果然生得好相貌，我看著像英大哥倒多一些。」

「皇上說的是。」蔣嫵微笑頷首，仔細盯著小皇帝的動作，若有萬一也好將孩子抱回來。

英國公也上前來，戴了玉扳指的右手拇指和粗壯的食指捏捏七斤的臉頰，愛憐地道：「是個好看的孩子。這是老夫的見面禮。」說著就將手上的扳指褪下來遞給了蔣嫵，也不等蔣嫵道謝，已經笑道：「對了，皇上，剛老夫入宮時，聽說了一件趣事。」

小皇帝聞言眼前一亮。「什麼趣事？」

小皇帝素來對「有趣」的事感興趣，別看如今他已經回宮，又已經選妃，在本質上還是貪玩的性子。

英國公望著小皇帝因為興奮而發光的眼，面上笑容變得十分慈愛溫和，笑道：「皇上，這事還是臣回頭私下裡與您說吧。」

「為何？你別吊胃口，快說快說！」小皇帝這會兒注意力都在那件「有趣」的事上，也顧不得懷中的七斤了，隨手就將孩子還給蔣嫵。

蔣嫵忙珍而重之地將孩子抱過，拿扳指逗弄小孩。

英國公遲疑地道：「這事，現在說怕是不大好。」

不大好還提起？蔣嫵嗤之以鼻，看了霍十九一眼。見霍十九面色如常，眼神卻是了然，心下也有了數。

看來英國公要做的事是針對霍十九的。

蔣嫵緩步走回方才的座位，在條案後的圈椅坐下。

這會兒皇帝的好奇心都被勾了起來，索性如孩子般撒嬌地拉著英國公的袖子。「快告訴朕，快告訴朕，到底是什麼有趣的事，朕的好奇心都被你勾起來了，你卻不說，不是成心要耍弄朕嗎？」

英國公忙行禮道：「臣不敢，臣就算有一萬個膽子也不敢耍弄皇上啊。其實這事是與錦寧侯夫人有關，是以臣才說以後再說。」

此話一出，眾人立即將注意力轉移到霍十九身後的那道冰藍色身影上。霍十九也是內心一動，放在膝上的雙手不自禁握成拳。

蔣嫵卻是絲毫沒在意，就像根本沒有聽見英國公的話，依舊在拿英國公的扳指逗七斤玩。

小皇帝看了蔣嫵一眼，略微猶豫，就笑嘻嘻地道：「如果是姊姊的事，朕就更要知道了，你快說，再賣關子，朕可不高興了。」

英國公為難地皺眉，嘆息道：「既然如此，臣就說了。其實是剛聽人說，金國來了人，特地去見了錦寧侯夫人，還送去了許多金銀珠寶，說是奉旨恭賀錦寧侯世子滿月。」說著一笑，道：「可見錦寧侯夫人與金國皇上也是不打不相識，當初錦寧侯夫人陪著金國皇帝喝過一次酒，如今倒還成了朋友。使臣到來沒見旁人，卻先去見了她。」

英國公的笑容溫和，就像是發現孩子有了新奇本領一般的慈愛老人。

可是這一番話聽在有心人耳中就成了另外幾番意思，許多人交頭接耳起來，有低聲說錦寧侯夫人莫不是與金國蠻子有一腿，不然金國人怎麼就找上她；也有人說別看錦寧侯那般厲害，夫人那樣不也是沒轍的；更有人說許是金國人根本不是朝著夫人去的，而是因錦寧侯去的。

如此低聲議論，雖讓人聽不真切，卻也能猜測得到眾人的意思。

小皇帝先是笑嘻嘻地看熱鬧，也許是時間夠久，終於讓他想通了其中關鍵所在，過了片刻，他才突然表情一變，神色奇怪地看向英國公，又瞇著眼懷疑地看蔣嫵和霍十九。

原本低聲議論的群臣，終於將注意力都放在皇帝與霍十九身上。

奉皇帝之命前來赴宴的蔣學文最樂見這些奸臣狗咬狗，一見英國公不知原由地去皇帝跟前告霍十九的狀，立即掙扎著拄枴杖起身，拱手道：「皇上，先前在錦州城黃玉山，皇上險些遭遇危險時，臣就曾經說過錦寧侯與金國蠻子或許有勾結，如今看來，似乎確有此事啊！」

蔣嫵聞言逗著七斤玩的手就頓了一下，她的父親不考慮她和蔣嫣都是霍家的媳婦，不顧慮她們的死活，她還是有些不舒坦。

罷了，都能給長女下砒霜的人，還能指望他放棄任何參奏霍十九的機會嗎？蔣嫵的唇角勾起一抹笑，極苦澀。

「蔣愛卿多慮了，朕與英大哥朝夕相處至今，他的為人朕當然信得過。」

換言之，那兩種議論之中，霍十九與金國人勾結的推測在皇帝這裡就被排除了，剩下的就只有另一種關於蔣嫵的說法……

在場之人的目光全部聚集在蔣嫵身上。

當日蔣嫵灌了文達佳琿的酒，文達佳琿爬不起來的事人盡皆知，蔣嫵又是個美豔的女子，在這些長居京都的達官貴族心目中，金國應當地處北方，土地貧瘠，男男女女都過著茹毛飲血的日子，蠻夷女子當然是粗魯的，不比燕國女子的美貌嬌柔。

而錦寧侯夫人恰好是一個楚楚可人的妍麗女子，那般慓悍地灌人酒，或許也正對了文達佳琿的胃口。

對霍十九的懷疑減少，對蔣嫵貞操名譽的懷疑開始增多。

蔣學文的臉色開始難看，就算蔣嫵已經是霍家的人，可到底是他的女兒，是他教養大的，她的一切都昭示著他的教導是否成功，她若是名聲不貞，他這個做父親的臉上也無光，那讓人怎麼看他？

「回皇上，臣可以為小女擔保，她雖脾性不同於尋常閨中女子，但也不是個隨意之人，往年在閨中她便是勤儉持家的好姑娘。如今為錦寧侯之妻，自然不會丟棄當年在閨中臣的教誨。皇上千萬不要誤信人言，揣度小女啊！」

小皇帝若有所思，道：「姊姊的性情，朕也是信得過的。」

信得過蔣嫵的貞潔，也信得過霍十九不會與金國人交情過密。那麼就只有英國公妄言了？

英國公微笑著道：「皇上，是在懷疑臣的說法嗎？」

小皇帝忙擺手。「英國公不必多想，朕沒有那個意思。那依著你的意思，此事該當如何？」

見小皇帝如此軟弱怕事，又刻意對他討好地說話，大有順著他來辦事的意思，英國公得意地揚眉，道：「其實若要驗證旁人說的是否屬實，只需要去霍家搜一下便知。不過，錦寧侯這些年來忠心為國，為皇上立下了汗馬功勞，在朝中又有如此高的威望，若是胡亂搜查，反倒給了有心人話柄，往後還不知道要怎麼詆毀於他，所以臣覺得，不過是金國人給了點禮品罷了，也不至於要鬧成這樣，不如暫且就算了吧。」

小皇帝抿著唇，垂下眼瞼半晌方悶悶地道：「那不成，這樣的事還是得弄清楚。」

話音方落，還來不及吩咐人去霍家搜查，景同已走到近前行禮道：「皇上，驛館來了人，說是金國使臣突然到了，請皇上示下。」

英國公面色倏然劇變。

不可能！

人明明是昨天就到了，還去了霍家的，他也都吩咐下去布局好，今日定然會在霍家搜出些東西來，給霍十九一點顏色看看——養狗尚且還要好生訓一訓，讓牠知道誰更厲害呢！何況是一個僅次於他的權奸？然而，這會兒又是怎麼回事？

小皇帝狐疑地看向英國公，引得在座大臣以及家眷又都看向了他。

小皇帝的眼神彷彿在說他胡謅。「宣。」

「遵旨。」景同行禮退下，不多時就領著一位面目秀氣的青年進了門，正是昨兒被蔣嫵灌了辣椒水的那個使臣。

「臣下扎爾汗，參見燕國皇帝陛下。」扎爾汗扶胸行禮。

小皇帝探身向前，好奇地看著扎爾汗的臉，許久才笑咪咪地道：「免了、免了，你突然造訪，可是貴國皇帝吩咐了你什麼差事？」

「的確如此，敝國陛下特地命臣下趕來，向燕國皇帝陛下進獻珠寶。」扎爾汗說著向後擺擺手，便有隨從抬著托盤和捧盒進來，上頭放置的正是昨日他打算送給蔣嫵的那些。

小皇帝看了看英國公，轉而問：「朕問你，你是幾時到的？為何朕都不知。」

「回燕國皇上，臣是今兒個一大早到的，已經與禮部的大人報備過了，今日突然前來，請燕國皇上饒恕臣下魯莽之罪。」

「哈哈！」小皇帝撫掌大笑。「無礙、無礙，來人，賜座。」

「多謝燕國陛下！」扎爾汗行禮後，在小內侍合力搬來的圈椅上坐下。

小皇帝則是起身，哈哈大笑地拍著英國公的手臂，道：「英國公，朕看你也是被人給矇騙了，是誰跟你說看到金國人去給我姊姊送禮的，這不是人在這兒嗎？」

英國公一時語塞。「許是金國來的不止扎爾汗一人？」

扎爾汗忙起身，以手撫胸躬身行禮道：「回燕國陛下，此番出使的僅有臣下一人。」

英國公面上愈加尷尬了。

蔣學文看了看蔣嫵與霍十九，又看看扎爾汗，心下似乎明白了什麼，撇嘴一笑。

英國公一時間找不到話說，又無證據，只得道：「臣也是聽人說的罷了。」

小皇帝凝重地點頭，若有所思地看向霍十九。「英大哥，你有何話說？」

這句話問的……他能有什麼話說？

「回皇上，臣並無什麼話要說。」

小皇帝一直笑望著霍十九，在看他跪地行大禮之時欲言又止，略沈默了片刻，突然大笑。「英大哥起來吧，這事就算了。」

算了？是代表小皇帝已經相信了霍十九，還是說他依舊懷疑霍十九，只是不再追究？

霍十九叩首道：「是。」隨後站起身來。

小皇帝便擺手示意眾人落坐，吩咐開宴，一時間絲竹陣陣，舞姬身姿婀娜地到了殿中，宮人則從兩側捧著托盤奉上可口佳餚。

官員及家眷相互敬酒，更有特地來敬霍十九道一聲恭喜的。

蔣嫵一直抱著七斤，望著面前霍十九的背影。

他的坐姿筆直，寬肩窄腰，身姿挺拔，在燈火通明的大殿之中，飛魚服柔軟的緞面材質，使他整個人被包裹在淡淡的光輝之中。他依舊不大理人，有來敬酒之人，他表現的大多也是淡然，只幾個人他會稍微客氣一些，足見他「見人下菜碟」的功力，也看得出如今朝中大臣能值得他客氣對待的已經所剩無幾。

他的奸名日益高漲，地位也越漸攀升，做個錦衣衛指揮使不算，如今又已是侯爵，年僅二十八歲就已如此，用「樹大招風」四字已不足以形容。

從前，蔣嫵只道他是性喜張揚、跋扈慣了。現在看來，他分明是特意為之。他在用自己的名聲做代價，用未來的安危做籌碼，來換得小皇帝站穩寶座的階梯。

只是，小皇帝是否全心信任他？剛才他的那一問，是他們二人約定好的，還是小皇帝發自內心的懷疑？

會懷疑也是人之常情，尤其小皇帝那等高位，整日被心懷不軌的人盯著，難免會養成防備之心。可是如果她的分析不錯，霍十九分明是自先皇過世之後，就一直在消耗自己的微薄之力去竭力保護他，致使最親密的親人都在誤解他，罵他。

這般有才華的人付出了這麼多，若依舊被懷疑，他該情何以堪，又當如何自處？

整個晚宴，蔣嫵都在沈思。冰松和聽雨怕她抱著孩子勞累，幾次要將七斤抱走，蔣嫵都執意要自己來抱。

在這樣嘈雜的環境中，重要的人一個都不能離開她的視線。

晚宴直到了亥正，小皇帝說疲累了，先去休息，讓眾大臣各自盡興，便有大臣開始帶著家中女眷陸陸續續離開。

霍十九便也帶著蔣嫵回去。

第三十八章　深情所致

離宮路上自然免不了與許多同僚寒暄，費了些時間，馬車才來到鼓樓下街，往銀錠橋去。

夜晚的什剎海寂靜得如同一汪深潭，偶爾有風吹過，送來陣陣蟬鳴，鼻端充盈著青草香和酒香，蔣嫵抱著七斤，緩緩將頭靠向霍十九肩頭。隨著馬車行進時略微地搖晃，她雲髻上的宮花蹭著霍十九的臉頰。

「阿英，你在想什麼？」

「沒有。」霍十九聲音低沈，溫潤如水。「累了吧？」說著便從蔣嫵懷中接過七斤。

七斤半睡半醒，突然換了個懷抱難免有些不喜，癟著小嘴吭了兩聲，小手抓著霍十九垂在肩頭的碎髮扯了兩下，扯得霍十九低下頭，禁不住用下巴蹭了蹭小孩的臉蛋。

蔣嫵此刻已換了個姿勢，斜靠著引枕撐頤望著如此溫柔的霍十九。

與他一同生活後，就越來越能感覺到他的性情人品，他根本就不是做壞人的料，即便滿手染血，他的出發點也是為了小皇帝。

「阿英，皇上是真的懷疑你，還是你們事前就約定好的？」

霍十九想不到蔣嫵會直接問出心中疑問，詫異地抬頭望她。馬車內一盞絹燈不甚明亮，將她的輪廓勾勒出明暗，也將她楚楚的氣質掩埋，令她英氣勃勃的眉目更顯銳利。

看著她那雙洞悉一切的杏眼，霍十九許久才搖搖頭，道：「並非是約定的。我們雖設想過英國公會有此做法，我卻沒想那麼多皇上的想法。」

「那麼現在你該開始想想了。」

霍十九不言語，只望著蔣嫵。

蔣嫵也平靜地與他回視，已經做好霍十九會發怒的心理準備。

因為在一個可以為了小皇帝犧牲一切的忠臣面前，說他這麼多年忠心不二的君主有可能對他不利，是一個讓信念破滅的殘忍過程。多數大男人主義的男子都聽不下去，一則不容許有人動搖他的意志，二則也不允許自己的自尊心受到傷害。

然而霍十九並未如她預想的那般。

「嫵兒，妳不必擔憂，一切有我呢。」

蔣嫵聽了怔然。

霍十九已伸長手臂將她拉到懷中，一手抱著七斤，一手摟著蔣嫵，認真地道：「就算將來真有萬劫不復的一日，我也會為你們母子想好退路。你們是我最要緊的人，斷然不會有半分差錯。」

蔣嫵聽他如此溫情的言語，感動之餘，卻猶如萬箭穿心一般難過。

她鄭重地道：「真有那一日，也是你帶著七斤離開。我定會保護你們父子周全，不，我會保護全家周全。」

「嫵兒，妳不過是深閨婦人，不要摻和到朝政之中，當初在黃玉山妳已經將我的三魂七魄都嚇飛了，如今還說這等誅心之語，豈非讓我心酸？」
「難道你說的那些，我就不心酸？」
相較霍十九難得的情緒波動，蔣嫵的語氣很是平常。
霍十九沈默片刻，才道：「其實妳想多了。我所說的萬劫不復，即便有，也不會是來自於皇上。那孩子是我看著長大的，我們朝夕相處，我是他的大哥，也是他的叔叔，更是他的依靠和支柱。他不是那種忘恩負義的孩子。」
「叔叔？」
「是，先皇是我結拜義兄，我受先皇託付，輔佐皇上，為行事方便，我才做了錦衣衛指揮使。若非如此，皇上怕早已經……就算不殞命，也會被有心人特地教養歪了。」
蔣嫵心裡已經明白，但聽霍十九說出這些，內心的震撼與激蕩依舊久久難平。
「阿英，苦了你……」
「我早已習慣，只是苦了妳。」霍十九緩緩搖著懷抱，哄著七斤，嘆道：「妳會走入我的生命，走入這個局中，是我意料之外的。」
「當初難道不是你提出要娶我做正妻的？」蔣嫵打趣他。
霍十九聞言咳嗽了一聲，尷尬地道：「當時，真是沒想到。」
蔣嫵好奇心一起，起身跨坐在他腿上傾身問：「我一直好奇，當初你為何不要大姊，偏偏點名要我？」
「啊……過去之事不提也罷。」

「你不說，分明其中有鬼。」

霍十九舔了舔嘴唇，躊躇半晌才道：「妳保證聽後不生氣，我才告訴妳。」

蔣嫵挑眉。「我是斤斤計較的人嗎？」

說的也是。

霍十九道：「妳姊姊的確是京都聞名的才女，若當初的我來選，我心底也是喜歡那樣的女子。只不過我的名聲太差，娶了個好姑娘回來，豈不是白白糟蹋了人家？」

蔣嫵何等聰明，已經明白其中意思。「敢情是看中了我在外的『美名』了？」

生怕蔣嫵生氣，畢竟選中她，是因為她在外頭名聲不好是個很難堪的理由，霍十九急急地道：「嫵兒，我與妳相處至今，只覺在感情之上越陷越深，從前種種算計，在看到妳的好之後就全然無法再去實施，就算要冒更大的風險，我也不會對妳有任何傷害，我想這就是冥冥之中注定的，有妳來彌補我這些年來的辛苦和空虛。」

蔣嫵頷首道：「彼此彼此。」

他說了一車的話，她卻根本都沒生氣，讓他白緊張了。霍十九鬆了口氣，這才發現自個兒背脊上都是汗。

「既然如此，你當初明明可以選妾，卻提出要我這個臭名昭著的『河東獅』做正妻，也是因為我父親的緣故吧。一來你成了他的女婿，對他是一種保護，二來也是看在他素來清名的面上，不能讓他的女兒做妾。」

「妳很聰明。」

「可惜我爹不會領你的情，他恨你入骨。」
「無妨。恨我的豈止他一個？」
「阿英，你就不怕將來史書工筆，也記不下一句你的好？你滿腔為了皇上肝腦塗地的熱血，怕也白費了。」
「無妨。我不在乎這些，我要的是結果。」
「你、你還真是……」
蔣嫵一時無言以對，卻覺有淚意湧上眼眶，想忍下時，淚水已沿腮邊滑落。
霍十九看得心疼，更覺甜蜜，不論別人怎麼看，只要她懂得他、明白他，他的苦心起碼有一個人能夠瞭解，且這個人還是他最在乎的女人，這就已經足夠了。
霍十九將蔣嫵拉到身前，摟在懷中，吻去她的淚水，嘆道：「傻丫頭，別哭。」
蔣嫵悶悶地「嗯」了一聲，內心卻已開始盤算。她需要更強才行，她不要成為他的拖累，她要做他的臂膀。不，她要成為他的保護傘。
這或許就是她來到這個扭曲時空的意義。
月黑風高，霍十九已經熟睡，七斤也被乳娘帶去休息，正是睡得香甜的時候。
蔣嫵起身，換上一身緊身的夜行衣，便悄然出門，輕鬆避開上夜的下人，飛簷走壁往府外而去。
霍宅位於什剎海，四周古剎甚多，夜晚涼風輕拂，送來淡淡的檀香味。
蔣嫵也不走遠，就繞著什剎海四周飛奔起來，她不走尋常路，遇牆翻牆，遇樹上樹，身法迅捷地猶若猿猴，只不過她自己卻清楚體能的確是下降了許多，與體重增加笨重了有關。

她若不恢復到生產之前的敏捷，心裡總不踏實，總覺得若有危險也無法保護霍十九。她前世是特工不假，動腦是她的強項，但是在如今亂世，她又有了兒子，多了一個需要保護的人，體魄不強健一些怎麼行？

今日與霍十九的一席長談，著實讓她感受到危機和壓迫。

眼見面前有一株高大的枯樹，蔣嫵並不躲閃，疾步上前，頭三步蹬著樹幹借力向上飛竄，便已躍起丈許，隨後長臂一伸，抓住一根粗壯的樹枝，曲腿佝身，身子在半空中轉了個圈，就已站在上頭。

她扶著樹幹，站在樹枝之上，風吹來，粗壯的樹枝承重，輕輕晃動。

仰望著夜色之中漸漸被風吹散的烏雲，一彎新月漸漸露出了臉，將寂靜萬籟鋪上一層銀霜，也將她的面龐照亮。

她閉上眼，感受著微風吹拂的舒適。片刻，突然喝斥道：「誰？」

說話間已右臂環樹幹，旋身向上，蹲身於一旁更高的樹枝上，匕首橫臥手中，宛若蓄勢待發的黑豹，似隨時會撲向獵物。

「夫人，是我。」曹玉一身淺灰寬袍站在她方才所在的位置，衣袂飄擺，長髮飛舞，拱手為禮，細聲細氣地道：「夫人好警覺。」

蔣嫵這才收斂煞氣，將匕首放回右腿綁縛之下，站起身負手看向明月，此刻又有一小片烏雲遮住了月光，光線暗淡下來，將二人都籠罩在一片懾人的靜謐中。

「你一直跟著我？」

「是。」

蔣嫵一愣，隨後笑道：「看來我的警覺變弱了。」

「不，夫人身法奇妙，我也是費了很大的勁才沒讓妳發現。」曹玉由衷讚嘆道：「我自負武功，且出師來少有敗績，可兩次落敗都是在女子手中，雖受挫，但也心服口服，夫人身法又與我所見一切武功不同，厲害得緊，一招之下似有無窮變數，可稱得上出神入化，只是依我拙見，夫人似乎並不精於內家修為，抑或者夫人所修內功，就是如此？」

曹玉對蔣嫵素來算不得親切，似自黃玉山那一事起他對她才完全改觀。他對她的敵意始於對霍十九的保護，霍十九如今既安全，他便也收起尖刺，與她討論起武學來。

蔣嫵內心輕鬆，笑道：「你說的不錯，我不會你們所說的內功。」

曹玉詫然，道：「原來妳竟不會……那妳的身法如此敏捷，想來也是獨門步法所致了。」他自言自語，並無深究之意，隨即便佩服地道：「在下著實佩服，我若不使內功，只靠步伐，今兒恐怕出了簪兒胡同就跟丟了。」

「你過謙了。」蔣嫵好奇地道：「方才你說你敗於兩個女子手中，我絕稱不上占上風，你實在謬讚，也對自己的要求太高了。不過另外一個女子是誰，可方便告知？」

曹玉有些懊惱，卻也坦蕩地道：「是個十三、四歲的小姑娘。我險勝而已。她若再苦練兩年，必然會比我更厲害。師父說的果真是對的，『人外有人，天外有天，切不可太過於自負』，是以我也要勤加苦練，這樣才能保護爺的安全。」

「你我所想是一樣的。」

一陣大風吹來，風雲變幻，新月已露出面容，蔣嫵高束在腦後的長髮被吹亂，她姣好的面容也似被蒙上一層淡藍的輕紗。

曹玉眯了眯眼，隨即看向明月。

蔣嫵則道：「你我都出來，我怕府中有事，不如回去吧。」

曹玉頷首，道：「夫人若想練功，往後大可早起來校場，我雖不才，倒可以給夫人餵招。」

蔣嫵眼前一亮，笑道：「如此甚好，得你這樣的高手指點一二是我三生有幸！實不相瞞，與阿英生活得越久，我就越覺危機重重，如今又有了七斤，若我為母不強，何以保護孩子。」

蔣嫵說著話已躍下樹枝，在空中翻了個筋斗蹲身在地，拔腿往侯府方向而去。

曹玉則是輕飄飄落地，運輕功追趕而來，但他縱然使足全力，與蔣嫵之間的距離仍不見縮小多少，只沒被甩開也就是了。

蔣嫵則是運足了力氣，回到侯府翻牆而入，到了瀟藝院外時，她已流了滿額的汗，氣喘吁吁地扶著牆壁，曹玉則面色不變，氣定神閒，由此，足見他們之間的差距。

蔣嫵抹了把汗，對曹玉爽朗一笑，隨後平復呼吸，低聲道：「明早我去校場找你，正好我也許久沒遛遛『烏雲』了。」擺擺手，便閃身進了院門，靈巧躲過上夜的婆子，再去看了七斤一眼，見孩子睡得熟，這才回了正屋。

曹玉一直站在門前，她方才閃身而去時，黑亮的長髮在身後劃出一道絕美的弧線，讓他想起了些許往事。

他那時只當她是個少年，有一爭上下之心，也有耍弄之意。但如今得知那一切狠辣爽利之事都是她做出的，且親眼目睹她幾次展露身手時的英姿，她平日裡是美豔無雙的女子，到見真章時，也比男子都要俐落，這樣強烈的反差，使他內心起了一些難以自控的變化。

他的自傲與自負，或許只會臣服在這樣強勢的女子跟前，柔弱的，他看不上……

可是，她是霍十九的妻子。

曹玉長嘆一聲，轉身離開，其失落的心情，無人能知。

蔣嫵累極了，睡得很熟，只不過因懷著心事，清早霍十九起身時，她便也起來了。

原本聽雨和冰松還輕手輕腳地服侍霍十九洗臉更衣，霍十九更小心翼翼不弄出聲響，眾人見她披散著長髮，只穿了件淺紫兜衣和月白長裙就下了地，都是一愣。

「怎麼不多睡一會兒？」霍十九接過帕子，雙手按在臉上，不去想她長髮掩蓋下的酥背瓷膚。

蔣嫵掩口打了個呵欠，道：「我約了墨染去校場。」

「去校場？」霍十九驚愕道：「好好的做什麼去校場？」

「昨夜出去練功時遇上墨染，他武藝高強，有意點撥我一招半式，我當然不能放過機會。再說我也很久沒遛馬了，『烏雲』脾氣大，又不許旁人碰，我怕牠閒得快長出蘑菇來了。」

蔣嫵說著話，已經就著霍十九的洗臉水洗臉，彎腰時長髮順著脖頸垂落胸前，果真露出背脊一大片如新雪初凝一般的肌膚。

不只是霍十九看得一呆，就連冰松與聽雨同為女子，看了也是呼吸一窒。

蔣嫵長年運動下來，身形肌理自然非尋常女子可以比擬，就算生產之後她至少胖了十五斤，依舊只顯凹凸有致的曲線，並無多餘贅肉。那種視覺上的衝擊，非言語可以形容。

霍十九接過冰松手中的帕子，隨意擺了擺手。

兩婢子便行禮退下。

蔣嫵習慣撩水洗臉，這會兒閉著眼睛摸索帕子，霍十九便適時地遞給她。

她擦臉時，已被他拉到懷中。二人相貼，自然感覺到他有了明顯變化的一處。

蔣嫵臉上一熱，道：「別鬧。」

「我沒鬧。嫵兒，要不我們再睡會兒。」

「你上朝要遲了。」

「無礙的，我今兒本也不打算去。」

「可是現在還不行。」

「放心，我不進去。」

「你怎麼……」

話沒說完，唇邊被覆住，霍十九的大手也順著她嫩滑的背脊向上滑入兜衣，尋找她的飽滿之處……

原本已經起身的主子不喚人伺候，又不出來，婢子們便已經明白，都羞紅了臉到院門口守著。

那廂曹玉一身藍色勁裝，在霍府前院平日裡用來跑馬練功的校場等了許久也沒見蔣嫵來，去了外院書房也沒見霍十九，內心便已經大約明白。

悵然之意頓生，取了寶劍，去校場奮力地練劍。

直到冰松紅著臉換好床單，蔣嫵與霍十九都更衣妥當後，乳娘將剛起床的七斤抱來了。

蔣嫵的奶水並不多，七斤是她和乳娘一同餵養的，一般晨起的時候是她來餵，只不過今日……

「……妳去餵飽小世子再帶過來，等會兒還要去太夫人處請安。」

乳娘恭恭敬敬地道是，抱著七斤又下去了。

蔣嫵使勁瞪了霍十九一眼。

一旁的冰松和聽雨的臉上更紅，頭埋得更深了。

蔣嫵就道：「冰松，妳去一趟校場找曹公子，代我與他致歉，就說、就說我昨兒睡得晚，今早……不不，就說我早上沒起來……也不，就說……」

怎麼說啊？怎麼說都有問題！

蔣嫵氣結，又使勁剜了霍十九一眼。

霍十九神清氣爽，莞爾道：「就說早上小世子哭鬧，夫人不放心就沒走開。」

還是侯爺機智！

冰松的臉早已燙得可以煎蛋，忙落荒而逃地往前頭校場去了。

用罷了早飯，不過休息片刻便有下人來回。「夫人，外頭有客求見您。」

若是求見霍十九的，必然會被阻攔在大門前，自霍十九做了錦寧侯，霍府門前的那些人就只多不會少。但因為霍十九是極尊重蔣嫵的，求見她的人自有下人單獨來回，由她自己決定見與不見。

蔣嫵不知來的是誰，就道：「是什麼樣的人？」

「是位年輕姑娘。」

蔣嫵的朋友少，能登門來的也就是那麼幾位，便起了好奇之心，她藝高人膽大，也無多餘顧慮，就道：「請到前廳吧。」

下人道是去了。

蔣嫵來到前廳時，正見裡頭有兩名女子。

那為首的女子身著柳黃蜀錦對襟素面妝花褙子、青白的挑線裙子，衣裳料子從花紋到質地均是難得一見的珍品，鴉青長髮梳雙平髻，髮髻兩側各簪一朵天然黑珍珠串成的珠花，與耳墜子上的黑珍珠耳環和素手上黑珍珠與金剛石交錯穿成的手串一同，無不彰顯著她的身家。

她身旁的婢子不過十三、四歲模樣，穿了一身楓葉紅色的小襖和長褲，頭梳雙丫髻，不配戴釵環，很是俐落。

「夫人到了。」小丫頭說話時，那二人已看到蔣嫵，都忙站定行禮。

蔣嫵還禮，在首位端坐，讓座奉茶後笑道：「若沒記錯，我們素未謀面。」

為首那女子起身行禮，恭敬地道：「夫人沒記錯，今日是我等叨擾了。小女子楊氏，今日是特地來拜謝侯爺和夫人的。」

說罷，二人一同行禮。

蔣嫵何其聰慧，見幾人衣著談吐，再聽姓氏，便已知道是誰。

「原來是楊姑娘，幸會。」蔣嫵頷首還禮。她對這位首富姑娘很是好奇，小小年紀就能那般發跡，必有所長。她自己經歷特殊，性情也與尋常女子不同，見到與她相似的女子，便覺投緣。

楊曦坐回原位，道：「今日前來，一則是答謝侯爺當日的幫襯之恩，二則是聽聞小世子滿月，特地送上賀禮。」說著向後擺擺手。

裴紅鳳立即從懷中拿出一個扁平的錦盒來遞給楊曦。楊曦起身，雙手奉上。

蔣嫵挑眉，送了五百萬兩可不是小數目，這會兒還有後續？可見這位楊姑娘獲利不小。

蔣嫵不動作，聽雨就上前將那錦盒接過，放在小几上。

「楊姑娘太過客氣，相逢即是有緣，且這又是互利雙贏之事，侯爺現如今在忙，回頭我定將姑娘的謝意轉達給侯爺。」

「多謝夫人。」楊曦笑道：「與夫人初見，覺得十分投緣，若夫人不嫌棄，改日得閒時，若肯賞光下駕鄙宅中，楊曦必掃榻相迎。」

敢與霍十九的老婆攀關係，這位首富姑娘果真不是一般女子。

蔣嫵並不覺得自己怎麼厲害，本來也對楊曦好奇敬佩，便欣然頷首地道：「如此改日我必當登門叨擾。」

楊曦欣然道：「那是楊曦的榮幸。今日初次來訪，不敢叨擾夫人太久，就此告辭了。我在萬隆票號京都的總店，恭迎夫人大駕。」

果然！蔣嫵深深望著楊曦，讚賞地道：「妳果然成了京都第一票號的新東家，我當真是佩服。」

「若無侯爺幫襯，楊曦斷做不到此處，多謝夫人與侯爺。」楊曦再度行禮。

蔣嫵忙攙扶，笑道：「不必客套。」

楊曦再度告辭，蔣嫵客氣相送，著實讓她受寵若驚。

誰知剛到門前，院門口卻傳來一陣說話聲，是一個剛過了變聲期、還有些公鴨嗓殘餘的少年人聲音。

「……英大哥家裡就是我家，我怕什麼，姊姊在家嗎？還有猴哥兒呢？」

蔣嫵心頭一跳，倏然抬眸，就見小皇帝穿了身楊妃色素錦繡竹節紋的直裰、頭戴方巾，儼然是個少年學子的模樣，在他身旁跟著的竟是身著翠綠遍地金妝花褙子、妝容精緻雍容的葉澄。

二者身後跟著的便是霍十九與曹玉。

小皇帝進了院門停下腳步，詫異地看著廊下的幾人，笑道：「姊姊，妳有客人？」

蔣嫵斷不敢在外人面前讓皇帝露出身分來，猶豫下便道：「是。」又親切地道：「你來啦。」

小皇帝好奇地打量起楊曦。

而葉澄原本有些趾高氣揚，在見小皇帝親熱地稱呼蔣嫵姊姊，且蔣嫵還很自然而然的態度，她榮獲宮嬪的喜悅和想要讓蔣嫵給她行禮的心，在這一刻畫上了疑問，她不會都做了皇帝的女人，還是比蔣嫵低一頭吧？

正當諸人面色各異時，楊曦卻笑道：「真是人生何處不相逢。曹公子，你欠我的那一錢銀子是否該給了？」

曹玉面色脹紅，先對以詢問的目光看來的小皇帝和霍十九拱手，這才快步上前，從懷中掏出錢袋來扔給楊曦，彷彿想快點了結此事一般。

「這些都給妳，我說過，我並非貪圖便宜之人，那日當真是丟了錢袋。」

「這我相信。」楊曦接過曹玉的錢袋，從裡頭撚了碎銀子，掂了掂分量後又將錢袋丟給曹玉。「曹公子當日勝了紅鳳，我就知道以你的身手，著實不應是缺銀子的人，不過一碼歸一碼，你打翻的茶盞杯盤，自然是你來賠償，我也不是會占人便宜的人，剩下的還你。」

曹玉這會兒已經滿臉通紅。

裴紅鳳笑嘻嘻地道：「我不過是晚生了幾年，曹公子若不嫌棄，兩年後我們再來戰過！」

言下之意，兩年之後曹玉就未必是她的對手。

蔣嫵早聽過曹玉說敗在兩名女子手下的說詞，如今啞然看著那十三、四歲的紅衣婢女，竟然是她？

小皇帝看了半晌熱鬧，這會兒好奇地道：「曹玉，怎麼回事啊？」又問蔣嫵。「這位姑娘是？」

曹玉臉色已脹紅成茄子皮。「那日在茶樓，不慎與這位姑娘發生一些爭執，都是小事。」

小事，就能讓首富姑娘見面就要錢？蔣嫵也開始好奇了。

霍十九卻在這時道：「這位姑娘便是萬隆票號的新任當家楊姑娘。」

小皇帝長長「哦」了一聲，驚訝道：「楊姑娘不是首富嗎？怎麼為了一錢銀子還追債追到人家裡來了？」

楊曦恭敬地道：「小女子也有自個兒的原則。該是我使銀子的地方，我絕不含糊，可不該是我使銀子的地方，我也絕不多使一分。我是商人，眼中只有『盈』、『虧』二字。若是虧本，一分銀子也不行。」

「妳，妳還真是……小氣！」小皇帝傻眼。

楊曦莞爾。「多謝尊駕誇獎……今日就不叨擾夫人了。」給眾人行過禮後，就帶著裴紅鳳向院門走去。

臨到門口時，楊曦回眸看向滿臉鬱悶的曹玉，禁不住好笑，又對蔣嫵頷首道別，這才離開。

蔣嫵便與霍十九一同，引小皇帝與葉澄去廳中首位落坐。

這廂，楊曦上了馬車，裴紅鳳奇怪地問：「姑娘，方才為何對那少年那般恭敬？」

楊曦垂眸低聲道：「那少年人身上有種久居高位的驕縱，且在他面前，錦寧侯那樣的人物都恭恭敬敬……他又好似瞭解我是誰的模樣，我就想到當今聖上，年齡恰與之相符……看來聖上與錦寧侯和夫人的關係果真如外界傳言一般。」

「姑娘，妳、妳是說，剛才那人是皇上？」

「有可能。」

「那、那妳還敢在皇上面前跟那姓曹的要銀子？」

「為何不敢？他穿便裝，便是不願表露身分，我當不知即可。再說我若不要回那一錢銀子豈不是虧了！」

「姑娘……」裴紅鳳一副想哭的樣子。「妳在皇上面前，跟人家的侍衛副統領追債……妳真是有膽識。再說妳現在的身家，一錢銀子都不夠妳身上這件裙子的一條絲線啊！」

「今兒個英大哥沒去上朝，朕想英大哥必然是近來太過勞累，加上府中事忙，疲倦了。」小皇帝抬頭看向霍十九，笑著問：「見英大哥氣色還好，想來無大礙吧？」

霍十九恭敬地道：「回皇上，臣是昨日吃壞了肚子，夜裡起來了三、四次，今日早上就起得晚了，剛吃了些好消化的東西才有了些力氣。」

「原來如此，朕還以為英大哥是在跟朕生氣呢。」

小皇帝狀似不經意的一句，已讓霍十九與蔣嫵心頭一動，夫妻二人不約而同地行大禮。

「臣不敢。」

小皇帝忙起身，雙手相攙。「英大哥不必這樣，你是朕的大哥，朕也一直稱呼你為大哥，只是大哥也太過拘泥，這些年來一直謹守禮數，著實是太無趣啊！」

「君臣之禮不可廢，皇上乃萬人之上，臣絕不敢踰矩。」

蔣嫵也道：「皇上肯與我等親近是皇上寬仁待下，我等若不懂感恩，豈不是辜負了皇上的仁慈？」

小皇帝笑著拉起二人，道：「罷了罷了，朕說一句，你們就能講出這麼多來。朕聽說姊姊與葉婕妤是手帕交，今兒個特地帶她出來散散兒。」

蔣嫵笑著與葉澄頷首。

葉澄心裡堵得慌，氣蔣嫵沒有行大禮，可小皇帝都不允錦寧侯與蔣嫵行禮，她又不敢多要求，只得笑道：「多謝皇上，臣妾與錦寧侯夫人的確是閨中密友，入宮後著實想念得緊。」嬌滴滴說著，明眸中似已有了晶瑩閃爍。

小皇帝笑道：「那妳就與姊姊好生聚聚。」

他回頭拉著霍十九。「英大哥，朕跟你出去逛逛，許久沒來你府上了，現在你父親還在種地嗎？」

霍十九恭敬地跟隨，答道：「多謝皇上掛懷老父，他是莊稼人，閒不住，本是接他來享福的，他卻擱不下那些農活，不種地就渾身都不舒坦。」
「那樣多好，起碼有事做。」
小皇帝與霍十九、曹玉一行漸漸走遠。
葉澄臉上的笑容終於掛不住了，皮笑肉不笑地道：「嫵兒這裡真是熱鬧得緊啊。」
蔣嫵哪裡聽不出葉澄語氣中的酸意，縱然不與她相識，葉澄這樣的女子在蔣嫵眼裡也是一目了然。
與杜明鳶相比，她少了真誠多了些利弊權衡，少了豁達多了攀比妒忌，又沒有那純真的善意和赤子之心。這樣的人，若非葉澄從前主動前來，她是不會多做交集的。
「葉婕妤今兒個來得巧，才遇上了這些人。」蔣嫵淺笑作答。
「是嗎？」葉澄在首位坐下，道：「我以為霍府裡頭也會如門前那般呢，宮裡都沒這麼熱鬧。」
蔣嫵這些日擔憂的便是這些，越是瞭解霍十九與小皇帝之間的關係，她就越是為霍十九感覺到心焦。偏葉澄酸溜溜的一句話，著實戳中了她心裡擔憂的部分，不免就在猜測，到底是不是小皇帝說了什麼。葉澄就算位分不高，到底也是小皇帝的枕邊人，尤其少年初經人事，對此等事迷戀之下，也會對身邊人多一些在乎，耳鬢廝磨之間興許就會透露一些話來。
蔣嫵內心的焦躁，卻不會讓任何人看出端倪，輕描淡寫地道：「婕妤說笑了，小小一個霍府如何能與皇宮比較？皇上是九五之尊，婕妤也是身分尊貴，說真的，我現在見了妳，心裡還有些緊張的。」

葉澄聞言，狐疑地望著蔣嫵。相識多年，她知道蔣嫵平日裡為人處世上並非多玲瓏，有時甚至有些木訥，她能說出這些，想來是真的心存懼怕？

此刻，她心裡好受多了！

葉澄微笑道：「妳緊張個什麼，妳看，皇上將錦寧侯當作哥哥，將妳當作姊姊，我在宮裡這段日子時常陪伴聖駕，也沒見皇上與誰這樣親近。今兒個錦寧侯沒上朝，皇上一路上都悶悶不樂呢，可見是對錦寧侯的身體當真關心。這般榮寵，妳還有什麼好擔憂？」

原本是開解的話，葉澄說著說著就覺又妒忌起來，憑什麼蔣嫵就能得到她得不到的？

蔣嫵聞言，心中突地一跳。

小皇帝悶悶不樂？可她方才根本沒看出來！在霍十九和她跟前，無意的一句話已讓他們恭敬下跪。他到底是真的擔憂霍十九，還是有其他想法？若是後者，未來又該當如何？

「再親近，哪裡親近得過枕邊人？」蔣嫵輕快地擠眉弄眼。「將來妳肚子裡有了好消息，那往後的事還用我說嗎？」

蔣嫵如此打趣，讓葉澄臉上紅撲撲的，也不知是羞澀還是興奮。

葉澄的語氣未變，笑道：「說的也是。」

蔣嫵便道：「妳在宮裡，不比在外頭，要多仔細自己的身子，多照顧自己才是。現在不比從前妳我可以常常見面，今日皇上開恩，妳我才得以相見，往後還不知道這樣的機會有多少，婕妤也千萬要保重。」

這番話，才是手帕交該說的話。葉澄聽了心裡又熨貼不少，畢竟在深宮之中，能與她肺腑相交的人少之又少，心中便也不再計較行禮之事，轉而道：「我知道了，倒是妳有福氣，被封了超一品的夫人不說，如今還一舉得男，往後就算錦寧侯尚了金國的公主，妳的地位也是穩固的。」

「金國公主？」

葉澄一捂嘴，看了看周圍，見並無外人，這才低聲道：「我也是偶然聽說的，說是金國使臣此番前來就是為了商議此事。金國公主相中了錦寧侯的品貌，多年前就芳心暗許，如今她兄長登位，公主新寡後又再提出此事，金國皇上又疼愛小妹，這才遣使臣秘密來與皇上商議。」

多年前就芳心暗許？霍十九這傢伙，還真招桃花。

蔣嫵知道葉澄的性子，這樣大事是不會亂說的。只不過皇上能讓她聽到這樣事情的內幕，還讓她將話傳入她耳中，便不知是為何了。

「多謝妳告訴我。」蔣嫵微笑著。「男人家三妻四妾本是常理，侯爺若真有此姻緣，我也只得認命了。」

「是啊，妳如今有了兒子，兒子還封了世子，妳也沒什麼好擔憂的了。」

哪像她，宮裡的那些狐狸精個個精明，葉澄又有些妒忌了。

蔣嫵揣度葉澄的性子，又和她聊起別的來。

葉澄現在是皇家的女人，在皇權至上的社會，她斷然不能對皇權表現出任何質疑的行為，那樣會給霍十九以及全家人招惹來殺身之禍。莫說三兩句中聽的話就能平息麻煩，就算葉澄今兒真的使小性子要她下跪磕頭，她也不會猶豫。

只是她清楚，葉澄也不傻，皇上帶她出來探望手帕交，她若與手帕交發生衝突，怕往後她在宮裡的日子也不會好過了。何況皇上的心思，誰能揣摩透澈？

蔣嫵與葉澄正說著話時，眼角餘光就瞧見門前四喜探頭探腦，一副火燒屁股的模樣。

蔣嫵心下奇怪，道了句。「失陪。」就起身來到門前，低聲問：「怎麼了？」到了近處，才發現四喜滿腦門都是汗。

四喜焦急地壓低聲音，道：「夫人，侯爺和皇上吵、吵起來了！」

蔣嫵愕然。

霍十九在小皇帝面前從來都謹守規矩，斷不敢做出任何踰矩之事來，好端端的，怎會和皇上吵架？

「怎麼吵的？」

「小的距離遠，也沒聽得太清，好像就是皇上與爺說了一會兒話，提起句什麼，爺就給拒絕了，皇上當下就氣得臉拉得老長，說爺不將他放在眼裡，爺就說若是皇上旨意如此，就乾脆砍了他的頭，皇上就氣得說爺是在威脅他，後頭他們又小聲地吵，小的連一句都沒聽清，又擔心侯爺，就緊忙來回夫人了。」

蔣嫵聽聞經過，已經猜到原由，想了想，道：「你去吧，就當沒聽見這事，也沒來見過我，還退回原處去當差。」

四喜跟在霍十九身邊，自然是機靈得很，又很會看人眉眼高低，如今見蔣嫵不打算前去勸阻，就知道事情比他想像的還要複雜，內心替侯爺焦急，但無計可施，只能聽命退下。

四喜在廊下滿心糾結之時，蔣嫵已笑意盈然回到屋內。

葉澄好奇地問：「發生何事？」

「沒什麼事，不過是下人小題大做，丁點兒的事就當天塌下來一般。」

蔣嫵說笑著將話題岔開，又問葉澄宮內的生活，誘導葉澄說一些在宮中得意的事。

雖如此，蔣嫵的內心卻是極擔憂，又怕葉澄會亂說話。不過她相信霍十九做事有分寸，何況不論發生什麼事，她都不會離他而去，都會留下與他一同承擔，只要堅守這一條信念，其餘的就不在乎了。

第三十九章　抗旨拒婚

抱香閣前，氣氛冷凝得彷彿能冷死滿院的青菜。

小皇帝雙手握拳，氣得臉色發白。霍十九也是雙唇緊抿，周圍之人包括曹玉都早已被遠遠遣開，如今守著院門不准任何人進來。

霍十九氣得嘴唇發麻，仍舊不放棄。「皇上，臣可以為了皇上的江山基業做任何事，唯獨此事不行！」

「朕已說過，絕不會讓你休了蔣氏，你還有什麼不滿！如今大燕與金國的局勢表面平靜，暗中洶湧，這局勢還是你親自分析給朕的，如何到了真正要你做什麼的時候，你卻推三阻四！那金國公主雖是新寡，可到底對你也存了真心，英大哥只當為國付出，屆時娥皇女英，你虧損了什麼？再說你就算不喜歡，只好吃好喝地養著供著罷了，一個女人而已，又沒有人逼著你與她真心相愛，英大哥為何連這事都不答允？」

「皇上！」霍十九認真地道：「臣，可為了大燕肝腦塗地，即便名聲掃地，千刀萬剮，臣也絕無半句怨言，不只是因為臣答應了先帝，更因為皇上是臣看著長大的，是臣的親人，更是臣的君主！臣為了皇上，做任何事都行。」

小皇帝面有動容，這些年來霍十九為了他，的確是這樣做的，他語氣也就緩和了不少，但仍舊負氣。「那你為何不答應？」

「皇上，臣說了，只要是為了皇上好，臣可以付出一切，可是臣無權將蔣氏的幸福也一同付出！臣若答允娥皇女英，且不說臣會如何，只說蔣氏那樣驕傲高潔的性子，是斷不會痛快的。她與臣成婚至今，幾乎沒過過好日子，臣已虧欠她良多，臣一人死不足惜，卻斷不能賠上她，不只是她，臣不會為了個人的志願去犧牲任何一個家人！」

說到此處，霍十九撩袍襬雙膝著地，叩首道：「請皇上理解成全。」

「你簡直是頑固不化！」小皇帝的拳頭握得更緊，面對霍十九，他總有太多感情的牽絆，強忍怒氣地道：「你可知道你是在抗旨？」

霍十九仰頭，直視小皇帝道：「若皇上認為臣是抗旨，那就是吧。臣一人死不足惜，卻絕不會犧牲嫵兒的幸福，臣的家人因為臣的舉動，這些年來已經背負太多的壓力和罵名，臣就算是奸臣，也絕不能剝奪全家人現有的溫馨和愉快。」

「你真以為朕不敢殺你？」

「皇上是九五之尊，有何不敢？」

「你如此抗旨不遵，還頂撞朕，你根本就沒有將朕放在心裡！」

「臣沒有。」

「你有！自從你迎娶蔣氏，你就不管朕了！」小皇帝再也受不住，怒吼著揮拳打在霍十九臉上。

少年人雖未長成，卻也是有幾分力氣的，霍十九被打得臉一偏，撲倒在地，左側唇角裂開，鮮血順著嘴角淌了下來，臉頰也腫了，髮冠更是跌落，墨髮散亂開來。

可他依舊不屈，縱然狼狽，也是滿身傲骨，背脊挺直地又一次跪正身子。「謝皇上賜打。」

「你、你頑固不化！你說，是不是在你心裡蔣氏比朕還要重要？你說啊！你答應父皇的事都忘了嗎？你是不是早就膩味了，不想再管朕了！是不是覺得朕是個沒用的皇帝，只能依靠你，是不是覺得朕一輩子都是扶不起的阿斗……」

小皇帝瘋了般撲上去，將霍十九推倒在地，騎在並不還手的人身上左右開弓，巴掌拳頭胡亂落在霍十九臉上、身上，人似已進入瘋狂之中。

積壓太久的壓力和怨恨，都這般毫無保留地發洩出來，他這些年所受的屈辱，所有的擔心受怕，都肆無忌憚地發洩給面前這個他心目中最可靠的人，發洩給這座不會倒塌的山。

霍十九咬緊牙關不吭一聲，閉上眼，不還手，承受一下下的攻擊。心中卻無恨無怨，只覺無奈和痛惜。他痛惜自己的處境，也痛惜皇帝的委屈。

他們相互攙扶走過這麼多年，作為九五之尊，小皇帝所背負的屈辱他每一件都瞭解，是以也對他更加疼惜。他瞭解小皇帝的性情，以他的驕傲，能忍辱負重這麼多年已是太委屈他了。

霍十九不還手，也不出聲，小皇帝哭著打了片刻就停手，翻身躺在霍十九身旁氣喘吁吁地道：「你分明就是不將朕當作自己人了！」

「皇上，臣沒有。」一說話，嘴角就有血順著已經紅腫的臉頰淌落耳畔。「臣已說清楚了，為皇上，臣死不足惜，但絕不能犧牲家人的幸福。」

小皇帝氣得蹬騰了好幾下雙腿，一骨碌爬起來，剛要再吵，見霍十九的俊臉上青一塊、紫一塊，心裡一驚，後悔地別開眼。

方才他太衝動了，竟沒有控制住自己的情緒。

「英大哥……」遲疑著伸出手將霍十九扶起來，小皇帝咬著牙，卻說不出道歉的話來。怎麼抗旨不遵的是他，現在卻是他在內疚？

「你、你還好吧？」

「臣無恙。」霍十九擦了擦嘴角的血，又一次跪正身子，道：「請皇上明鑑，臣絕不能尚金國公主！」

小皇帝又有怒氣上湧，可剛才已經在憤怒之下衝動揍了人，這會兒又下不了手，殺他又捨不得，面子又過不去，氣惱之下哼了一聲，道：「你縱然不願意，朕也讓人告訴蔣氏了！到時看你怎麼辦，你還是要尚金國公主！」說完，他一甩袖子大步離開。

霍十九聞言面色一變，眉頭緊鎖地跪行了兩步。「皇上！」

可小皇帝卻頭也不回，帶領外頭噤若寒蟬的景同等內侍快步離開。

霍十九跪坐在自己腿上，抹了一把臉，心裡說不出是什麼滋味。

早已在院門前急得跳腳的曹玉施展輕功閃身過來，將霍十九攙扶起來。「爺，你怎麼樣？」

「沒事，都是皮肉傷。」大拇指抹掉嘴角鮮血，霍十九疼地嘶了一聲，道：「我臉上的傷明顯不？」

「很明顯，夫人一眼便看得出，爺，這等事沒必要瞞著夫人，您是為了她……」

「她看了心裡必然又難過又生氣，咱們想法子躲一躲吧。」

曹玉怔了一下，才嘆息著道：「好歹先去清洗上藥。爺也真是的，為何要那般衝撞皇上，就不能想個別的法子？」

「有些事不是用計能解決的，這是我與皇上之間最好的商議辦法，讓他打一頓，能解決這麼大的一個難題，根本不虧。」霍十九說著，就與曹玉上了抱香閣，吩咐人預備熱水和消腫的傷藥。

蔣嫵這廂與葉澄正說著話，外頭卻有宮女慌亂來報。「回葉婕妤，皇上已經啟程回宮了，吩咐婕妤自行回宮！」

葉澄聞言一呆，臉上紅一陣白一陣，只覺得她才挽回的這點臉面，在蔣嫵面前又一次都丟盡了。她雖然只是個婕妤，可到底也是皇帝的枕邊人，和皇帝一同出來，回去卻是皇上自個兒先走將她給丟下了，她往後在蔣嫵面前還怎麼抬得起頭來！

葉澄險些哭出來。

蔣嫵笑道：「許是皇上朝務繁忙，又知道妳我相交甚久，難得見一次面，恐往後見面的機會少了，才特意讓妳多留一陣子。」

「妳說的是。」葉澄笑容僵硬地道：「我想皇上也是這樣想的。不過皇上既然已經回宮，我也不好多逗留，就先回去了。」

「也是，皇上身邊哪裡離得開人，妳快些回去吧。」蔣嫵起身相送。

葉澄總算找回面子，心中平衡了不少。

二人相攜出去，蔣嫵直將人送到府門前，目送葉澄離開，這才面色凝重地問隨行的下人。「侯爺現在何處？」

「回夫人，侯爺此刻在抱香閣，不過說是皇上吩咐了機密之事要做，不許任何人打擾。」四喜回道。

蔣嫵聞言挑眉，似笑非笑地看了四喜一眼。

四喜只覺得毛骨悚然，不自禁低下了頭，心中暗道，為何夫人會有這樣銳的一雙眼！

不過四喜慶幸的是蔣嫵並未追問，而是舉步往抱香閣走去。

「夫人，您……」

「走開！」

四喜懾於蔣嫵的威嚴，不敢多阻攔，只是一路都在不停勸阻。

他越勸，蔣嫵就越是擔心霍十九，腳步也越來越快，很快就將四喜和冰松遠遠甩開。只有聽雨身上是有功夫的，才勉強跟得上。

不多時來到抱香閣院門前，幾名小丫頭都屈膝行禮，攔在路當中。「請夫人留步，侯爺吩咐任何人都不得入內。」

蔣嫵瞇著眼，道：「妳們活膩了？」

「夫人！」

「滾！」

蔣嫵在心焦之下，耐心告罄，一把揮開攔路的婢女，快步進了院門上了丹墀，直順著臺階上了二層的走廊。

曹玉正在正屋門前，見蔣嫵前來，皺著眉頭道：「夫人。」

「你也要攔我？」

「爺正在忙呢，他……」

不等曹玉說完，蔣嫵已經憤然道：「那套說詞留著糊弄別人去吧！若沒事，你們躲什麼，非要讓我擔心死嗎？」

曹玉雖理解蔣嫵的心情，但也不能違逆霍十九的意思，只沈默不語地站在屋門前。

蔣嫵看了看緊閉的菱花格扇。

不過一扇門而已，他們的對話霍十九聽得清清楚楚，他不出來見，就是有問題！

蔣嫵瞇了瞇眼，隨即倏然一掌推向曹玉，曹玉下意識閃身，蔣嫵的身形卻沒收住，向一旁跌去。

二樓的圍欄只到腰身那麼高，蔣嫵來勢過猛，身子就往樓下一頭栽去。

「夫人！」曹玉嚇得驚呼一聲，一把拉住蔣嫵的手，將她懸在圍欄上的身子拉到懷中，同時已驚出一身冷汗。

與此同時，格扇也吱嘎一聲推開，鼻青臉腫的霍十九滿面驚慌道：「嫵兒，怎麼了！」

「你……」蔣嫵呆呆望著霍十九稱得上「面目全非」的臉，眼神瞬息萬變，最後歸於沈靜，隨即一把推開曹玉，轉身就走。

「嫵兒！」霍十九忙追，他當然知道蔣嫵是要做什麼！
「嫵兒，妳回來，別衝動！」
蔣嫵一言不發，已扶了圍欄，縱身從二樓躍下，無聲落地後便飛竄而出，就如夜晚她無數次「練腳程」時那般飛簷走壁，身法快得猶如一道閃電，僕婢們只看到有人影閃過，卻根本沒人看得清是誰。
霍十九焦急地道：「墨染，你快追她回來！別讓她做傻事！」
「是。」
曹玉飛身躍下抱香閣，拚盡全力地飛簷走壁。
曹玉是在府外的什剎海旁，好不容易才追上蔣嫵的。
攔在蔣嫵面前，曹玉是第一次這般氣喘吁吁。「夫人留步！」
「你走開。」蔣嫵劍眉倒豎，嫣唇緊抿。
「夫人要做什麼？」
「我去宰了那個王八蛋！是朋友你就給我閃開！」蔣嫵閃身便走。
「夫人！皇上的確是打了爺，可爺也是為了妳啊！」曹玉再次追上，擋在蔣嫵身前。
蔣嫵已從葉澄處聽到消息，聯想方才四喜來回的話，再想剛才看到霍十九那張腫成豬頭的臉，頓時怒火燃燒，血液都似要燒成岩漿一般。
「我知道！那王八蛋以為自己是誰！我的人，說動手就敢動手，我還沒捨得動一根指頭呢！別人敢動手，我先拔了他氣門！」

「夫人不能如此，那是皇上！」

「皇上算個屁！他除了會投胎還會做什麼？那白眼狼，分明就是忘恩負義的混蛋！我今兒宰了他，再擁阿英做皇帝，肯定比他做得更好！你滾開！」

「夫人！」曹玉嚇得臉色煞白，這等大逆不道的話她竟也敢說！

眼見著她要施展功夫，他忙拚盡全力上前。「夫人不能去！這些年，爺的艱辛都在這上頭，妳不能讓爺前功盡棄！」

「我有何不能！阿英被忠孝迷了心智，難道你身為旁觀者也不能看清嗎？現今，那白眼狼已在心底對阿英有了心思，雖然恩情與親情還占主導之位，可如今這個萌芽，將來會被自卑與權慾澆灌著迅速成長，將來縱然阿英幫助他達到目的，最終也不過落得個『奸臣得誅』的下場！阿英的付出沒人能懂，沒人會知道曾經有這麼一個人，為了大燕朝、為了皇帝，付出了自己能付出的一切，史書工筆上不會有任何一筆記錄阿英的好。曹墨染，阿英若是那般，你心安嗎？」

「夫人……」曹玉彷彿被利刃戳中心口一般，可雙臂依舊張開，攔在蔣嫵身前。

一陣大風吹來，將他淺灰色的寬袖吹得飄蕩，也將蔣嫵月白的柔紗長裙吹得飛舞，更吹落了她不留神盈於長睫上的淚滴。

曹玉心頭一緊，心痛萬分，道：「夫人，我明白妳是心疼爺，妳先回去，別讓爺在家裡焦急，咱們從長計議。」

「你明知我說的最有可能發生，還要阻攔我嗎？」蔣嫵面色陰沈，匕首也已握在手中。

曹玉端正神色道：「夫人想得太過悲觀，這些年我跟在爺身邊形影不離，爺與皇上的感情深厚，根本不是妳能理解的！」

「對，我不理解，今日就算是我的錯！將來你的爺要是怪罪，我大可自刎謝罪，但是寧可錯殺一千，我也不會留下任何威脅阿英的隱患！」

蔣嫵不再與曹玉多言，腳下一點，匕首反握，月白長裙與匕首的冷銳鋒芒，在陽光下化作一道耀眼的銀光。

寒光迎面而來，刺得曹玉瞇起眼，他知道蔣嫵的功夫全盛之時，尚且能與他一敵，然而她自有孕到如今，已荒廢了近一年，人也豐腴了，現在未必會有原來的速度。

可那匕首的鋒芒與蔣嫵眼中湛然盛放的殺氣，端是嚇得曹玉心頭劇震，忙打起精神閃開，這才避開了那一刀。

他既是佩服，又是心疼又是焦急，心思在千迴百轉之下，全力阻攔。

曹玉武藝高超，若在平日裡，蔣嫵斷然不是對手，可現在她一口怒氣直頂到天靈蓋，就只想將那狗皇帝碎屍萬段，是以動起手來也不顧及自己安全，用的竟然都是玉石俱焚的殺招。

她篤定曹玉不會要她死，便以自己的身體來壓制他的攻擊。

一灰一白兩道人影交織在一處，猶如兩道光芒，讓人眼花撩亂，看不清動作，只感覺得到煞氣。

曹玉束手束腳，蔣嫵豁出性命，前者便漸漸不敵。匕首又一次迎面而來，曹玉眼瞧著要躲不開，咬牙橫心，也不躲閃。

蔣嫵想不到他竟有樣學樣，不自禁減慢力道，曹玉內心大喜她顧及他的性命，出手如電，一把擒住蔣嫵持匕首的右腕。

「夫人！妳聽我說！」

好不容易抓住了，曹玉哪裡敢放鬆，運足內力的手就如鐵鉗一般，讓蔣嫵動彈不得。

蔣嫵憤然，用勁掙扎仍舊抽不開手。怒極之下將匕首一拋，左手接住，電光石火之間已將匕首架上曹玉脖頸。

「曹墨染，你還不放開我！」

「不能放！」曹玉的聲音也不似平日裡那般細聲細氣，音量提高許多。

二人一人擒住對方脈門，一人匕首抵住動脈，誰也不肯放鬆。

蔣嫵仰頭怒視曹玉。「你當真不在乎阿英的死活？」

「我在乎，可夫人今日太衝動，我必須阻攔。」

「那就休怪我手下無情。」蔣嫵雙目赤紅。

曹玉卻在電光石火之間反手一擰，用足內勁。蔣嫵的右手連同右臂被他擰著，正常人定會被擰得背過身去。

蔣嫵掙脫不開，但怒氣與對霍十九的心痛，鼓噪著她熱血奔騰。她絕不能將背後交給曹玉，那樣他會打暈她，帶她回去！

一切只在一瞬間。

曹玉只聽得「啰」的輕微聲響，在意識到蔣嫵不肯轉身，竟然扭著他的力道時，急忙放手。

可那時也已晚了。眼看著蔣嫵退步抽身後，垂落在身側晃蕩的右臂和她慘白的俏臉，曹玉簡直肝膽欲裂。

「夫人！妳、妳這是何苦？」

蔣嫵一言不發，依舊轉身便走。就算只有左手能持刀，她也照樣能殺了那混蛋。

然而轉身的一瞬，不受控制的右臂悠蕩起來打在背部。關節脫臼那種尖銳的刺痛，疼得蔣嫵眼前一黑，速度便因此減緩。

曹玉把握時機運足輕功竄掠而上，一把將她拉了回來。

「夫人，妳已受傷，大內高手如雲，妳不能成事，還會害了爺啊！」

蔣嫵聞言身形一震，隨即原本挺拔的嬌柔身軀像是洩氣一般，一瞬軟下來。

曹玉說的沒錯，現在的她受了傷，就算刺殺成功，也未必能逃脫，屆時授人以柄，會連累霍家所有人。

她不能衝動。可是，意氣難平，想到霍十九所受的委屈，堅韌的心就如同被開膛破肚後取出來蹂躪似的，兩世為人，第一次蔣嫵淚如雨下，哭得像個無助的孩子。

曹玉心痛地握緊雙拳，才能克制自己想擁她入懷的慾望，內心酸澀，又是感慨她對霍十九的一片深情，看著她依舊垂在身側的手臂，後悔自己方才下手沒有輕重，拉著她到一處樹蔭之下，檢視一番後，無聲地為她接上。

又是輕微的一聲「啰嚓」。蔣嫵動了動肩膀，她疼得蹙眉。可她依舊用右手抹掉了眼淚。「你說的對，此事還要從長計議，是我衝動了。」

「夫人，妳的手臂還好吧？」

「無礙的，你回去莫與阿英說。走吧，咱們回去，別讓他著急。」蔣嫵吸了吸鼻子，又用袖子拭淚，隨即將匕首收好。

二人一路無話。曹玉又擔心蔣嫵用「緩兵之計」，讓他放鬆戒備好乘機去刺殺小皇帝，是以全心警惕，好不容易才避開了人，與她一同回到抱香閣。

霍十九心急火燎地在屋內來回打轉，一聽到曹玉在門外回「夫人回來了」，忙推開格扇，一把將蔣嫵拉進屋裡來，先是緊緊抱住，隨後斥責道：「妳怎這麼不聽話！我剛才叫妳別去，妳聽不到嗎？妳偏要讓我擔心是不是！有事妳也不與我商議，偏要自作主張，我都說我沒事，妳也看得出我不過是一點皮肉傷罷了，怎麼還這樣罔顧我的意思，執意要去？嫵兒，妳太自我了！」

面對他的斥責，蔣嫵只看得到他的擔憂。抬眸，看到他臉上的瘀青和紅腫以及嘴角的血痕，蔣嫵的眼淚再一次忍不住。

他不過是訓斥幾句，她竟沒頂撞，而是哭了。

這一哭，將他哭得不知所措，忙放柔了聲音賠不是。「好了、好了，我沒有怪妳的意思，嫵兒莫哭，我錯了，再不對妳這樣了。」

他越是這般，蔣嫵越是難過。

如此溫柔的人，一心只為了別人著想，天下人卻看不到他的好，甚至連他的父母親人都在誤解他。在這樣的環境之中，他卻仍舊能保持著那顆溫柔的心。

蔣嫵的淚就如同開了閘一般，抽噎道：「值得嗎？這樣值得嗎？」

霍十九被她哭得也是心頭發酸，摟著她搖晃著。「好女孩，莫哭了。我知道妳是為了我，可這世上能解決問題的法子還有很多啊，我們商量著，總會有法子的，我最看不得的就是要妳涉險。挨這一頓打，我一點兒都不後悔，雖然皇上撂下狠話，可我瞭解他，他不會再逼迫我了。不過是臉上紅腫幾日，就能換來妳我往後的幸福日子，這頓打受得值得啊！」

「你這個傻瓜！笨蛋！」

「好好好，我是笨蛋，快別哭了。」霍十九用袖子為她拭淚，又拉著她在一旁的圈椅上坐下，倒了一杯溫熱的杏仁茶給她。

曹玉眼看著霍十九三言兩語就將蔣嫵安撫得乖乖喝杏仁茶，內心又增一層失落。可是，他目睹他們二人的感情，也知道他們之間容不得任何人了。

霍十九因臉頰腫著，怕被家人瞧出端倪，便去莊子上養傷，且與家人說公務纏身外出幾日。

而蔣嫵在家中照看孩子陪伴二老，不多日，霍十九再回來時，已與皇帝上了請辭的摺子。

這日正與唐氏說話，外頭突然傳來一陣慌亂錯雜的腳步聲，隨即就有小丫頭到了廊下行禮，氣喘吁吁地道：「太夫人，外頭皇上身邊的太監總管來宣聖旨了，吩咐咱們全家人擺好香案，焚香接旨呢！」

趙氏哪裡見過這種場面，一聽聖旨到了，先是一愣，竟不知該怎麼辦才好。還是蔣嫣和蔣嫵各自去吩咐人設香案，再去通知全家人都到正院去。

在濛濛細雨之中，霍宅前院的地上已經佈置好香案，地上整齊地擺著蒲團。霍家全家人都已到場，男女長幼按著身分跪好，景同便展開明黃色的聖旨，朗聲宣讀道：「奉天承運，皇帝詔曰：錦寧侯霍十九，數年來為國操勞，殫精竭慮，朕憐其身體羸弱，公務繁忙無暇休養，特准其辭表所言，允准致政，保留封號，食邑照舊，欽此！」

景同的聲音有內侍特有的尖細，也有屬於少年人的低沈，他的每一句話都說得很慢，每一個字都讀得很清楚。

然而他的話音落下，院中卻是一片寂靜，無人回答。

沒有人敢相信，原本呼風喚雨的霍十九，就這樣辭政了！叱吒風雲的錦衣衛指揮使，經營了多年的錦衣衛中堅力量，就這樣被撤職了！

「保留封號，食邑照舊」，也就是說，他手中再也沒有實權，剩下的日子就可以吃一輩子的俸祿，「頤養天年」了！

霍大栓與趙氏等人只在心中納悶，霍十九到底是做錯了什麼事，讓小皇帝將他撤職了，可他們心裡卻是大大地鬆了口氣。好好的兒子做個官都學壞了，既然是皇上的吩咐，那往後不做也罷。

蔣嫵卻是心頭劇震，驚愕不已。

「臣叩謝皇上隆恩！」霍十九雙手接過聖旨，面色如常，叩頭謝恩。

全家人就都一同行大禮。

景同對霍十九依舊如從前那般畢恭畢敬，將聖旨遞給他，隨即攙扶霍十九起身，道：「侯爺不知道，皇上擔心您的身子，擔憂得食不下嚥。侯爺可要好生地調養身子，這有用之軀將來必定還能大展鴻圖呢！」

「承蒙景公公的抬愛，霍英感激不盡。」霍十九拱手。

景同連忙還禮。「哪裡，錦寧侯平日裡對奴才的照顧也是無微不至，奴才還未謝過侯爺。」

「景公公伺候皇上辛苦，在下作為臣子，無論如何也要為了皇上考慮，只有景公公身子好，才有更多的精力好生伺候皇上。」

「就如同現在錦寧侯的休養一樣。侯爺與皇上，也當真稱得上心有靈犀。」景同再次行禮，道：「奴才還急著回去給皇上覆命，就不多留了。」說話時，眼睛滴溜溜轉了一圈，似在看霍家人。

霍十九何等聰明，見如此，又見他使眼色，便到了近前道：「我送景公公。」

「侯爺可真是折煞奴才了。」

二人客氣著，霍十九送景同到了外頭。

景同見左右無人，偷偷將袖子中的一個紙信封塞到霍十九手中，低聲囑咐道：「這是皇上給您的，請您務必妥善保管。奴才告退。」

送走了景同，霍十九回到院中，香案和蒲團已被僕婢們撤走了。

霍大栓滿面春風，好像兒子升了官似的，蒲扇一般的巴掌使勁地拍了霍十九肩膀兩下。「好兒子，好樣的，往後咱們家可就安生了，再不必擔憂出個門都讓你的乾兒子、乾孫子給遇上了！」

這話說得，好像霍十九不再是錦衣衛指揮使，手中沒有了實權，那些義子乾孫就都成了泡沫飛影似的，可是他簡單的一句話，著實也是實話。世態炎涼，不用他說，霍十九心裡也如明鏡般。

霍十九就與霍大栓和趙氏說了一會兒話，後稱疲憊了，就要回房休息，蔣嫵自然也跟著回去。

二人走遠後，趙氏和霍大栓的面上才都有些悵然之色。畢竟降職不是什麼光采的事。雖然一個奸臣丟了實權，對國家來說或許是好事。

蔣嫵和曹玉陪同霍十九回了瀟藝院，屏退下人之後，正廳之內就只剩下他們三人。

蔣嫵就問：「方才景同給了你什麼？我遠遠瞧見了，但沒看清。」

霍十九從袖子中拿出方才的信封，道：「是皇上給我的信。」

蔣嫵冷笑。「他分明是對你有所忌憚，否則也不會一上請辭的摺子他就准奏了。你又不是老了、年紀大了，難道真的在乎你的去留，不會說一些勸說保養的話？再者，真擔心你的身體，為何一個御醫都沒吩咐來？這根本就不是皇上對你的信任，而是他借了辭表，輕輕鬆鬆就去了個隱患！」

霍十九見蔣嫵越說越氣，臉色也越來越難看，眸中似乎還有懊惱之色，便也不賣關子了，道：「嫵兒，事情並非妳所想像的那樣。」

蔣嫵瞪視著霍十九秀麗的眉目，只覺怒氣直衝上腦門，恨不能將霍十九的腦袋瓜子剖開，看看裡頭裝的是不是棉絮……

「他對你不仁不義至此，你竟還為他說話！」

蔣嫵心疼他，又覺心堵得慌，好似胃裡堆著一塊大石頭，不上不下堵得她心口都疼。

霍十九眼見著蔣嫵氣得臉色都變了，忙將她拉到身旁，一同在臨窗的漆黑花開錦繡紋羅漢床上坐下，低聲道：「是我的不是，沒有將事情原原本本告訴妳，害得妳這般生氣，這件事是皇上事先知會我的。」

「什麼？皇上知會了你，什麼時候？」

霍十九從懷中掏出兩封信來，先將第一封遞給蔣嫵，她拆開來查看時，他就解釋道：「這是我在莊子時收到的，皇上命人秘密地送到我手中，皇上要我速歸，辭官，安置家人。」

「理由呢？」蔣嫵將信遞還給霍十九。

霍十九珍而重之地將信紙摺好放回信封，他的指頭修長靈活，一系列動作極為雅致，令人覺得賞心悅目，聽聞蔣嫵疑問，也覺詫異起來。「什麼理由？」

「皇上叫你『速歸辭官，安置家人』的理由啊。」

「那是聖旨，哪裡需要理由？」霍十九端正顏色，語氣卻竭力溫柔，似說教，更多的卻是關懷。「嫵兒，我知道妳是為了我好，只是皇上是君，我是臣子，君要臣死，臣不能不死，聖旨秘密送入我手中，我只有照辦的道理，沒有問原由的權力。」
蔣嫵聞言，似有些洩氣地點頭。
的確，她前世生在那個年代，又是留過洋的新派女子，「自由民主」的觀念根深蒂固，竟忘了她的夫君是一個忠心耿耿的臣子。她毫不懷疑，只要皇帝一句話，叫他自刎他都不會含糊，更何況是辭官？
蔣嫵一時間覺得無力無言。
霍十九又將第二個信封也遞給蔣嫵，道：「這我還沒來得及拆開，我們一起看看。」
蔣嫵不接。
霍十九也不強求，自行拆開那沈甸甸的信封，將一物倒在手中。一見此物，霍十九臉色隨即一變。
此物乃巴掌大小的橢圓形玉牌，上雕威風凜凜的猛虎紋路。
虎符！
他手指有些顫抖地拆開字條，上頭只有一句話：「三千營、五軍營及神機營隨汝調動，以火為令，助朕剿賊！」
霍十九立時只覺心潮澎湃！
他如何也想不到，在皇帝揍了他，又讓他辭官之後，會將更大的權力交到他手中。原來他不是不信任他，而是因為信任，所以才會有今日之舉。

只是霍十九更多的卻是擔憂，小皇帝畢竟年輕，雖是信誓旦旦一心想要朝政清明，政權全部把握在自己手中，可他畢竟不夠成熟，許多地方思慮不周全。這一次他有這麼大的動作，竟然沒有與他商量！

從前他們二人做事，都是皇帝提出問題或者要求，霍十九絞盡腦汁想出辦法，請示過皇帝，得皇帝應允之後就由他來部署實施。從當初想法子保住蔣學文的性命，到後來殺光別院裡各路探子而讓小皇帝順利回宮，這所有一切都是霍十九親自策劃。

到如今，小皇帝竟然沒有與他商議，而直接就有了動作。

霍十九內心千迴百轉，有一種孩子長大、翅膀硬了的感覺，又有些怪皇帝魯莽，這麼大的事居然不與他商量。

蔣嫵斂額，微涼的指尖輕撫虎符上的紋路，許久才道：「你打算怎麼辦？」

霍十九將虎符放入懷中，起身道：「嫵兒，我必須入宮面聖，茲事體大，萬一走錯一步，後果不堪設想。」

蔣嫵頷首道：「我跟你去。」

「不必，妳好生在家裡照看七斤，我很快就回來。」

事情已經超出蔣嫵的預計，她不願任性跟去反倒要霍十九來照顧她，便點了點頭。

她此時表情認真，眼中充滿擔憂，動作之時鬢邊的金步搖晃動，光影之下，竟有些乖巧嬌憨之感。

霍十九心頭一熱，拉著她纖細的手腕將她帶入懷中，下巴抵著她的額頭，輕嘆著叫了一聲。「嫵兒。」

曹玉見狀，目光黯然地悄然退下，為二人關好房門。

蔣嫵已習慣這個滿是清新果香和茶香的懷抱，習慣了他身上獨有的氣息，也不再覺得女子軟趴趴地貼在男子懷中是多跌面子的事，反而覺得若能讓時間靜止在此刻，一生如此相擁而過也是一種幸福。

前一刻還是迅猛的小豹子，這會兒就成了收起利爪的貓兒，如此強烈的反差，卻只在他面前展現，霍十九心滿意足且幸福地笑著。

如此靜謐溫馨的幸福，他不願意以言語破壞了，是以靜靜地擁了她一會兒，隨後放開她，笑道：「嫵兒，妳好生在家中，我很快就回來。」

「嗯，你自己多留神，與皇帝說話不要太直白了，要拐個彎。皇帝的那個年紀，最是天不怕、地不怕滿身衝勁的時候，他的決策既做了，就是覺得頂好的，旁人若有不同的意見，他一定會不耐煩。你不要太實在，惹他發了龍性就不好了，畢竟他是皇帝，不是你的子姪。」

「我知道了。」霍十九在這方面一直很謹慎，絕不會給皇帝留下恃寵而驕的印象，經蔣嫵提醒，自然滿心欣喜，更喜歡蔣嫵的審時度勢，不自禁笑意盈然，低頭在她臉頰親了一口，聲音很響的那種。

蔣嫵粉頰發燙，推著他出去。

若是二人獨處久了，還不知外頭那些人會如何胡思亂想呢。

第四十章　致政離京

蔣嫵去了上房，此時唐氏與趙氏、蔣嫣都在，幾人正聊著天，卻見霍初六提裙襬、大步流星進來，一屁股在圈椅上坐下，氣得面紅耳赤地「哼」了一聲，連連搖頭，搖得耳墜子打臉頰，步搖都要晃下來。

趙氏瞧著禁不住低聲斥道：「初六，這是做什麼！女兒家就要有女兒家的模樣，如此唉聲嘆氣、坐沒坐相的，成何體統！」

霍初六容貌不如兩個哥哥出眾，繼承了霍大栓的濃眉大眼，雖算不得絕色，倒也是個精神奕奕的爽利女子。

這會兒，她眼中都似要噴出火了，聽聞趙氏斥責，更是不服，道：「娘，您說現在的這些人也未免太現實了！大哥雖然不是錦衣衛指揮使了，好歹還是個侯爺吧？那些勢利眼的小人，竟然這會兒就開始擺出逢高踩底的樣子來，原本門口絡繹不絕的那些馬車，方才一聽說大哥致政的消息，都紛紛跑得連個影兒都不見。這都叫什麼事兒啊！」

蔣嫵禁不住笑了，在霍初六身畔坐下，道：「咱們家又不是為了過日子給旁人看的，那些人不來，咱們反倒清靜呢，再也不用為了避開人群走角門、側門，也不用迫不得已走廚房的後門出去，何樂而不為呢？」

霍初六之所以在意，是因為霍十九如日中天時，那些巴結送禮、認乾爹的人能在霍府門前熱熱鬧鬧地將隊伍站成一整條街。如今驟然門前冷落，多少還是覺得不適應。

人就是如此，若是一件事情發生得太頻繁，久而久之就會覺得是理所應當。殊不知，這世界上哪裡有那麼多的「應當」？

「妳大嫂說的是，妳看看，平日妳二哥不是教妳唸書了嗎，怎麼還一點兒長進都沒有。」

霍初六聞言赧然道：「大嫂整日還跟大哥學呢，我哪裡比得上。」

正說著話的工夫，蔣嫵隱約聽到外頭有鞭炮聲傳來。因霍家宅院占地面積大了點，所以鞭炮聲音聽著並非震耳欲聾，幾人說笑著，只當那鞭炮是附近鄰里家裡頭有事才放的。

誰知道片刻過後，鞭炮聲音並不停歇，就有小丫頭焦急地到了廊下，行禮回道：「回太夫人，親家公帶了人來，在咱們門前擺開了『爆竹陣』，這會兒府門前已經滿地紅屑了。」

趙氏尷尬地愣住了，在她心目中，蔣學文是清流文臣之首，是有文化、品行好的代表，她曾經滿心希望兒子會與岳父相處融洽，能夠好生與蔣學文多學著點，可是這會兒蔣學文竟然帶著人來他們府門前放鞭炮慶祝她兒子致政，這未免有些太說不過去了。

更尷尬的是一直陪伴聊天的唐氏，蔣學文如此作為，等於是搧了霍家一個響亮的嘴巴，根本就沒有考慮過女兒在婆家的日子怎麼過下去……

唐氏憤然，起身就往外去。

蔣嫣與蔣嫵對視一眼，忙一左一右將人攔住。「娘，您做什麼？」

「我去看看那老東西打算做什麼！」唐氏冷笑道。「那老不死的，純屬攪屎棍！眼看著妳們日子過得好些了，他就心裡不舒坦，他那樣子也配稱為人父？我真是瞎了眼才跟他將就了這麼些年，早知如此，當初就該下藥先毒死他個老混蛋！」

「娘，您息怒。」

聽著唐氏罵蔣學文罵得如此順暢，蔣嫣和蔣嫵心裡都滿不是滋味，尷尬地回頭看了眼正屋當中的趙氏。

趙氏也跟著到了廊下，笑著道：「親家母，咱們就不要摻和他們外頭的事了，親家公也是因為與阿英在朝務上政見不合，再說阿英從前也的確是做過許多錯事，怪不得親家公那樣高潔的人心裡頭不平。我身為人母，沒能將阿英教導成個正直的人，著實心中有愧，阿英他岳父想要教訓教訓他，也都是應該的。」

唐氏原本擔心趙氏下不來臺又心疼兒子，將來給兩個兒媳婦難堪找場子，可這會兒聽趙氏如此通情達理的一番話，說得又不似作假，感動之餘，更有感慨。

多好的一家人！多好的兩樁婚姻！若是真被蔣玉茗給攪和告吹了，她到哪裡再給女兒尋這麼好的婆家去！

蔣玉茗！都瘸了一條腿還不知道悔改，還是一門心思作死！

唐氏氣得臉色脹紅，推開了蔣嫣就往外頭走去。

趙氏忙道：「嫣姊兒、嫵姊兒，快跟著瞧瞧，不要讓親家母傷了自個兒！」

「是，娘。」

蔣嫣和蔣嫵忙追了出來，眼看著唐氏繞路去了小廚房，從廚娘手中奪過一把菜刀來，姊妹二人都嚇得面無人色。
「娘，妳這是做什麼？」
「妳們給我閃開！」
「爹能來霍府門前放爆竹，就定然是找了不少人來看熱鬧，也好方便將霍家的難堪傳播出去，您這樣子闖出去，回頭會有多少人說您的閒話啊！」蔣嫵使巧勁，出手如電地奪走唐氏手中的菜刀交給身後的聽雨。
唐氏眼前一花，「兵刃」就沒了，氣結道：「嫵兒，妳難道還要幫著妳爹？」
「我是不想看到娘往後受苦。」
蔣嫣也勸說：「娘，求您跟女兒回去吧，您出去根本就是自討苦吃。」
「不行，無論有沒有得到便宜，我也絕不能讓蔣玉茗好過！他是個做爹的，哪裡有一丁點做爹的覺悟，他將女兒賣了不算，女兒好不容易有了自個兒的幸福，他居然還亂攪和！他將自個兒當成悲情英雄了，為了鬥奸臣，弄得妻離子散，讓朝臣更加崇拜他、同情他，他心裡就舒坦了！我還不知道他那點兒肚腸？妳們都別攔，我先砍死他再說！」
「娘！」蔣嫵給聽雨使了個眼色。
聽雨身上有功夫，立即上前來扶著唐氏，不容拒絕地往裡頭去。
蔣嫵道：「娘，您先冷靜下來，爹不過就是領著人來鬧騰一番，這事交給女兒就是，妳可千萬不能拋頭露面。您不為自己想，也要想想嬌姊兒啊，嬌姊兒還小呢！」
唐氏聞言一愣，掙扎的力道就小了許多，被聽雨帶進了裡屋。

蔣嫵和蔣嫣對視一眼，道：「大姊，妳留在家中照看娘。」

「不，我跟妳去。」蔣嫣道：「姊姊雖然無能，可也不能什麼事情都躲在妳的身後。有什麼困難，好歹咱們姊妹一條心，一同去承擔。」

蔣嫵深知蔣嫣的性子，她雖看起來端莊溫柔，內心卻與她一樣是認定了一件事就不會輕易回頭。大約她們這一點，都隨了蔣學文吧，是以這會兒她也不再耽擱時間去勸說蔣嫣，只道：「待會兒大姊不要輕易開口，也不要太靠近前頭了，萬事都有我來出頭。」

蔣嫣明白蔣嫵的意思，她是怕鬧開來有損她素來在外的才名和賢名，左右她出閣前就是「河東獅」，出閣後又成了大奸臣的老婆，外人也都以為她是個奸惡婦人，是以這「壞人」她打算去做。

蔣嫣握緊了蔣嫵的手搖了搖，不知該說什麼。

姊妹二人戴上帷帽，在媵嫁侍女冰松和幻霜二人的陪同下，一道走向正門。

越是臨近院門，鞭炮聲音就越大，到了府門前時已是震耳欲聾，眾人都不得不捂著耳朵，蔣嫵吩咐開角門，還是高聲吼的。

霍府門前已經是滿地大紅。遠遠望去，在雨後陰霾灰暗的天空下和遠近粉牆灰瓦之中，那一地的大紅，像是零落的花瓣，又像是鮮豔的紅毯。

在「紅毯」另一端，蔣學文坐在木質的輪椅上，手中橫放著手杖，淡淡笑望著下人輪流去點爆竹。

在他周圍已經聚集了許多的百姓，還有那些耿直的清流文臣以及滿腔報國熱忱的學子。

見一高䠷一嬌柔兩名女子先後出來，蔣學文面上笑容一窒，僵在那裡。

而看到霍府裡終於有人出來，去點燃爆竹的小廝也遲疑了一下。

蔣學文卻道：「繼續。」

小廝們又將長長的一掛鞭炮擺下，拿了點燃的香去引燃。

一時間，又一次震得人心發顫的巨響傳來。

蔣嫵心裡的怒意也如被點燃的爆竹一般燃了起來，她也不懼怕爆竹，兩、三步就下了丹墀，徑直往蔣學文身旁走去。蔣嫣見了，捂著耳朵跟在後頭。

「爹，請您帶領人離開吧。」蔣嫵的聲音被轟隆聲掩蓋住。

蔣學文或許有聽到，或許沒聽到，依舊興味盎然地看著滿地的紅色，頭也沒抬一下，像根本瞧不見蔣嫵這個人似的。

眼瞧著爆竹燃盡，蔣嫵抓緊這個空隙，回頭道：「先別引燃，讓我說幾句話。」

那幾名小廝就以詢問的目光看向蔣學文，圍觀之人也都看向此處。

蔣學文這才抬起頭，看了看蔣嫣和蔣嫵在帷帽垂落的白紗下若隱若現的臉，隨即擺了擺手。

小廝們退下了，連續不斷的爆竹聲音終於停止了。

「有什麼話，說吧。」

「爹，您非要如此嗎？相安無事地過日子不好嗎？」蔣嫣痛心地道：「爹，您難道對女兒連絲毫的親情都沒有了嗎？」

一連串的問題，問得蔣學文笑了出來。

「到如今，妳還來問我？妳做的好事，就不必我細細說來了吧？妳枉費了我這麼些年的教誨，我寄予妳身上的希望，最終都被妳給毀了，妳不顧廉恥甘願做霍家的媳婦，還怪我沒有親情？嫣姊兒，妳太讓我失望了。」

蔣嫣沒有說話，可蔣嫵看得到她顫抖的肩頭，驕傲如蔣嫣，自小到大都沒有受過的委屈，這下子在蔣學文身上都受了個遍。

蔣嫵沈痛地道：「爹，請回吧，您這樣的作風，著實讓人看了笑話。您是清流名臣，擁有豁達的胸襟，就算再不滿也不必要鬧出這樣的場面來吧。我知道，您心裡對霍英的忌憚和憎恨，恨不能將他千刀萬剮了才開心，但是您也別忘了，您好歹曾經是朝廷重臣，您做什麼，底下那些少年學子們就有可能跟著做什麼。您總不希望往後一遇到類似的事，清流的人就知道去人家門前放爆竹吧？」

蔣學文撫摸著手杖，冷笑道：「果然是近朱者赤，近墨者黑，從前我沒見妳這麼能說會道。嫵姊兒、嫣姊兒，妳們且回去吧！道不同不相為謀，父母情分已盡，還有什麼好說？妳們不要以為親自到了門前來，我就會罷手了。」

蔣嫵掀起帷帽上的白紗，望著蔣學文片刻才道：「爹，您變了。或許在您的心中，從前為了國家繁榮而剷除奸臣的信念，已經轉變成為了剷除奸臣而剷除奸臣。您希望將來名垂青史，史書工筆上能有您燦爛的一筆，但是許多事，並非您眼中所見那樣非黑即白。」

蔣嫵知道霍十九忍辱負重之事，她本也可以和蔣學文說明白。但是一來，霍十九連他的父母親人都沒有透露，可見事情的嚴重程度；二則，她太瞭解蔣學文的頑固了，光憑三言兩語，憑什麼讓蔣學文相信。

蔣學文笑道：「好好好，學問倒是長進了不少，妳做女兒的在為父面前說這些話，就不覺得過分嗎？」

「更過分的是給親生女兒下砒霜！爹，那些事，真的要讓女兒抖出來嗎？」蔣嫵的耐性已快告罄，聲音變得冰冷。

蔣學文心頭一動，下意識地看了蔣嫣一眼。只見蔣嫣低垂了頭，隔著帷帽看不清她的臉龐，卻看得出她在不斷拭淚。

蔣晨風走了，老婆孩子都不在身邊了，蔣學文孤獨了這麼段日子，吞噬寂寞之苦時，他更加感覺到怨。

他怨唐氏棄他而去，怨蔣嫵背叛了他，怨蔣嫣與霍家的兒子相戀，怨蔣晨風丟下身殘的他遠走他鄉……但是所有的怨氣加在一起，也比不過他對霍十九的怨恨。

好好的燕國，若不是霍十九，會到今日這一步嗎？

如今霍十九終於致政丟了實權，英國公手下也少了一個鋒利的爪牙，往後要對付英國公，或許就容易許多了。

他是太開心了，才忍不住要來慶祝。

蔣學文心情好，所以也沒有理會蔣嫵，沒有回答她的話。

正在這時，一輛華麗的朱輪華蓋馬車緩緩而來，在霍府門前的石獅子旁停下。

曹玉為霍十九撩起車簾。霍十九看到霍府門前的景象，笑道：「岳父大人好雅興，竟然來我府上玩起爆竹了。嫵兒也真是的，為何不請岳父大人進門去？」

說著話，霍十九已下了馬車。

蔣嫵原本是可以理解蔣學文的愛國理念，也不怨恨他將自己當棋子。可是她無法接受，身為父親，竟然為了所謂的名聲，要犧牲女兒的幸福，甚至不惜要用砒霜來毒害長女。

虎毒尚且不食子，他如何能這般！今日再見，看到他坐在輪椅上，又能神采奕奕，她放下心，也更加生氣了。他若不是她父親，她早就一巴掌搧過去。

可現在偏偏不能……蔣嫵袖中的雙拳緊握，半垂著頭，風吹得她帷帽上的白紗飄動，將她的情緒完美地掩藏起來。

霍十九已兩、三步到了近前，拱手對蔣學文行禮，不卑不亢道：「岳父大人光臨，寒舍蓬蓽生輝，還請岳父大人移至堂中敘話，小婿前兒新得了好茶，想必岳父大人會喜歡。」

「哼。」蔣學文冷笑。「不必，我怕你毒死我！」

霍十九縱然不是錦衣衛指揮使了，可到底還是錦寧侯，且這麼多年來，在他暗中經營之下的勢力日益壯大，就算新任錦衣衛指揮使到任，原本該是霍十九手下的人也依舊是霍十九的手下。

眾人在背後尚且可以湊熱鬧那般來瞧蔣學文在霍府門前「慶祝」，可在見了霍十九的面後，在他的氣勢壓迫之下，他們看熱鬧的膽子都沒了，早有許多人悄然撤去了，再聽到蔣學文的語氣，那些留下來的人更覺得留下是作死，紛紛告辭先走。

霍十九一句話都沒說，甚至臉上還掛著笑容，只是與蔣學文說了幾句話，隨便看了看四周，原本圍在霍府門前的那些官員就已灰溜溜地散去了九成，留下的那一成還有一半是蔣學文帶來的小廝和僕眾。

「岳父大人真會說笑，請進吧。」霍十九回頭吩咐。「開門，迎……」

「不必煩勞大駕！」蔣學文冷哼，道：「霍英，你且看著吧！蒼天有眼，賜給皇上一顆七竅玲瓏心，看穿了你的本質！讓你致政只是一個開始，將來你是凌遲還是炮烙，老夫等著看呢！」

蔣嫵氣得心口那股氣憋得她肋下生疼，聽聞這等詛咒之言，卻恰是她心底擔憂的，當下忍無可忍地掀了帷帽，道：「爹，請你口下留德，他是你外孫的父親！」

蔣學文望著蔣嫵，緩緩搖頭，道：「女生外向，果真如此，瞧妳如今是過慣了穿金戴銀的日子，老夫貧門也容不得妳了！到底是老夫教女無方，才導致妳如此愛慕虛榮。霍英是禍國殃民的賊人，妳嫁給這樣一個畜生還甘之如飴，還認他為夫，心甘情願為他生兒育女，妳的廉恥之心早已沒有了！現在妳要我認霍英的兒子為外孫，嫵兒，妳是白日作夢！」

他辱罵得這般難聽，蔣嫵雖然生氣，卻已經疲於爭吵了。

蔣學文根本就是個老頑固，難道是她幾句勸阻就能說通的？她以後真是不想理他了！將來若有真相大白那一天，事實擺在蔣學文眼前，他都未必肯相信霍十九。

「走，回家。」蔣嫵回身拉住霍十九的手。

蔣嫵為了他，被親生父親在大庭廣眾之下辱罵，霍十九除了憤怒氣惱，就是愧疚心疼，剛要辯白，卻被她簡單的一句「回家」澆熄了強辯的念頭。

罷了，只要嫵兒還在乎他，當他們的家是家，他還有什麼好恨的？蔣學文不瞭解他，誤解他，便隨他吧，早晚會有真相大白的一日。他既覺得對不起她，往後要對她更好才是。

「好，我們回家。」霍十九反握住蔣嫵的手，與之一同轉身走向霍府。

蔣嫵則拉著泣不成聲的蔣嫣，一同上了丹墀。眼看著霍府大門旁邊的角門再次閉合，蔣學文卻覺得一陣失落。

他引以為傲的兩個女兒，如今都成了別人的……

「蔣老爺，那些爆竹還點不點了？」

「點，繼續點！皇上清明，罷了奸賊的官，理當普天同慶！」

「是！」

小廝們又一次聽了吩咐。震天懾地的爆竹聲再一次爆了開來。

霍府內，蔣嫵安慰了蔣嫣一番，又擔心唐氏沈不住氣，提著菜刀衝出去與蔣學文「決鬥」，是以送蔣嫣回臥房後，她又去唐氏屋裡陪著她解悶。

蔣嬌懂事得很，知道發生了何事，一下午都鬱鬱寡歡，不過對蔣嫵說出的笑話，她總能配合兩句。

過了半個時辰，爆竹聲才甘休了。

蔣嫵留聽雨伺候唐氏，與冰松回了瀟藝院。

霍十九已經換了身居家常穿的月牙白箭袖袍，腰上搭著玉帶，烏髮整齊束於頭頂，端的是人美如玉，此時正笨拙地抱著七斤與之說話。七斤戴著淡粉色的小帽子，穿的是唐氏親手做的小紅襖，這會兒正格格笑著，也不知是不是聽懂霍十九在說什麼。

蔣嫵並沒有立即進門，而是斜倚門邊，遠遠地笑望著，這個男人儘管在世人眼中是不值得原諒的奸賊，可是在她心目中，他永遠是無可挑剔的好丈夫，也是一個好兒子、好臣子，未來更會是一個好父親。她相信，不論是誰，只要與霍十九接觸一段時間，就都無法討厭這個人。

只是他今日，又被她父親罵了……蔣嫵十分心疼，便不自禁地嘆了口氣。

霍十九聽到嘆氣聲才抬頭。「回來了？岳母怎麼樣？」

蔣嫵搖搖頭，到他身畔坐下，靠著他的肩膀道：「娘當然生氣，一時半刻不能消氣。她對我爹失望，更是對她自己無能為力懊惱，她怕我爹總這麼鬧，你和阿明會開始厭煩我與大姊，也擔心爹和娘對我們兩個蔣家女兒會有所改變。」

「不會的，不只我對妳不會改變，就連阿明我都可以擔保，他不是那樣的人，還有爹和娘，這段時間以來，我因為妳已經知道爹娘的性子了。」

「是，我知道，我也是這樣與我娘說的，可是身為人母，她的擔心也是人之常情。阿英，娘還跟我說，要搬出去。」

「嫵兒，妳後悔不？」

蔣嫵想不到霍十九突然冒出這麼一句，抬起頭來詫異地道：「怎麼問這樣的問題？」

「自從與我結識，嫁給了我，妳就失去了妳的家，妳為了我，受了太多的委屈。妳後悔嫁給我嗎？」

蔣嫵凝望著霍十九，原來他們的想法是相同的，他們都覺得對不起彼此。她方才其實也想問霍十九，是否後悔選擇了她。若是別的女子，或許現在霍十九的日子會更舒坦。

「以後不要問這麼傻的問題了。你只需記得，我是不會離開你就足夠了。」

霍十九內心大震，動容地親了親蔣嫵的額頭。「我亦如此，絕不會離開妳。」

二人靜靜相擁片刻，待回過神時，霍十九懷中的七斤已經睡了。

二人相視一笑，蔣嫵悄聲喚了乳娘進來，將七斤抱下去睡，這才問霍十九。「皇上怎麼說？」

霍十九嘆道：「我沒有見到皇上。」

「什麼？」蔣嫵驚詫地道：「為何會如此？難道時局已經這般緊張？皇上被軟禁了？」

霍十九聞言噗哧一聲笑了。「嫵兒，妳想太多了。」大手愛憐地摸了摸蔣嫵的頭。「是皇上派人出來傳話，並不見我。」

蔣嫵羞赧一笑，道：「也對，的確是我想多了。皇上既然要與你計劃著有所行動，必然是怕打草驚蛇，他若是見了你，豈不是讓人起疑心？」

「的確如此，這段時間我們就好生研究一下如何安置家人吧。這裡的宅院怕是要暫且扔下了。」

蔣嫵道：「只要咱們一家人都平平安安，到哪裡還不都一樣？只是不知你打算如何安置。」

「方才回程路上我已經想好了，我的封地在錦州，是以打算讓親族都回錦州，到了那裡起碼是我的地盤，就算有人想對咱們不軌，好歹也會有所掣肘。」

蔣嫵點頭。「你說的是，那便計劃一下如何搬遷吧。錦州那邊要住在哪裡，也需要從長計議。」

「皇上御賜的錦寧侯府已整理妥當，隨時都可入住，只是又要委屈侯府的花園了。」

蔣嫵一想到抱香閣滿園鬱鬱蔥蔥的小黃瓜，就禁不住笑了。「這次是要好生建個豬棚，還有菜地也要規劃一番，不要風一吹來整個府裡都是豬糞味。」

「妳說的是，我回頭就命人去整理。」

二人說笑著，就又研究起具體相關的事宜，霍十九又在桌上攤開白紙，將研究過的事一一記錄下來。

隨後的四天之中，霍家就忙碌著搬遷事宜。

而錦寧侯被免去官職、遣離京都的消息，紛紛傳開來，更有那些學子們在茶寮酒肆之中大讚皇上英明，大快人心，罵奸臣活該！

那些文人騷客有許多人對朝廷還懷有一絲希望，如今見皇帝爽利的舉動，雖沒將大奸臣全家抄斬，但奪了霍英狗賊的實權也是大快人心的一件事，當即就有許多文人吟詩作對的內容都轉變為歌頌朝廷，尤其歌頌小皇帝少年機智，無人能及。

一時間朝野之中就彷彿被注入了新血，清流文臣和百官都對朝廷再度燃起希望，對小皇帝未來的舉動充滿期待。

在小皇帝被萬人歌頌時，英國公卻是連日來都在壓抑怒氣，就連霍十九那方準備好遷去錦州的一切事宜，前來道別時，他的第一反應都是摔了茶碗說：「告訴他滾蛋！」

小廝是個機靈的人，跟著英國公的時間雖不久，卻最善審時度勢、察言觀色，見英國公這般橫眉怒目，也不想落個不懂時宜的罪名，就只垂首站在門口，儘量稀釋自己的存在感，並沒有動作。

過了片刻，英國公似乎想通了一些，才道：「讓他進來吧。」

「是。」小廝鬆了口氣。

若是國公爺真的一口咬定就吩咐他必須讓外頭那位「滾蛋」，他也不好開這個口。那位是什麼人？就算不是錦衣衛指揮使了，可到底還是個煞星，他一個小小的下人，敢跟他鬧翻嗎？

小廝去門前請了霍十九。

霍十九見小廝去的時間頗長，就已經猜到一些內情，莞爾一笑，與曹玉一同前往前廳。下人們早已將前廳整理一新，絲毫看不出有任何英國公發過脾氣的痕跡。

英國公正端坐首位吃茶，見霍十九前來，笑著道：「你來了？坐吧。」就如同親切的長輩見了自家晚輩時一般自然親切。

霍十九恭敬地先行過禮，才在末位坐了，笑道：「國公爺一向可好？近日忙著搬遷事宜，並未來府上叨擾。」

「老頭子一個了，哪裡還有什麼好不好的，不過是混日子罷了。」

霍十九忙誠惶誠恐地欠身拱手，十分情真意切地道：「國公爺說笑了，您是國家棟梁，股肱之臣，這些年來若無您在皇上身邊時刻照顧著，皇上哪能過得順風順水？您若不一力承擔朝政，皇上又哪能這般健康成長？臣就要啟程去封地，一則無法在國公爺身邊幫把手，無法再對付那些包藏禍心的酸儒，二則無法再陪著皇上，往後還要多仰仗您了。」

英國公望著霍十九清俊秀麗的面龐，他這些年來閱人無數，練就了一雙火眼金睛，對識人的本領還是十分自信，如今望著霍十九充滿誠摯的雙目，只覺無比真誠，斷然挑不出絲毫問題來，讓他不得不對自己曾經的想法產生了懷疑。

難道是他太過多心？難道霍十九並非是與皇帝串通的？

不過也無所謂了，他走遠了，也算便宜了他，這些年他也沒少幫他的忙，若非有他，他也坐不到今日這個位置，就放過他吧，只要他別在眼皮子底下惹人厭煩。

「說的哪裡話，皇上是天下之主，是你的君主，也是我的，我哪裡有不盡心的，你儘管放心去吧。」

霍十九笑著道：「國公爺自然會竭盡心力輔佐皇上的，我並不擔心這個，我擔心的是國公爺太過操勞，又累壞了身子。您身邊自然有許多可用之人，可大事還是要您自己操心，我手底下原有一些可用之人，今兒列出一張名單來給您過目，您瞧著得用的就用，不得用就罷了，也算晚輩對您的一些孝敬。」

霍十九說著，從懷中掏出一個信封來，起身雙手奉上，恭敬的態度就像是下人對主子，根本不像是侯爵對國公。

英國公的內心得到極大的滿足，將信封接過隨手放下，道：「虧得你有心了，這名單留下，我回頭會好生看看的。」

「是。」

「此去路途遙遠，再要見面怕就沒這麼容易了，老夫原想在府中設宴為你餞行，可一想到你府中要處理的事尚且多著，便也就罷了，你往後就好生養好身子，若有機會，老夫定會向皇上請求，讓你回京都來繼續任職，也不負你滿腔才學和正當的年華。」

如此一來，就是答應為他「美言」了。

霍十九立即起身，掃地一揖，道：「多謝國公爺，卑職就翹首以盼了。」

英國公哈哈笑著捋了捋鬍鬚，內心已經有數，果然，霍十九是不知怎麼得罪了小皇帝，才被攆走的，當下就能確定了八成霍十九與皇帝之間的關係。

霍十九又與英國公說了一會兒話，便以家中尚有事情要處理為由告辭了。

剛離開前廳，英國公就讓人去請他的門客來商議大事。

霍十九這廂則是直到上了馬車，斜倚著紅梅傲雪的錦緞大引枕躺在坐褥上，這才鬆了口氣。

曹玉盤膝坐在他對面，笑著道：「爺的演技越來越好，方才我都快相信爺說的是真的。」

霍十九揉著眉心，似十分疲憊，嘆道：「你若是整日裡都做我這等與虎謀皮的營生，定會比我演得好。」

「我不必，我是個粗人，不成我就跑。」

霍十九聽得好笑。「跑？拖家帶口的，跑得了一個，跑得了一家子嗎？何況責任未了，容不得我跑。」

望著霍十九疲憊的模樣，曹玉不免嘆息，轉而問：「您剛才給英國公的那份名單是怎麼回事？」

霍十九笑道：「那是嫵兒幫我出的主意，一些朝廷中原本狀似想要依附著我，但是暗地裡又與英國公有所勾結的人我都列上了。」

「這是……」曹玉蹙眉，想了片刻才恍然地一拍大腿。「好歹毒！這不就是等於在英國公面前將這些兩面三刀的偽君子賣出去了嗎？英國公怕也不會再重用他們，說不定還會徹查這些人，剷除一部分。好一招借刀殺人啊！爺，您和夫人都太陰險了！」

「嫵兒若是聽到你這麼讚揚她，她一定會很開心。」霍十九爽朗地笑著，提起蔣嫵，好似眉目都舒展開了。

只是想起到如今他都不知道皇上到底在暗中預備什麼，他又不能自己去查，就只有乾著急的分兒。

他和蔣嫵再怎麼「陰險」有什麼用？要緊的是皇帝那個不知名的計策到底是否行得通，若是行得通，萬事皆能如願；若是行不通，他們都要萬劫不復。

霍十九剛舒展開來的眉目又有了抑鬱之色。他一個人不打緊，然而當初與蔣嫵剛剛成婚之時，為了實行他的那個計策，特地將蔣嫵捧上了一個高度，所有人都知道他最要緊的命門就是蔣嫵。

如今若是有事，蔣嫵定要受牽連。早知後來他會這麼深愛著蔣嫵，當初就該將她好生藏起來，絕不讓人看出端倪才是。

霍十九的懊惱與後悔，旁人是無法領會的。他現在深深認同一句話，這世界上的事，都是算計的越多，失去的越多，算計人者最後必會被算計，他就是那個被自己「算計」進去的倒楣蛋。

第四十一章　伺機而動

霍十九一家人要啟程離開京都的消息並非秘密，一些好歹還有些良心的義子乾孫分別前來送行，但這些人因離別而傷感的程度，遠不及杜明鳶。

「嫵兒，妳這一去，咱們這一生還不知是否有機會相見。」杜明鳶哭得眼睛紅腫，拉著蔣嫵的手道：「妳我雖非親姊妹，但這麼多年來，我早已經將妳當作我的親姊妹一樣，妳隨著侯爺去封地，我已經這個年歲，不出兩年也是要出閣，還不知夫家是在哪裡。雖我早就知道早晚會有分別的一日，可是真的到了這一日，我心中好生不捨。」

蔣嫵最是重感情，聽聞此言，動容不已，也是鼻子發酸。

「鳶兒，我往後會去看妳的。妳要自個兒尋個靠得住的好夫婿，我哪裡能放心？妳且安下心，先靜靜地過日子，雖然侯爺現在不是錦衣衛指揮使了，到底也還是有辦法的，總能為妳的前程做好打算。」

「妳就不要考慮我了，此去山高路遠的，妳好生照看著自己和七斤才是要緊的。」杜明鳶用帕子拭淚。

杜明鳶再不捨，二人終究要分別，臨告辭前又拉著蔣嫵的手哭了一場，最後依依不捨地乘車回去了。

全家人商定行程計劃，最終決定霍大栓與趙氏帶著七斤、霍廿一夫婦、霍初六、唐氏和蔣嬌一行先走。至於家私細軟，早在剛有計劃時，蔣嫵就已經分開來託鏢運送去了。

站在上房前廳之中，蔣嫵抱著七斤，不捨地皺著眉。

她是要留下來幫助霍十九的。否則只有曹玉在霍十九身邊，她哪裡能夠安心地讓他留下涉險而自己一點忙都不幫？

但是還沒斷奶的孩子，就要交給乳娘照顧，留在趙氏身邊，一想到若結果是好的，也還要分別數月；若是有個好歹，說不定今生都不能再見了，蔣嫵難免覺得悲感悵然。

趙氏道：「嫵姊兒別難過，這也是沒辦法的事啊，皇上既這麼吩咐了，妳就留下和阿英一同處理好事再去不遲。妳放心，七斤我帶著，保管他一根頭髮都不會少的。」

蔣嫵對家中人解釋，是皇上捨不得霍十九離開，邀請他們入宮小住幾日。趙氏和霍大栓考慮霍十九從前所受的盛寵，便也絲毫都不懷疑。

「我自然是信得過娘的。」只是離開孩子，身為母親，她哪裡能安心。

望著懷中如粉團一樣的小寶貝，蔣嫵親了親他的臉頰，心裡雖像是刀扎一般，依舊咬著牙，將孩子交給了趙氏。

「娘，帶孩子辛苦得很，這些日子就要辛苦妳了。」

「放心吧。」

唐氏道：「妳放心，我和親家母一同，我們不累，孩子也萬無一失。」

「還有我呢，我也會幫忙的。」蔣嫣也笑著。

蔣嫵看著她們，縱然她和霍十九有個好歹，兩位母親還有蔣嫣也會將七斤撫養長大的。

有這樣的家人，她放心。

如此依依不捨之下，外頭就有人來回。「太夫人，馬車已經預備好了。侯爺和老太爺正在門口等候著，請太夫人和親家夫人啟程。」

眾人的笑容都有一瞬僵凝。在趙氏等人心中，縱然只是短暫分別，可一家人在一起和和美美的這段日子也是極為幸福珍貴的，哪裡可以說分開就一丁點感覺都沒有？可到底也是暫時分開而已，誰都不想讓氣氛傷感。

趙氏強笑著道：「罷了，咱們也不必在這裡傷懷，左右不日就能相見。」

「正是，有我和親家母在，還有我與妳姊姊，下次見面妳就等著認不出七斤吧。」唐氏一句逗趣的話，引得幾人都笑。

「我自然放心，您們也要多注意身子，帶孩子操勞得很，我是擔心累壞您二老，有什麼事能讓下人代勞的，就不要親自動手了，做什麼只管吩咐人去做，千萬不要勞累自己。」

「這有什麼？當年幾個孩子一塊兒帶還不是都帶過來了，妳和嫣姊兒使把勁，給我生十來個孫子孫女帶，那才是好玩呢！」趙氏長年與霍大栓一起，連說話的語氣都頗為相似。

蔣嫣聞言，當下紅了臉。

蔣嫵卻是胡打海摔也無所謂，爽朗地道：「娘不必焦急，往後還怕沒更多的孫子抱嗎？回頭等初六也聘了人家，您還有外孫抱呢！」

「大嫂！」霍初六紅著臉跺腳。

趙氏輕輕掐蔣嫵的臉蛋。「妳這丫頭，我打趣妳姊姊一句，妳就去打趣初六。」

蔣嫵挽著趙氏的手臂。「才不是呢，我這是心疼初六。」又伸著脖子對霍初六道：「妳放心，到了妳大哥的封地，什麼青年才俊還不是任咱們選嗎？定給妳尋個好女婿。」

「大嫂，妳再說我就不理妳了！」

霍初六滿臉通紅，追著蔣嫵就要打，蔣嫵便繞著眾人，特地慢慢跑著給霍初六追。氣氛瞬間輕鬆，一行人說笑著就到了側門前。

霍十九這會兒正與霍大栓、霍廿一說話，遠遠地就聽見女眷們的說笑聲。霍十九循聲望去，就見一身粉白襦裙的蔣嫵，正與一身碧青的霍初六笑鬧著，所有人臉上都是歡樂笑容，不見絲毫離別傷感。

他知道，蔣嫵這是彩衣娛親。他一點都不介意她這般是丟了深閨婦人該有的規矩，反而覺得感激。

「娘、岳母，此去路途遙遠，妳們要注意自己的身子。」霍十九上前，大掌穩住了蔣嫵。

蔣嫵一見夫婿，朝著霍初六和趙氏擠了擠眼，隨即規矩站定。

趙氏怕兒子責怪媳婦，就將七斤遞給霍十九抱著，笑道：「放心，你好生照顧好你媳婦兒就行，等在皇上那兒小住夠了，就緊忙來。」

霍十九的注意力果真被轉移到孩子身上，小傢伙黑葡萄一般明亮的大眼睛望著霍十九，粉嫩的小手抓住了霍十九垂落的碎髮。

霍十九內心一陣絞痛。到現在，他還是無法得知皇上到底安排了什麼。只知道如果他們落敗，他們或許都難逃一死。

他早前是不怕死的，這一生能做他認為正確的事，或許不能實現他的夢想，無法讓大燕國立即呈現繁榮昌盛，屏除匪類，可是他所做的，至少能為大燕朝著這一步推進一些，也算他死得其所。

可是他想不到，自己有了牽絆，有了蔣嫵，到如今再有了七斤。

他現在依然不怕死，可是他怕與他所愛的人分別，也怕愛他的人傷心難過，他不能讓蔣嫵做寡婦，不能讓七斤沒有父親。

現實往往不從人願，他擔心這一分別，會讓父母白髮人送黑髮人，會讓孩子從此沒有了依靠。

「嫵兒，要不妳就隨著爹娘一道先去吧，宮裡那邊我會與皇上說明，想來皇上也不會怪罪的，妳是女流之輩，皇上哪裡會如何？」糾結了幾日的問題再度提起。

趙氏不知情，笑道：「若是宮裡沒什麼要緊的事，嫵兒就與咱們先走也成。」

蔣嫵哪裡想到霍十九這會兒仍在糾結，且不與她商議，還在家人面前提出。平心而論，她當然不想離開孩子，畢竟七斤都還沒斷奶，可是她跟著霍十九，他成功的機會就大一些，若是不讓他在她眼皮子底下，她恐怕只胡思亂想也能將自己折磨死，更何況她必須要保護他，縱然一同赴死，也總比自己苟活於世、下半輩子生活在後悔之中要好。

蔣嫵微笑如常，道：「娘，我還是留下陪著阿英，照顧他的起居，還能去宮裡見見世面。至於七斤，哪裡就輪得到我來照看了，我看娘帶著七斤就很好。」

趙氏喜愛孫子，也樂得帶孩子，就抿著嘴笑了。

霍大栓道：「嫵兒丫頭就留下，也看著點阿英這渾小子，免得他惹禍，他要是膽敢不聽妳的話，妳就告訴爹，爹回頭窩心腳踹出他屎來！」

一句話，逗得眾人都忍俊不禁，尤其唐氏見親家如此，知兩個女兒都被人家當寶貝一般疼寵著，心裡當真是歡喜。

蔣嫵欣然道：「多謝爹，我一定好生看著他，不讓他惹禍胡來！」

唐氏見女兒過分，忙訓斥道：「嫵兒，不可如此！」

蔣嫵就吐了下舌頭。

霍十九暗中著急，家人根本不知到底發生何事，可是他心如明鏡，這些天與蔣嫵一直在爭辯這個問題，甚至有兩日他們都已經爭論到「冷戰」的程度。他不想帶著她冒險，她卻偏偏要跟著他。

現在想讓蔣嫵隨著父母離開這個是非之地，偏又不能暴露自己現在的處境，說得太急了，又怕家裡人多想，若不說明，目的又無法達到。

正猶豫著，霍大栓已經先讓趙氏等人分別上車。乳娘也站在一旁低眉順目地等候著霍十九將七斤交給她。

蔣嫵這才低聲以只有他們二人聽得到的聲音道：「既然已作了決定，就不要再反悔了。你就算留我跟著爹娘，我回頭也有辦法追上去，如果你不喜歡帶著我，那你盡可以不帶。」

想起上一次黃玉山之行，她尾隨在後所經歷的事，霍十九忙打消了要留下她的念頭，若是不帶她反而讓她私下裡跟著，豈非危險更多？好歹他身邊還有護衛和曹玉。

霍十九無奈地嘆息道：「嫵兒，我是擔心。」

「我知道，但是有我在身邊，你就不必擔心。我相信縱然你我身死，七斤也會平安快樂地長大，你我都有了後，也無憾此生，何況是咱們在一處呢？」

蔣嫵說話時並沒有看著霍十九，而是含笑對著正掀起車簾往這邊看來的蔣嫣揮手。

霍十九便也笑著，讓所有人都看不出異樣來，親了親七斤的額頭，喚了不遠處的乳娘，將孩子交給了她。

乳娘屈膝行禮，走向趙氏所在的馬車。

可就在這時，孩子似有所感，哇的一聲哭了出來，乳娘被嚇了一跳，忙低聲哄著。

趙氏忙將孩子接過，檢查之下見並非是尿了，笑道：「妳看看，這孩子都知道是要離開親娘身邊了。阿英、嫵姊兒，你們趕緊去見了皇上好生說一說，就緊忙來吧。」

「知道了，娘。」

霍十九安排的護衛護送著隊伍，下人們對霍十九和蔣嫵行禮後，隨即就有穿著便服的侍衛高聲道：「啟程。」

車輪在青石磚路上軋出「轆轆」聲，蔣嫵與霍十九並肩，目送浩浩蕩蕩的隊伍緩緩轉過街角，笑道：「這下你不必急著攆我跟著爹和娘去了。」

霍十九揉了揉她的額髮。「看來我這輩子都鬥不過妳了。」

「那剛好。」蔣嫵笑著，轉而道：「咱們也該啟程了。」

霍十九點頭，就回頭吩咐了另一撥人馬。

虎符在手，他們記得皇帝所說的是「以火為令」，是以先前霍十九已經去神機營和三千營打過招呼，如今只差距離稍微遠一些的五軍營，回頭吩咐下去就是了。現在他們已在城中尋到了一處尋常的宅院，打算暫住下來，一方面讓人知道他們已經啟程回封地，另一方面暗地裡謀劃皇上的事。

為了謹慎起見，蔣嫵與霍十九的馬車也是跟著霍家的隊伍不遠處出了城，不過他們在城外換乘了尋常的小馬車，隨行的護衛也分散開來，變裝之後兩、三人一組再回城裡來。

蔣嫵與霍十九、曹玉三人都換了尋常百姓的粗布衣裳，霍十九穿的是一身深棕色粗布短褐，頭髮以網巾固定，在白淨的臉上和手背上又抹了點灰，腰上還斜插著個煙袋鍋子，儼然就變成了一個俊俏的農家青年人。曹玉則依舊是穿著書生長袍，不過袍子的質地差了許多，還貼了兩撇小鬍子，一下子就年長了十歲的模樣。

蔣嫵將頭髮編成兩根長辮子，隨便用布條盤起綰在頭頂，身上穿的是件半新不舊的墨綠色粗布襖和長褲，雖布裙荊釵，卻依舊是難掩姿色。

霍十九就和曹玉、蔣嫵一同坐回了樸素的藍布小馬車，往城西一處距離皇宮不遠的陳舊宅子而去。

那是霍十九早前就在外頭置辦的一處產業，旁人並不知曉。

「阿英，你別說，你穿著尋常百姓的衣裳還真不像是個大官了。」

「所以才說人靠衣裝，不過妳卻不同，雖是這般，也依然是貌美的，剛入城時候沒瞧見那些人看妳的眼神。」霍十九的聲音中冷意森然。

曹玉冷哼道：「那些守城的平日裡就慣會搜刮民脂民膏，今日又以檢查為理由，險些就要將夫人都看進眼珠子裡了，回頭定要狠狠教訓他們。」

蔣嫵不以為意，笑道：「隨他們去吧，反正都是無傷大雅的事，現在要緊的是皇上那邊到底如何了。」

說著看向霍十九，正色道：「阿英，你難道就一點分析和預感都沒有嗎？皇上畢竟是你一手帶出來的，他要做什麼，你應該不難猜測吧？」

霍十九苦笑。「自古就有青出於藍而勝於藍的說法，何況皇上天資聰穎，哪裡需要我怎麼教。這一次皇上是下了決心不讓我做謀劃者，我身為臣子，只得遵旨，到時候聽從皇上的號令將之剷除便是。只是這些日，我聽到的風聲有些詭異。」

「是怎麼個詭異法？」

「皇上的性子是閒不住的，如今又未親政，也只有宮裡辦個宴會或者外國來個使臣，他才有機會露面……朝政如今還是把持在英國公的手中，他平日閒暇之餘喜歡看看閒書，再或者去妃嬪那裡坐坐，最常做的就是去御花園裡走動。可我在宮裡的人說，這些日皇上並未常常去御花園，也不怎麼見人，也就是平日伺候在他身邊的人才知道皇上的行蹤。皇上這些日倒是常常召見英國公，二人在御書房中動輒一談就是兩個多時辰，也不知都在談論什麼，皇上又藏不住心事，我真擔憂他哪一句說得不妥，若露出破綻就麻煩了。」

霍十九說話的聲音很低，卻將滿心鬱結和擔憂表露分明。

蔣嫵看得擔憂，手便覆上他的手。她的手溫暖，他的手微涼，霍十九似不適應突然而來的溫度，手指瑟縮了一下，蔣嫵便緊接著將他的手指握住。

曹玉眼眸掃過二人交握的手，別開眼撩起車簾，窗外已是暗沈一片，烏雲糾集，似有一場大雨將至，隨即放下車簾。「這麼看來，倒像是皇上與英國公十分親近的模樣。」

「可皇上與英國公不可能那般親近。」蔣嫵問霍十九。「你的人可曾見過皇上出來走動？」

霍十九把玩蔣嫵的手指。「正因為除了皇上身邊的人，沒有人看到皇上出來走動，等閒人又無權近皇上身側，我才覺得事有蹊蹺。皇上那樣的性子，在屋中久了怎麼可能受得住，悶著悶著了，他都早就該出來玩的。」

蔣嫵聽到此處，心裡只湧出一個念頭，這情形怎麼看都是皇上被英國公控制了。可轉念一想又覺得不對，小皇帝正在著手對付英國公，否則也不會將虎符交給霍十九，還約定以火為令。難道這是他誘敵深入的招數，先放鬆英國公的戒心，再圖行事？

蔣嫵眸中神采瞬息萬變，卻無一不美。霍十九欣賞她的美態之餘，又覺她明知危險卻依舊為了他留下而十分感動，當即便有所動容，低沈的聲音也更加溫柔。「嫵兒，妳在想什麼？」

蔣嫵回過神，笑道：「沒什麼，皇上既然吩咐了下來，就定然是已經有萬全準備，如你所說那般，我們且聽命便是。」只是也要處處都留個心眼。

當然這話，蔣嫵不會在霍十九面前說出來，免得他聽了又氣她不敬他的君主。

霍十九點頭，眉頭舒展了一些，他或許也不該總將皇上當作小孩子，也該適當地給他發揮的空間和餘地。

說話間，傾盆大雨倏然落下，敲打在馬車棚頂發出細碎響聲，周圍是一片沙沙的雨聲，潮濕的空氣湧動著。

曹玉問：「要不要先找個地方避雨？」

霍十九搖頭道：「咱們最好還是少露面為妙，這個節骨眼上，不能出任何亂子。」

曹玉頷首，便撩起車簾對車夫吩咐了幾句。

車夫本就是霍十九身邊的死士，冒雨趕車這等事哪裡難得住他，當下爽朗地應下，將馬車趕得又快又穩，不多時就到了城西的宅院。

宅院是個二進的小院，斑駁的漆黑木門只被叩了兩下，就有個四旬的豐腴僕婦撐傘迎了出來，見了霍十九，忙笑道：「哎喲，富貴兄弟，你怎麼來了。」

「表姊。」霍十九微笑，拉過蔣嫵道：「這是我媳婦，我們特地來看看妳。」

「這就是秋菊啊，快進來，快進來。」僕婦將霍十九、蔣嫵、曹玉都迎進了院，還聽見那僕婦跟好奇的鄰居高聲說：「是我表弟……家在南邊……來串門子的。」

霍十九覺得好笑，曲指彈了一下蔣嫵的額頭。「秋菊。」

蔣嫵挑眉望著他。「富貴。」

二人都覺得好笑得緊，蔣嫵認真地道：「別說，你若是叫霍富貴還真不錯。」

「爹當年是連富貴這個詞都沒憋出來。」霍十九無奈地道。

一想霍大栓給孩子取名的本事，蔣嫵真是不敢恭維。

小宅前院住著方才那僕婦夫婦和他們的小兒子，後院則是整理得十分乾淨。

到了後院正屋，那僕婦和她丈夫、小兒子都進了屋裡來磕頭。「小的給霍爺、夫人請安了，方才在門前多有得罪，還請霍爺、夫人恕罪。」

霍十九端坐首位，雖粗布衣裳，卻仍是高華氣質，手指把玩著煙袋，笑道：「不必拘泥，你們做得很好，都起來吧。」

「多謝霍爺。」

夫婦二人與那少年人都站起身來，恭敬地垂首站在一邊。

「你們忙你們的去，就當我們只是遠房親戚即可，不必來伺候。」

「是。」三人行禮退下。

不多時，方才那僕婦又提著個黃銅水壺進來，在門前擱置在臉盆架子上的木盆中兌了溫水，放了嶄新的巾帕，回身恭敬地道：「請爺盥洗。」

霍十九笑著擺擺手，示意她退下，隨後絞了帕子，進內室去拉過蔣嫵，要給她擦臉。

「我自己來。」蔣嫵忙去接他手上的帕子。

「不，還是我來，這些日子身邊沒有人伺候，端茶、遞水、梳頭、簪花的活計，都由我來。」霍十九執著地望著她，另一隻手將帕子高高舉起，他們二人身高的差距，使蔣嫵即便踮起腳尖也拿不到帕子，而秀麗的眸子卻像是極委屈似的，彷彿若是她不讓他伺候就是欺負他。

他難得如此霸道，蔣嫵不願拂了他的好意，只得嘆息道：「好吧，那有勞你了，回頭我服侍你梳洗。」

「好啊！」霍十九愉快地給蔣嫵擦臉，奈何他從未伺候過人，難免笨手笨腳，將蔣嫵的臉擦得通紅，包裹著帕子的手指還戳到她的鼻子兩次。

等擦過了臉和手，霍十九丟下帕子又去取了木梳來，偏要蔣嫵將綰起的兩條麻花辮散開，重新為她梳髻。

看他似尋到新玩具的孩子似的，蔣嫵不忍拒絕，只好乖乖坐在炕上讓他給她梳頭。

屋外大雨傾盆，屋內卻因二人這般靜謐柔和而溫暖起來。

同一時間的英國公府，譚光撐著傘上了丹墀，半邊身子被雨淋濕了也毫不在意，到了前廳，便將傘丟給廊下的小廝，隨即自行撩簾入內。

「國公爺。」譚光行了禮，恭敬地道：「咱們的人已經回來了，說是霍英的確是與他夫人同乘一輛馬車，隨後才離開的，不過不多時就追上了隊伍，這會兒因為大雨，已經停留在城外不遠處的一座破廟。」

「是嗎？」英國公以垂著紅色流蘇的精巧象牙梳梳理著鬍鬚，笑著道：「這倒有意思了，我原本以為他隨後才行是怎麼回事呢，想不到他竟是跟著他父母親人同行的，還真讓我失望。」

譚光諂媚地笑道：「國公爺料事如神，又素有威嚴，哪裡怕他們再翻幾層浪來？」

「小心駛得萬年船，越是這個節骨眼就越不能出錯。」英國公道：「既然他們是真的離開，也就罷了，咱們還有正經事做，就讓他們離開便可。」

「國公爺說的極是，只不過……」譚光略微猶豫，依舊是將心中所想說了出來。「國公爺，這會兒既然已經到了這一步，不如斬草除根？」比了個殺的手勢。「既然不能確定霍英將來是否能夠為您所用，為何還要留著他？」

「難道我是那等殺人不眨眼的魔頭？」英國公站起身，將象牙梳收入懸於腰間的錦囊，隨即拿了噴壺為劍蘭澆水，姿態悠閒，笑容溫和，如同尋常人家的老翁。「你呀，想事情太過片面，難道分不清敵我的人就都要趕盡殺絕？這世上總歸是什麼樣的人都有，能夠讓他發揮自身的作用於我有益便行了，還指望不是黑就是白嗎？」

譚光既然能夠跟隨英國公這麼多年，於謀劃之上便是有些能力的。

只不過他摸清了英國公的脾氣，年紀越大，英國公反而越喜歡聽人對他的讚揚。如此這般故意裝作笨拙引他說話，英國公心裡是極喜歡的，他也就樂於做拋磚引玉的磚。

「國公爺說的極是，是我的考慮不周。」譚光諂媚地笑著，道：「那依國公爺的意思，就放他們回錦州吧？」

英國公道：「隨意吧，先做正經事要緊，讓你預備的可預備了？」

「您放心，早就預備得了。」

蔣嫵與霍十九、曹玉在小宅中轉眼就住了兩日。

雖然口中不說，可蔣嫵心底一直都在擔憂著七斤，每日都在盤算家中人應該走到何處了。

不過她也有自己的消遣，比如現成的師傅在此，她當然要求教，是以每日清晨，天色剛泛起魚肚白，蔣嫵就尋到曹玉在後院之中練拳腳。

曹玉得名師真傳，拳法自然也不含糊，蔣嫵的手法卻是在無數實戰中摸索出的，看似沒有招數，卻在一招之下有多個變招。曹玉每每與她動手，都要提起十二萬分的小心才行。

霍十九是不諳武學的，只為了強身健體會晨起打一套五禽戲，再或舞劍罷了，他使劍圖個名士風流，瀟灑漂亮，若做殺敵是絕不可行的，是以每次憑窗而望，見曹玉與蔣嫵將拳舞得虎虎生風，招招精湛，氣勢凜凜，他都很是羨慕，也覺得那畫面十分漂亮。

蔣嫵也認為如此下去，只要堅持一段時間，她的身法和武藝必然能突飛猛進，是以只要有問題，她便會直白地問，有時見曹玉一招使得漂亮，還會突然停下來與之研究該如何將之破解。

曹玉生來便富有天賦，對武學已是頗有研究，見蔣嫵每每提出新奇的議論，都覺十分欣喜，是以二人拆招餵招的時間幾乎算得上旁若無人。

他們的時間在研究武學之中打發，可霍十九大多數的時間卻都用來捧著書發呆。

宮裡依舊沒有皇上的消息，從前不論做什麼，他與皇上都是有商有量，到如今皇上長大了，做事都有自己的主意，就不再需要與他商議了。

他為皇上終於能夠漸漸獨立而開懷欣慰，也難免會覺得悵然。但是現在更多的，卻是對他們未來的擔憂。

午後，趁著霍十九熟睡的工夫，蔣嫵去了後角門旁的馬棚。

「烏雲」和曹玉的坐騎「白雪」都拴在此處，遠遠看去，兩匹駿馬一黑一白，同樣神駿，煞是好看。

許是被關了太久都沒有出去奔跑的機會，烏雲顯得有一些焦躁，見蔣嫵笑意盈盈地走來，似能認得出是主人，遠遠地就打了個響鼻，前蹄不停地跺著，還踢了踢拴馬的粗壯木柱。

蔣嫵輕笑道：「烏雲可是膩味了？這段日子沒人陪你跑上幾圈，你又不許人靠近，是不是憋壞了？」

拿了刷子刷著牠的背，又摸了摸牠柔順黑亮的鬃毛，烏雲似很享受，用臉去蹭蔣嫵的臉，蔣嫵嬉笑著躲避，烏雲竟還玩起了興致，偏要用牠的長臉去蹭蔣嫵，一旁的白雪不甘被冷落，也不依地跺著腳。

「這兩匹駿馬，其實聰明得很，就像是兩個會撒嬌的孩子。」曹玉的聲音從背後傳來。

蔣嫵並不回頭，笑道：「是啊，有些血統純正的馬就是如此，牠只不過不能說出來，卻能聽得懂咱們在說什麼。」

曹玉也走到白雪身邊，拿了毛刷為白雪刷背。

蔣嫵手上動作不停，道：「墨染，我有一事相求。」

「何事？夫人請講。」曹玉側頭看她。

蔣嫵轉回身道：「若是有什麼危險，你就帶阿英先走。以你的輕功，帶走阿英絕不成問題。」

曹玉聞言一怔，握著刷子的手緊了緊。「夫人可是看出什麼異樣？」

「並不是看出，只是萬事皆無絕對，況且此番助皇上成事的凶險已經可知。你跟隨阿英這麼久，自然知道他的性子，緊要關頭你須得相信我有自保的能力，不要他說什麼你就聽什麼。」

「就如同上一次將妳丟下，把妳留在了達鷹那一群人的包圍圈中嗎？」曹玉自嘲又懊惱地道。

蔣嫵卻認真地點頭。「對。」

「那時我當妳包藏禍心，不覺妳是真心對爺，我將妳留下，是想借外人的手來除掉爺身邊不可靠的因素。」

「我知道。」蔣嫵又開始刷洗馬背。「希望你將這份心保持下去，你只需要保護阿英一個人的生命即可，他的吩咐若是與此理違背，你斷然不能聽從。」

聽著蔣嫵的話，曹玉苦笑。

他從前一直是如此的。只是他現在面對著她，卻不知自己是否還能做到。

蔣嫵知道曹玉的性情，也知他並非愚笨之人，將話說明後就不再多言，又笑著道：「回頭定帶你出去好生跑一跑。」

烏雲彷彿聽懂了蔣嫵的話，當下就歡樂地搖頭晃腦，還用側臉去拱蔣嫵的臉。

曹玉若有所思看著蔣嫵的側顏。

蔣嫵卻突然回頭看向半開的後門。「誰！」

曹玉聞言，立即飛身過去，正看到霍十九面無表情地靠牆站在門後。

剛要出聲，霍十九就比了個噤聲的手勢，搖了搖頭。

曹玉會意地點頭。「沒有人，是風吹了灌木的葉子。」

「是嗎？」蔣嫵道：「我分明感覺到有人。」

「妳還不信我？」

蔣嫵無所謂，反正霍十九的房間附近有侍衛保護，若有動靜，如此近的距離她轉瞬就能趕到，曹玉又是忠心耿耿，只要不是霍十九有個什麼就都無所謂。

霍十九緩步走向後院。

曹玉站在後門前，看著霍十九包裹在粗布衣裳下的瘦高背影，只覺得有蒼涼之氣。

或許在這一刻，從來都信心滿滿、在朝政上遊刃有餘的霍十九內心是極為落寞的。畢竟他身為男子，卻要處處被人保護，又沒有學武的天賦，是一件很鬱悶的事。

何況此番歷險，還要拖上心愛的人一同，且那人又做好了必死的心理準備，換作是誰，心裡也不會好受吧。

如此的日子又過了三日，還是沒有見到火光，霍十九的心便有些浮躁起來，他是能沈得住氣，只是皇上始終不露面，又不實行約定，他難免在想，是不是英國公發現了皇上的動作，這會兒已經將人控制住了？

他想去探聽，又怕貿然行動會壞事，如果皇上那邊根本沒事，只是在等待時機呢？他若是出面，豈不是會使整件事功虧一簣。

蔣嫵將霍十九的焦灼看在眼中，用罷了晚膳，趁著夜幕降臨之時，便與霍十九商議道：「阿英，不如趁著天黑，我潛進宮裡去看看究竟。」

「不成。」霍十九立即否決。「太危險了，妳若被發現，不但妳有危險，就連皇上的事說不定都會敗露，到時豈不是功虧一簣？」

蔣嫵道：「若論武功，我可能抵不過那些真正的高手，但是這種潛入、竊聽、潛逃的功夫，我可是要比一般的武林高手好得多。我去瞧瞧到底怎麼一回事，也免得你整日在這裡懸心，提心弔膽地生怕皇上有事。」

蔣嫵站起身，解開墨綠色粗布襖的帶子，又去打開了炕櫃，拿出一套黑色的夜行衣，就寬衣解帶打算更衣。

霍十九已沒心思欣賞她玲瓏的嬌軀，上前去一把搶走了夜行衣。「嫵兒，妳聽話。」

她是很想聽話，但是她更加不願意看到霍十九這樣殫精竭慮。

她若認真起來，曹玉尚且要讓她幾分，何況霍十九並不會功夫？

霍十九手中的夜行衣眨眼間就回到蔣嫵手中。她瀟灑地穿上，隨意紮好帶子，又將長髮散開，在頭頂束成一束，任由烏亮髮絲垂在腰間。

曹玉聽聞屋內的動靜，已站在廊下。「爺，什麼事？」

「你攔著夫人。」霍十九道：「她要入宮探聽消息。」

曹玉撩起簾子進門，就看到氣得臉色發紅的霍十九，和鎮定自若正往臉上綁縛黑色面巾的蔣嫵。

又是這一身黑衣打扮，又是這一頭飄逸的長髮。曹玉彷彿看到他們第一次在積水潭正面交鋒時的場面，一瞬有些恍惚。

蔣嫵道：「墨染，如此苦等消息，不如主動出擊，這般下去不僅侯爺要受精神上的折磨，咱們或許也會因此而失去主動。」

「爺，我覺得夫人說的有理。」曹玉認真地點頭。「以夫人的身手，出入內宮應當不是問題，況且我善於打鬥，留在爺身邊保護較為恰當。」

蔣嫵嫣然一笑，對著霍十九擺了擺手，就推開了後窗，輕巧一躍到了院中，又三兩步奔至院牆旁，向上一竄掠過牆頭。

一系列動作行雲流水，不過眨眼間的工夫，人就已經不見了。

霍十九鬱悶地坐下，也不與曹玉說話。

曹玉渾不在意地在一旁落坐，仔細聽著外頭的動靜。

蔣嫵這廂離開小院，避開才剛開始巡城的士兵，一路往皇宮而去。

偌大的皇宮，雖然占地面積甚廣，可一路行來，卻感覺並非那麼不容易進入。

蔣嫵深諳刺探潛伏一事的道理，是以觀察過侍衛換班的規律之後，就輕巧地以灌木的陰影為掩護，如一隻輕巧的黑貓，一躍上了牆頭，隨即翻身到了內宮。

她進宮的次數有限，對宮內的方位並非十分熟悉，不過想找到皇上下榻之處倒是不難。

避開巡邏的侍衛，蔣嫵已來到燈火通明的御書房外。眼看著廊下四周都有宮女和內侍垂手而立。蔣嫵就藏身在一棵大樹的背後，將自己的身影也融在樹影之中，隨即仔細打量由糊著高麗明紙的窗扇投射出裡頭的人影。

都已這個時辰了，皇上沒休息，也沒去後宮妃嬪處，反而是留在御書房與人說話？距離這般遠，她根本聽不到裡頭的人在說什麼，偏偏那些內侍和宮女守衛嚴密，而侍衛們也是來回巡視，不過片刻就有一撥人走過。

蔣嫵開始觀察侍衛走動的規律，尋找其守衛薄弱之處，終究還是被她選定了一處「缺口」，侍侍衛一走，她就動身掠上。

她雖不會輕功，但因掌握了特殊的步法和技巧，只腳下一點，身形就已竄到御書房外臺基下黑暗的陰影處，快到讓垂首而立的幾名宮人根本沒看到有人影晃過，甚至眼皮都沒抬一下。

潛身片刻，又一隊侍衛穿身而過，蔣嫵抓準時機繞到後窗茂盛的矮樹叢處，向前奔了兩步後輕盈一躍，雙腿勾了承塵，倒掛於上。

她嬌美的面容掩於面巾之下，只露出一雙明媚幽深的杏眼，略平靜心神，就隱約聽見裡頭傳來一陣調笑。

「來，美人兒，這下可是妳輸了。」是小皇帝變聲期還沒有完全結束時低沈又沙啞的聲音。

隨即便是鶯鶯燕燕的聲音七嘴八舌地嬉笑。「皇上真是的，您是男子漢大丈夫，怎不讓著臣妾。」

「就是啊，臣妾不依，才不要寬衣。」

「可是妳們說的，若猜謎輸了，錯一題就脫一件的。還不脫？」

「皇上！」

嬌滴滴的聲音似哀怨，但有明顯的引誘和歡喜，蔣嫵就只矇矓見一映在窗紗上的身影，似乎是穿著碧色衣裳的，還有幾名女子，距離較遠看不真切。

她心頭怒氣乍起——為了他，霍十九在家中日日寢食難安，殫精竭慮，他可倒好，在這裡逍遙快活，這樣的「遊戲」居然做到御書房來了！

蔣嫵懶得再聽下去，又估算著巡邏的兵士就快到了，忙後空翻輕盈落地，隨即伏低身子，一個翻滾躲回樹叢後。

她方才藏好，又一隊巡邏的侍衛轉過壁角繞了過來。

待燈籠昏黃的光漸漸遠了，蔣嫵才探身看向燈火通明的御書房，在這個距離，屋內那些荒唐又看不真切，只看得到人影攢動而已。

蔣嫵並未立即趕回，她謹慎地屏氣凝神，藏身於樹叢後。

縱然有些氣惱小皇帝的荒唐，但她也隱約覺得，若是他所說的那些「以火為令」是真的，這般做法最有可能是在麻痺英國公。

轉念一想，這麼多年來，小皇帝不是一直如此嗎？他在霍十九的「教導」之下日益荒唐，霍十九背負了教壞小皇帝以謀私利的罵名，小皇帝也成功鬆懈了英國公的戒心，否則英國公哪裡會容許他平安長大。

蔣嫵按兵不動，想著等皇帝玩夠了，準備挪步去寢宮休息之時跟上去，避開旁人細細地詢問一番。既然來一次，總不能什麼消息都不給霍十九帶回去。

她蟄伏下來，便是一個多時辰沒動。七月中旬，天氣尚且還炎熱得很，樹叢中蚊蟲也多，不多時蔣嫵的夜行衣就被汗濕透，還時常有蚊蟲在耳邊嗡嗡嚶嚶，不過她仍舊一動也不動。前世執行狙殺任務時，她為了盯住目標，曾經不吃不喝不動超過三十六小時，這麼一小會兒又算得了什麼。

蔣嫵耐心等待，轉眼間就到了月上中天之時。御書房內的燈熄了幾盞，光線便昏暗起來，有幾名裝扮豔麗的嬌美女子離開了御書房，其中便有葉澄。

又不過片刻工夫，外頭的宮人去預備了熱水，抬向御書房的後門。

蔣嫵忙趁無人察覺之時溜了過去，發現御書房後頭是一間十分寬敞的臥房，小皇帝穿了一身明黃色的寢衣，正由宮人伺候盥洗。

蔣嫵便伏身窗下，耐心地等待宮人散去，機會到來。

誰知不過片刻，不遠處又有一頂小轎迎面而來，從裡頭走出個只穿了件薄紗寢衣、長髮披散，肌膚若隱若現的美麗少女來。

景同便去迎了此女，隨即將屋內的燈滅了幾盞，只留下一些微弱的光亮。宮人內侍們撤開，只留了幾人，還有侍衛列隊來回巡邏。

不多時，屋內就想起了一陣陣令人羞澀的喘息聲。

蔣嫵覺得，這個聽壁腳的活兒當真是做不下去了！看來即便留下，也未必就問得出什麼來。小皇帝避開霍十九，恐怕自個兒已早有打算了。現在她只要能確定他是安全的，回去告知霍十九即可。

思及此，蔣嫵飛身掠起，仔細避開巡邏的侍衛，按照原路離開了皇宮。

來到漆黑的大街上，蔣嫵回頭看了一眼巍峨的紅牆琉璃瓦宮殿，無奈地撇了撇嘴。好歹這一趟能確定小皇帝並非被人控制了，還樂在其中，也能讓霍十九不必擔憂。

蔣嫵起身，飛快地奔向這些日居住的宅院。誰知路程方才走了一半，就聽到一陣極為急促的鳴鐘聲，回頭望去，就見皇宮所在方向上空濃煙滾滾，隱約看得見火光。

蔣嫵心頭一跳，想不到小皇帝執行計劃的時間就在今夜！她連忙全速奔走，轉眼之間就到了院門前。

霍十九和曹玉早已牽著馬在門前，二人皆穿黑衣，正低聲說著話，眼見蔣嫵的身影輕盈從牆頭落下，霍十九長吁了口氣，略帶焦急地道：「嫵兒，快隨我來。」

蔣嫵腳步不停，頷首之時已經飛身竄上烏雲的背。

烏雲似很是興奮，長嘶了一聲。

霍十九與曹玉調轉馬頭，便往城西而去，蔣嫵緊隨二人身旁，道：「我剛見到皇上了，不過並未有機會和皇上說話……」

一面前行，蔣嫵一面將宮中見聞細細地告訴霍十九。

霍十九懸了多日的心，此刻終於可以放下，迎著晚風，在明亮月光照射之下泛著黝黑亮光的青石磚路上放馬奔行，他一手勒緊韁繩，一手護著懷中似是重逾千斤的虎符。

雖然不知皇帝的計劃為何，但霍十九滿心只希望此番能夠一舉將英國公拿下。

他們一路奔向已濃煙滾滾的宮牆，急速奔至阜成門。此處留守的兵士是霍十九早就佈置下的，三人未受阻攔，就往城外三千營駐紮地而去。

因早就有謀劃，三千營一應人早就做好充足的準備了，對於他這方的佈置，霍十九信心還是有的，只要三千營處以焰火為令，五軍營、神機營立即都會回應。

三人將馬騎得飛快，因擔憂皇帝在宮中的安危如何，霍十九的馬術都比平日裡超常發揮。

眼看不遠處就是軍營所在，蔣嫵突然道：「你們先去，我就不隨同了。」說話間緩慢了速度。

霍十九和曹玉也都放緩速度。

霍十九道：「妳還是隨我一同進去，在外頭萬一遇上什麼危險可怎麼好？」

蔣嫵搖頭道：「我稍後再進去，先叫墨染陪你。」

若擱在平日，霍十九定然會仔細問問蔣嫵原由的，但今日事情緊急，宮中已經放火為令，就等著他帶人前去了。況且霍十九也清楚蔣嫵的身手如何，她就算在外頭也斷然不會有危險的。

情況緊急，他只得勉強地點頭。「好吧，妳千萬要仔細，注意安全，不可逞強。」

「我知道，你們快去吧。」

霍十九與曹玉便一揮馬鞭，往軍營方向而去了。

蔣嫵立馬於路旁，在圓月明亮的光芒之下，她和烏雲的影子被拉得很長。翻身下馬，牽著烏雲走向路旁的樹林。

蔣嫵並不拴著牠，笑著拉過轡頭來摸了摸牠的鼻梁。「烏雲，你就在這裡等我，如果我以後回不來，那就給你自由。」

烏雲似聽懂了蔣嫵的話，十分不捨地用鼻子拱了拱她的肩頭。

蔣嫵笑著攬過牠的頭，在牠眉心親了一口，隨後將韁繩丟下，就飛掠著往軍營方向而去。

纖足點地，竄出四、五丈後，就聽烏雲在背後一聲長嘶，卻並未追來。

果然，馬兒是有靈性的，牠聽得懂她的話，那一聲嘶鳴，蔣嫵理解為擔憂。

第四十二章　萬丈豪情

這廂霍十九已與曹玉到了三千營外營，同碗口粗細的圓木紮成的大門前。

霍十九對守門之人道：「開門。」隨即一揚右手。

他手中握著的是瑩潤的玉製虎符，上頭的猛虎露出獠牙，氣勢森冷。

「是！」兵士不敢怠慢，忙進到裡頭去通傳。

不多時就有一名身著玄色鎧甲，身材魁梧的四旬男子快步迎了出來，見了霍十九先是拱手。「錦寧侯。」

「嗯，城中有變，按著原計劃進行。」

那男子便是三千營的將軍，當即拱手道是：「錦寧侯先進帳來喝口茶，待會兒還有一番苦戰，您二位也好稍作休息，末將立即去點齊人馬，隨侯爺入城。」

霍十九並未帶過兵，對調兵遣將的事不在行，覺得他說的有道理，就與曹玉到了軍營中一座高大巍峨、木製建築的前廳。

立即有兵丁送上青花瓷的茶壺和兩個粗糙的陶碗。「錦寧侯請用。」

霍十九最是講究「食不厭精，膾不厭細」，用餐飲水是很挑剔的。不過此刻在軍營之中，一想到所有人都是吃喝相同的，就也不多考慮，他恰好也是口渴，拿了茶壺自己倒了大半碗茶水來吃，曹玉也與之相同。

二人吃茶時，並未發覺有人窺視。
蔣嫵此時蹲身於屋頂，俯低了身子，從瓦片的縫隙觀察屋內的情況，又回頭看著外頭校場上迅速聚集的騎兵。
到此時，蔣嫵才真正放心了一大半，其餘的就完全要看皇上是如何布局的。
她潛伏於屋頂，等待著霍十九和曹玉隨軍入城。
但是又過了一炷香工夫，校場上騎兵已經列隊整齊鴉雀無聲，方才那主將帶了一隊人往正屋處來。
蔣嫵正在看熱鬧時，卻突然聽見屋內的對話。
「墨染，我怎麼覺得頭昏昏沈沈的，你呢？」
曹玉揉著眉心，道：「我似乎也是。」
霍十九一怔，暗道不好，忙站起身。
誰知他的身子卻在站起來的一瞬間搖晃了起來，隨後又彷彿失去所有力氣一般跌坐在圈椅上。
「爺！」曹玉急忙上前攙扶，可武藝高強的他也覺得自己腳下甚是虛浮，彷彿隨時會跌倒。
此時方才的將領已帶領副將和隨從到了屋門前，隨手叩門，高聲道：「錦寧侯，末將已經召齊人馬，全等侯爺吩咐。」
霍十九此時頭暈眼花，眼皮沈重得彷彿要抬不起來。

他本就聰明絕頂，哪裡能猜測不到原由，一時間只覺得心如死灰，悲從中來。想不到，皇上的以火為令，為的竟然是他？

「至於嗎……小小的一個我……」霍十九口中的呢喃，因為他已漸漸發麻而不聽話的舌頭顯得有些含糊不清。

曹玉咬住舌尖才能恢復清明，瞬間滿口鮮血，踉蹌地上前擋在霍十九跟前。「爺，我護你離開！」

「不，墨染，你走吧。」霍十九的聲音更加含混，聲音也漸漸弱了下去。

「不成！我絕不能留下你！」曹玉雙手去扶霍十九，但原本的力氣卻似在此刻流失得乾乾淨淨，竟然使勁了兩次也不能將人架起。

他全憑內力和意志力強撐著，卻不能讓身體重新聽自己使喚，也不能帶著他衝出重圍，自身的力氣也在慢慢流失。

屋門前的守軍及隨行校尉和軍兵，在聽到屋內對話時突然爆出一陣笑聲，也不再猶豫，吱嘎推開了大門。

為首的將軍吩咐道：「把他們綁起來。」

「將軍，他們已經中了迷藥，何必還要綁上？」

「你們不要輕敵，這位曹公子可是頂尖高手，武功深不可測，不綁起來怎能放下心？」

「將軍說的是，安全起見，還是將人綁上才好。」副將揮手，吩咐手下兵卒去取來繩子，走向霍十九與曹玉。

霍十九的意識已漸漸抽離，胸口的鈍痛前所未有。迷藥的作用是厲害，但是傷他最狠的卻是皇上的舉動。

他對皇帝全然信任，他說什麼，他就做什麼，這些年他為了他，付出了所有能付出的，唯一一件抗旨的事就是沒有尚金國公主。他自認為，為了大燕所做的已經快到他的極限，難道不夠嗎？

難道，就如同蔣嫵擔憂的，他在外頭大奸臣的名聲，皇上信了？

難道，皇上不記得他們是如何一步步走來，不記得他的名聲是怎麼來的？

到此刻，他不恨了，只是笑自己愚蠢。

他和曹玉遭遇此事，那去往封地的父母家人，是不是都已經……

霍十九咬緊了牙關，因用力過猛而使牙齦出了血，滿口鐵鏽味道。

想不到他竟然落得這個地步，不但累己，還害了家人朋友，若是父母孩子都不能生還，嫵兒會恨死他的，他還不如就這麼去了。

霍十九內心百思回轉時，曹玉仍舊強撐著一口氣，冷冷地瞪著拿了繩索要靠近他們二人身旁的四、五個小卒。

那四、五人見如此秀氣漂亮的文弱書生竟然這副表情，竟都哈哈笑了起來。

後頭的將軍和校尉也都笑了，道：「真想不到天下聞名的『虛空劍』曹墨染竟長得像個娘兒們，若非親眼所見，咱們幾個也不會信啊！」

「來，兄弟們，把他們綁起來，綁結實了，免得路上跑了。」

「是！」小卒應是，就向前撲上。

曹玉雙手握拳，卻連握緊拳頭的力氣也使不出，他自負武功，不想著了自己人的道，害得霍十九落難於此……

正當他愧疚氾濫，小卒即將靠近時，突地聽到頭頂一陣破碎之聲傳來，頃刻間就有瓦片七零八落下雨似地落下，砸得將軍與校尉等人都驚呼著四散躲避。

隨即一道黑影倏然立在曹玉和霍十九身前，烏亮長髮垂落腰間，泛著銀光的匕首反握於右手橫在身前，蒙面的臉上只有一雙斜挑飛揚的劍眉和一雙幽深明媚的杏眼露在外頭，匕首反射燈光，光芒森寒，殺氣凜凜。

曹玉心頭一跳，望著擋在自己與霍十九身前的蔣嫵的背影，既是激動又是焦急，一句話都說不出來。

霍十九更是心潮澎湃，也學曹玉咬破了舌頭，強撐著不讓自己昏睡過去，任由眼前景物天旋地轉，仍舊不捨地望著蔣嫵的背影，動了動嘴唇，勉強擠出了兩個字。「快走！」

傻瓜，她本可以不來的！

蔣嫵並未回頭，卻是輕笑出聲。因做男子裝扮，聲音也是屬於少年人的沙啞還有她特有的低柔。

「好一群忠肝義膽之士，好一群軍營之中歷練出的好漢。」話語中的嘲諷分明，竟是完全不理會霍十九，右手匕首一閃，距離最近、一名手持繩索的小卒脖子上已經開了一道血口。

血劍噴湧，在白色的窗紗上灑上溫暖的紅，而小卒捂著脖子倒地的一瞬，他腰間的佩刀已被蔣嫵抽出，握在左手中。

這一切，只發生在一瞬。

將軍眼看著手下被殺，卻連反應的時間都沒有，只呼吸之間，那黑衣少年已是左手刀、右手匕首，再次護在霍十九與曹玉跟前。

他立時震怒，吼道：「給我上！捉活的！」

「是！將軍！」

眾人領命，便衝了上來。

他們人人手中是三千營配發的佩刀，雖得了將軍的命令要「活捉」，卻沒說要毫髮無傷，是以他們並無多少顧忌，有人攻蔣嫵，也有人要去抓曹玉和霍十九。

蔣嫵左右手兩道寒芒閃爍，嬌小的身影迅捷如撲食的獵豹，在膽敢靠近跟前的人身邊穿梭，匕首刺出，戳入一人心臟，佩刀滑過，砍掉一顆頭顱。

她不會愚蠢地考慮什麼眾生平等，什麼生命可貴。她只有一個念頭，那就是一定要平安地將霍十九帶出去！誰想要碰他一根寒毛，她就殺了誰！

如此凶悍，如此煞氣凜然，這般瘋狂的殺戮和強大的氣勢，震懾得屋內小卒一時間不敢靠前。

曹玉見蔣嫵眨眼間已收割數條性命，這股不要命的拚勁也激發了他滿腔熱血，縱然他中了迷藥，無法提起力氣，更無法運功，但不知哪裡來的力氣，他仍舊是爬了起來，將渾身虛軟的霍十九扶起。

「爺，堅持！」

霍十九嘴角有細細血絲滑落，那是他咬牙太狠，牙齦流出的血。他重重點頭，用痛楚讓自己清醒，咬緊牙關頂著一口氣。

縱然身死於此，有蔣嫵如此全心護他，他也此生無憾了。

蔣嫵以眼角餘光見霍十九與曹玉的動靜，心下大感欣慰，越發鬥志昂揚，將二人護在身後，向屋門前突圍，轉眼間又斬殺了四、五人。

眼見來者如此凶悍，竟是殺人不眨眼，將軍也動了氣，冷哼道：「我三千營雖兵不在多，卻個個是精銳騎兵，就不信你們能逃得出去！來人，列陣！給我活捉！」

「是！」身後的副將和校尉一同行禮高喝，因憤怒而高昂的聲音在寂靜的夜色之中恍若能震懾人心。

蔣嫵眼中一派寧靜。

她知道，縱然拚盡全力，今日也未必能夠成功帶走霍十九。

畢竟將軍所言不假，三千營的確是皇上的精銳騎兵，且還是她一人對眾人，能夠取勝簡直就是天方夜譚。

可是她不可能丟下霍十九和曹玉不管。

她張開左臂，以左手佩刀護著身後相互攙扶的二人，右手匕首依舊橫在身前，就在敵退我進之中，緩緩出了屋門，下了丹墀。

校場之上整齊列隊的騎兵已經上馬，列好陣形往他們這裡奔跑而來。馬蹄聲整齊劃一，震耳欲聾。

蔣嫵望著走馬燈一般的人馬，卻是毫無懼怕。

那將軍朗聲得意地道：「你一人，敵得過這麼多騎兵嗎？你若是識時務，就自行離開吧，看在你是條漢子的分上，我絕不命人追殺，然而錦寧侯和曹護衛，卻是不能離開。」

霍十九的耳朵嗡嗡作響，聽不大清楚將軍的話，卻也分析出大概，連忙道：「走，別管我們，快走！」

這一家人，能活下她一個，也是他的欣慰啊！

誰知蔣嫵聞言，卻是縱聲大笑。她的笑聲爽朗，充滿豪情，在明月照亮的夜色之中極富有穿透力，讓身周之人都感覺到她的豪情。

「我們不過三人，卻勞動將軍調動了三千營的三千精銳騎兵來圍堵，今日縱然戰死此身，也當可傳為一段佳話！」

話音落下，又是一串爽朗大笑，彷彿對面前之人，對那金鑾殿上下令之人充滿了鄙夷和嘲諷，又對自己的死活全不在乎。

如此豪氣，如此膽識，令周圍之人無不動容，就連那將軍都以複雜的眼神看著蔣嫵，隨後沈聲道：「好一個不畏生死的少年人，不過你如此固執，就只待束手就擒吧！」回身吩咐。「布陣！」

騎兵策馬而來，在蔣嫵三人周圍走馬燈一般形成包圍之勢。

與此同時，那將軍高呵道：「一定要活捉！我焦忠義倒要看看，是什麼人有這麼大的本事！」

「是！」眾兵士齊聲響應，浩瀚呼聲響徹雲霄。

如此嚴密的包圍之下，已有六名身著鎧甲的騎兵手持長刀衝來。

蔣嫵猛然回頭囑咐曹玉。「一定要護著阿英！」

在曹玉重重點頭時，她已倏然足尖點地騰身掠起，曹玉與霍十九只看到她柔順黑亮的長髮滑過眼前，在明亮的月光之下，如一泓黑亮的清泉……

蔣嫵閃身間蹬上一匹棗紅馬的馬頭，騎兵手中拿著長槍，連忙掄槍向蔣嫵刺來，奈何兵刃長，就遲鈍一些，頃刻間他右手腕已被蔣嫵左手佩刀劈中，一隻手便被斬落下來，騎兵疼得大呼，身形不穩之時，蔣嫵已一腳將人從馬上蹬落，隨即坐在馬背上。

在她端坐一瞬，周圍五人已經衝到近前，長槍同時刺向蔣嫵。

「嫵兒！」霍十九驚呼，他以為自己的呼聲很大，卻想不到這一聲只落於喉間。

焦忠義也呼道：「活捉，一定要活捉！」

五人手下便有遲疑。

也就趁著這遲疑的工夫，蔣嫵在馬背上一擰腰身，仰躺於上，避開槍尖，但她肩頭和左側前胸卻被槍刃劃破，有鮮血滲出。只是她穿著夜行衣，傷口看不分明。

掄圓左手佩刀，奮勁劈開懸於身上的槍尖，蔣嫵忙收了匕首，策馬兩步到了霍十九與曹玉跟前，一把提起霍十九領子。

「上馬！」

可蔣嫵畢竟不是孔武有力的漢子，霍十九再瘦，也是身長八尺的成年男子，這會兒又因迷藥所致早已失去行動力，縱然曹玉反應迅速地在下頭托了霍十九一把，這一下竟然沒有提起來。

急追而至的長槍又一次刺向蔣嫵，蔣嫵敏銳判斷，只以佩刀格擋開兩桿，其餘的便只來得及扭身避開要害，其餘三槍，一槍刺中她左上臂，其餘兩槍劃破了她背脊與右側腰身。夜行衣上又增三處新傷。

一回合之下，蔣嫵撥馬在霍十九與曹玉身周繞了一圈。

霍十九已看到她夜行衣上的破損，秀麗眼中便有熱意。「嫵兒，走！」

曹玉已恨不能殺了自己。「妳一人逃走的機會大些，妳快走！他們不會殺我們！」

說話間，蔣嫵已躍下馬背，迎著衝向霍十九與曹玉的兩名騎兵而去，借向前衝力俯身撲過，雙手利刃分別斬兩匹戰馬的左右前蹄。

馬兒吃痛，嘶聲長嘯，人立而起。馬背上的騎兵倒落在地。

在三千營騎兵裡三層、外三層的包圍之下，六名輕甲騎兵已有三人失去戰鬥力，且還是在她要分神保護霍十九與曹玉兩個人的情況下！

呈包圍之勢繞圈奔跑的兵將們一時覺憤怒，又覺震撼，此人如此膽識，如此身手，如此豪情，且還只是個少年而已，如何能不讓崇尚武力、以強者為尊的軍兵們佩服？

損去了三人，就又有三人參入到戰鬥之中，包圍圈中始終是六名騎兵。

蔣嫵閃轉騰挪，既要保護霍十九和曹玉不被捉走，又要奮力殺敵，她的體力在下降。

苦笑掛上她的唇邊。若是方才在屋頂，她能確定霍十九和曹玉只是被下了迷藥，而不是會被人殺死，她何必衝下來？只要跟蹤，半路將人救出即可，何至於此？

如今身陷包圍之中，她身上已又新添數道傷痕，血液與她的力氣都在流失，在千軍萬馬之中，她如何能平安離開？

霍十九已強撐不住，因迷藥發作，他的意志力也不能讓他保持清醒，他不知蔣嫵身上受了多少傷，但是他親眼所見的就超過五處。

曾經在他懷中、身下光滑如新雪初凝的細膩肌膚上，為了他，增添傷痕，芳肌玉體之中流淌的熱血，為了他而潑灑。

他恨不能立刻死去，不再拖累她。

迷藥霸道襲來，再也無法以千瘡百孔的心來強撐住，昏迷之前，霍十九一直在奮力嘶吼。「走，嫵兒，快走……」

可那細若蚊蠅的聲音，連曹玉都快聽不清。

在號稱精銳騎兵的三千營之中，在重兵重重圍堵之下，還讓一個少年人殺了二、三十人，偏他們奮力也只能讓她受些傷而已。

焦忠義氣結，再不顧什麼活捉，左右皇上只吩咐活捉霍十九與曹玉而已，當即向副將伸手。「拿弓來！」

副將立即將弓箭捧上。

中年漢子彎弓搭箭，仔細瞄準閃轉騰挪的少年。

要知道，想要瞄準活動之中的人並非易事，何況她身法極為迅捷，且現在還是在黑夜之中，但他練的就是百步穿楊的箭法。

曹玉的意識已近迷離，眼角餘光看到冷光閃爍，心下一凜。「夫人！」

與此同時，蔣嫵也已察覺有殺氣鎖定了自己，一道寒芒呼嘯而至。在她劈開一桿長槍的同時彎腰避開一箭，而另外一箭卻快於第一箭同時而至，正中蔣嫵左肋。

這一箭由左肋穿入，由後側穿出，溫熱鮮血滑下，蔣嫵已倒落在地，再如何較勁都起不來。

「彩！彩！彩！」

包圍的兵馬紛紛高呼。

然焦忠義卻一擺手，臉色鐵青地罵道：「他娘的，幾千人抓一個少年人，還有臉喝彩！」

軍兵立即噤聲，大風呼嘯而過，吹得軍旗獵獵作響。

焦忠義御馬走向蔣嫵，探究地看著倒在地上、身染鮮血的瘦小少年。

縱然遍體傷痕，身受重傷，少年的一雙眼中竟還燃燒著不屈，明澈幽深的眼眸狠狠地瞪著端坐在馬上的他，著實讓他內心震動！

「摘下他的蒙面！我倒要看看是哪一路好漢，能有本事殺了我這麼多人！」話是從牙縫擠出來的。

皇上又沒說要活捉霍十九身邊的護衛，那麼此人，大可以殺之而後快，只是殺他前也要滿足他的好奇之心。

不只是他，包圍之人也是既好奇又憤怒。

就有一人翻身下馬，兩、三步到了蔣嫵跟前，蹲身去揭她的蒙面。

曹玉原本強撐坐著，想去護她，卻力氣盡失，因動作太猛而撲通一聲趴在地上，雙眼噴火。「不許動她！」

同時，蒙面的黑布已在那士兵手中。

乍然展露出的妍麗容顏讓那人一陣炫目，士兵起身，指著蔣嫵，語不成句。「將軍，他、他竟然是、是女、女……」

這時所有人都看清了。

焦忠義不可置信地瞪圓了眼。「是女子？不可能！不可能！給我驗！」

「夫人！」曹玉渾身綿軟，強撐也到了盡頭，仍舊拚盡全力爬向蔣嫵，一把握住了她的左腳踝。「不許碰她！」

馬上的焦忠義卻是心神一震。「你說什麼？你叫她什麼？」

曹玉意識漸漸迷離，已聽不清將軍的問話，今日蔣嫵的英姿與豪情卻印在心裡。他只想，今生若此時此地就是終結，能與霍十九、蔣嫵同葬於斯，也此生無憾了。

他沒聽清的，可身旁幾名將士卻聽得清楚，其中一人遲疑道：「他說的好像是『夫人』。」

另一人也道：「我也聽的是『夫人』。」

焦忠義連忙翻身下馬，兩、三步搶到了蔣嫵身邊，看著已經星眸半閉、處在昏厥之中的女子——十六、七歲的年紀；嬌美的容顏；能得霍十九方才那般在乎；能得「虛空劍」如此維護……

「哎呀！」焦忠義一拍大腿。「快，叫軍醫！」

若是他這一下將要緊人物給弄死了，皇上還不砍了他！

「誰他娘想得到錦寧侯夫人居然會武，她不是蔣御史家的千金嗎？一個娘兒們居然還這麼厲害！」

蔣嫵作了一個夢。

夢中的她回到了十二、三歲之時，她與一群同齡的男孩女孩被送到了一處密林，大帥命人給他們發了一把軍刺，一只空水壺，隨後撚著鬍子笑著道：「你們九個，只能活著出來一個，如果最後有兩個一起出來就槍斃，聽懂了嗎？」

他們當時沒有人回答。

他們都是孤兒，好不容易有了家，雖然多年來每日的訓練十分艱苦，可有飯吃，又有了家人，同吃同住，一同玩耍嬉鬧，對彼此早有了親情。甚至在情竇初開的年紀，他們當中的七號男孩還喜歡上三號那個女孩。九號的男孩還喜歡五號的她。

可是義父卻說，他們只能活一個。

他們被持槍衛兵送入林中。
他們分作兩夥人相互廝殺。
七號的男孩殺了三號的女孩。
她殺了七號。
九號的男孩殺了六號和四號。
一號的女孩殺了二號和八號。
最後，她和九號一起殺了一號……
那時已經是他們被丟進密林的第六天。
他們只喝水。
那天的深夜，他們筋疲力竭、飢腸轆轆地坐在篝火的兩側。兩個人的手中都握著軍綠色的水壺和血跡乾涸的軍刺。
九號說：「我不想死。」
她沒有說話。
九號又說：「我們如果一直僵持下去，義父會不會覺得我們旗鼓相當，然後放了咱們？」他笑的時候，秀麗的眼睛彎彎的，好像很熟悉。
她還是沒有說話，然後他的軍刺就刺過來了，她沒有猶豫地反擊。
她開始不相信什麼男女之間的「喜歡」，那時的她，天真地覺得他們至少可以繼續僵持下去。

最後，她因保存的體力較多，軍刺刺進了九號的前胸——這些天，九號打鬥頗多，而她動手的機會相對較少，尤其是殺一號的時候。

九號扔了軍刺，筋疲力竭地躺倒在地，口中噴出了血沫，和他胸前流著血的窟窿一同，將鮮血灌溉在身下的土地。

他說了一句。「真好。」

他死了，仰著頭，秀麗的眼還看著夜晚被火光染上橘黃的茂盛樹冠。

她手中的軍刺滴著血，一滴一滴落入泥土之中。她希望自己是聾子，沒有聽到那句「真好」。

後來，她成了義父身邊得以重用的養女，代號為「五」，是以叫小五。

再後來，義父身邊有許多的養子養女，據說都是一批一批這樣選拔出來的「精英」。

她很久都沒有想起這件事，因為她早就習慣了現實的殘酷，但是不知道為什麼，那種悵然和傷感，卻猶如洪水岩漿將她吞沒，讓她一會兒置身冰窖，一會兒又被放在炭火上烤。

身體感覺到前所未有的疼痛，每一處都疼，疼得她不想清醒過來，懥懶地想是不是昏過去就什麼都感覺不到了？

但是她的意識，還是在一點點地回溯，她想起了一雙和九號一樣秀麗上挑的眼睛，還有微笑時彎起的淡粉色唇角。

那是她的丈夫，是她孩子的父親。他被下了迷藥，生死未卜，而她卻無法救他出來。

心中一顫，她猛然張開眼，竟然感受到輕微的顛簸，棚頂很低，還聽得到叮鈴的鈴鐺聲。

她是在馬車裡！

「夫人，您醒了！」身旁一個面生的圓臉少女開懷地笑道：「您總算醒了！」撩起車簾看向外頭。「老爺，夫人醒了！」

隨後就傳來一聲。「停！」

馬車緩緩停下，蔣嫵還聽到了許多馬蹄踢踏、馬兒長嘶之聲。

隨即車簾被挑起，一個身著茶金色福壽不斷紋長袍，頭戴員外帽的四旬男子探頭看了過來。

因逆光，蔣嫵看不真切，費了些力氣才看清那人的臉，她目眥盡裂。「是你！」

那人正是三千營的將軍焦忠義！

「是我！」焦忠義回頭喚道：「大夫！」

不多時就有一名年邁的郎中到車上來檢視蔣嫵的傷勢和脈搏，診治後道：「夫人雖已性命無憂，但是此番傷及臟腑，又失血過多，著實該好生調養，否則恐怕會落下病根啊！」

「有勞大夫。」焦忠義有軍人的俐落乾脆，連客套話也不會多說，就霸道地將郎中攆下去開藥，再沒看蔣嫵的情況。

蔣嫵問身邊的婢女。「妳叫什麼名字？咱們是去哪兒？」

婢女笑道：「我叫小娟，是老爺臨時買來伺候夫人的，往後就跟著夫人了。咱們商隊好像是要去販貨。」

「商隊？」

「是啊，夫人，您喝一口紅糖水吧。」

小娟用白瓷湯匙餵了蔣嫵好幾口紅糖水，隨後道：「夫人真是個美人兒，怪不得老爺如此疼您呢。那些盜匪也忒狠心，怎麼捨得對夫人這樣的美人下手呢！」她說著，義憤填膺地攥著拳頭。

盜匪？老爺？

明明是三千營的大將軍，卻做商人打扮，帶了數名騎兵化作護衛跟隨保護，還謊稱她是他的夫人，要帶她一個傷者出門去「販貨」。

這可真是太有趣了！

蔣嫵打量小娟，見她雖然容貌平凡，可一雙眼睛很是明澈，根本不似包藏禍心之人，就知她根本不曉內情，的確是新買來的。

蔣嫵強打精神道：「小娟，咱們是要往哪兒去？」

「我也不知道呢，我不認得路。」小娟紅著臉，隨即又興奮地道：「不過我自小就沒去過更遠的地方，一直在村裡打轉，如今能跟著老爺出來走走，還能服侍夫人這樣的美人兒，真是我的福氣！」

蔣嫵頭疼地問：「那妳看咱們是在往哪個方向去？」

「應該是北邊。」小娟笑嘻嘻地道：「夫人，您安心休養吧，我瞧您臉色很難看，這半個月來一直都昏迷著，動不動就說夢話，真是嚇死小娟了，您快點好起來，老爺就不用擔心了。」

半個月！

蔣嫵忽然一驚，就要起身，卻怕嚇到小娟什麼都問不出來，只得捺著性子道：「我悶在這裡這麼久，真是膩了，妳撩起簾子，扶我看看外面吧。」

小娟面露難色。「夫人，老爺吩咐了，不讓您吹風呢，您身上的傷也不允許吹風。」

什麼爛理由……

蔣嫵心焦得很，又不能斥責，免得小娟這樣的女孩子害怕了就會瑟縮起來，往後在她面前不敢說話，豈不是少了許多得到情報的途徑？

「那好吧，我也不願妳為難，可是我悶得很，小娟，妳給我說說咱們的隊伍是什麼樣子吧，有幾輛馬車，都有什麼人。」

「夫人，您可真是好人！」小娟十分感激蔣嫵不追問，便笑著介紹起來。「咱們這隊伍有三輛馬車，還有七輛貨車，鏢局派了五十多人跟著保護呢。對了，老爺說老夫人此番也跟著來了，不過她染了風寒，這些日子很少下車來，一切都是由老爺親自照顧，都不假婢子的手伺候呢。老爺可真是個孝子……老爺說，咱們明後日就到了，夫人您到時候可以好生歇著了……」

另一輛馬車裡，老夫人由老爺親手伺候……還有一、兩日就要到達目的地了。

從京都出發，前往北方，走了半個月，再加上兩日的路程。

蔣嫵聽著小娟的一番話時，已經覺得眼皮沈重、精神不濟，然依舊從她話語中分析出一二。打鬥之時，焦忠義一直嚷著要「活捉」，說不定另一輛馬車中由「老爺」親手伺候的「老夫人」就是霍十九。

這樣一想，懸著的心終於放下了，她吁了口氣，覺得疲倦更甚，已經抵擋不住意識陷入深淵，而昏睡之前最後一個念頭，便是：小皇帝不是應該殺了他們嗎？如今綁了他們，到底意欲何為？

蔣嫵又沈沈地睡了，等再次清醒時，她隱約聽到買賣叫聲，車隊或許正在穿過集市。這次她沒有發燒，著實睡了個安穩覺，雖然臉色蒼白、身形消瘦，精神卻好了許多，她就著小娟的手喝了幾口溫水，便側耳細聽外頭的人聲。

從小販和討價還價的口音來判斷，他們竟然是在東北！

蔣嫵胡思亂想了片刻，待外頭一片安靜時，就又有些昏昏欲睡，正當她半睡半醒之際，卻漸漸感覺到馬車緩慢停了下來。

隨即就是一陣男人低沈的說話聲。

她的意識漸漸抽離，又陷入深度的睡眠之中。

第四十三章 虛驚一場

與此同時，焦忠義來到隊伍前頭的馬車旁，撩起了車簾。

馬車之中，霍十九與曹玉都被捆成粽子，且還各自被綁在馬車的兩端。

霍十九消瘦許多，臉頰塌陷，頭髮凌亂，面龐依舊俊秀，只是眼神是前所未有的森寒。

乍一見焦忠義，曹玉便掙扎著。「狗賊，放開我！是條漢子的就與我單打獨鬥！」

若擱在之前，焦忠義定然會抱著手臂嘲諷地回答他。「老子偏偏不與你決鬥，老子又不缺心眼，誰會與『虛空劍』比劍啊。」

可今日，焦忠義卻一反常態，躍上馬車，抽出靴中的匕首，就為曹玉、霍十九割斷了綁縛的繩索。

霍十九還沒反應過來時，曹玉已經撲身而上，一把將焦忠義從馬車裡推了出來。

焦忠義背部落地，疼得他悶哼了一聲。

待曹玉還要動手時，周圍喬裝成鏢師和趟子手（注）的軍兵已經抽出佩刀架上曹玉的脖頸。

焦忠義爬起來，拍了拍屁股上的塵土，道：「錦寧侯、『虛空劍』，這些日多有得罪了。」說著拱手，道：「此處已在錦州城郊的田莊外，距離錦寧侯府十分近了，我等就護送

注：趟子手，古代鏢局中給鏢師當跟班的，走鏢時喝道開路的夥計，主要負責喊鏢。

您至此。」

霍十九這時已下了馬車，半個月在馬車內的監禁，讓他形容落魄，而最讓他嘗到蝕骨之痛的，是他痛失愛妻。

因為他所盡忠的皇帝，害死了他最愛的女人。他幾度想要尋死，又不甘心就那麼窩窩囊囊地死去，他總要為蔣嫵討個說法。

如今焦忠義卻說出這樣的話來，霍十九與曹玉都是一愣。

「焦將軍，你這話是何意思？」

焦忠義從懷中掏出一封信來，雙手遞給霍十九。

霍十九狐疑地拆開蠟封的信封，蒼白纖長的手指展開信紙。

那上頭是他熟悉的字跡，那孩子習字，他還手把手教過他。

「英大哥，見信如吾。此時你應當已安全抵達封地，與家人團聚了吧？蔡京狗賊自朕回宮始，便步步緊逼，宮內朕可用可信之人甚少……不經意中，他已布成一局，你與朕現今實力無可反抗……他早就疑心於你，朕原想你尚主，去了金國便可安全，畢竟蔡京鞭長莫及，可你不從……朕若告知你實情，你必然不肯獨自離京，是以朕與焦忠義布了此局……英大哥當保全自己，切勿意氣用事，虎符存於你處，五軍營、神機營、三千營均聽你調配，你可休養生息，見機行事。若可能，便為朕報仇；若不能，也不可逞強，當保全性命要緊，切記切記……多年來，你履行託孤承諾，對朕關愛之情，忠孝扶持之義，朕永誌不忘……」

霍十九簡直不敢相信自己的眼睛，他反覆讀了幾次，又將信紙翻來覆去檢查了一番。

紙是宮中常用的金絲雪花箋，字也是他自皇帝幼年就握著他的小手教他描紅、一點點練成的熟悉字體，其中情真意切，更是他們多年來忍辱負重、同甘共苦才能有的。

他自清醒過來，被押往此處的半個月中一直在怨恨。他恨自己的抱負無法實現，恨小皇帝的忘恩負義，更恨他禍及他的家人和愛人，但這個時候，一封信，將他的恨擊碎成粉末，飄散在空中，迷了他的眼。

破碎的心卻彷彿無法修補而感受到劇烈的疼痛，熱淚湧上眼眶。霍十九緊閉雙眼，想起當日夜色之中，蔣嫵橫刀擋在他身前時威風凜凜的英姿，想起她殺入敵軍之中時被夜風撩動的黑亮長髮，想起他醒來後，焦忠義說女護衛已身死時他的絕望……

眼淚終究無法控制地滑落下來，霍十九喉結滾動，哽咽出聲，哭得像是無助的孩子。

「嫵兒，嫵兒……」

初相見時，她雖是為父求情，卻依舊跪得身姿筆挺，神色驕傲；選定她時，她一腳將他踢跪在親爹跟前，逼著他伏低做小；算計於她，卻在她落入荷花池時嚇得他三魂七魄出竅，入水去救，鞭屍凶手；心動於她，對不顧她安危、鑿破船底的小皇帝，他都冷下臉來將之親信殺盡。越相處，越喜愛，直到對她情根深種，直到她融入他的生命，無法剝離。

她平日裡的大而化之，不屑算計；遇事時的果敢精明，英氣爽朗；抱著孩子昏昏欲睡卻強打精神時的嬌憨；跟著他爹去種地餵豬還毫無怨言……

這樣好的嫵兒，不在了。

皇帝對他的保護，害死了她。他現在甚至不知該恨誰！若怨恨，是否該怪自己不會武功要她保護？他現在甚至連隨她而去的資格都沒有。因為局勢不明，虎符在手……

霍十九只覺肝腸寸斷，手中信紙握成一團，幾乎聲淚俱下。

曹玉心酸，當即奪了身旁一人手中的佩刀，直攻向焦忠義。「我這就為夫人報仇！」

焦忠義看了半天的好戲，眼瞧著叱吒風雲的霍十九為了他夫人哭得鼻涕一把、淚一把，心裡別提多爽。

正樂著，刀卻到了。

曹玉雖被綁了半個月筋骨滯澀，卻因帶著怒氣，身法猶快，那一刀倏然而至，身旁衛兵都沒來得及阻隔，焦忠義就噔噔倒退，一屁股跌坐在地。

刀尖倏地劈到眼前。

「慢著，夫人沒死！」

「什麼？」曹玉刀尖停在他額前，焦忠義額前碎髮已經斷落在他前襟。

焦忠義驚喘著指向一旁的馬車。「夫人就在那裡。」

「既然夫人沒事，你先前為何哄騙我們！你分明借故拖延！」曹玉危險地瞇著眼，刀刃橫在焦忠義喉嚨。身旁「鏢師」、「趟子手」的佩刀也已對準曹玉，然曹玉卻毫無懼怕，恍若要將焦忠義生吞活剝。

焦忠義吞了口口水。「夫人真的在裡頭，先前夫人命懸一線，我無完全把握能救活夫人，是以不敢胡亂稟報！」

說話間，霍十九已踉蹌奔到馬車前，一把拉開車簾。

就見寬敞的馬車之中，一個圓臉的小丫鬟面帶懼色、張開雙臂擋在門前，抖著嗓子道：「你、你是何人，不准你靠近夫人！」

霍十九也不知自己哪來的力氣，竟拎著那丫頭的前襟，將人生生拽了出來丟在地上。

然後他就看到躺在厚實的深紫色錦緞棉褥上，枕著碧色金絲攢花引枕的蔣嫵。

她長髮披散著，彷彿失去了從前的瑩亮光滑，變得有些毛糙。她瘦了許多，臉頰塌陷，面色慘白如紙，可是她依舊在呼吸，雖然呼吸輕淺……

想不到，她竟然還活著！

大悲大喜之間，霍十九彷彿經歷了一場輪迴之苦，手腳僵硬地爬上馬車，珍而重之地將蔣嫵抱在懷裡，讓她枕著自己的臂彎，哽咽著喚道：「嫵兒，嫵兒……」

溫熱的淚水落在蔣嫵臉上。

蔣嫵原本虛弱地昏睡著，可夢中感覺到馬車的震動，又感覺到自己被人抱起，有人在她耳邊悲傷地喚她的名字。

她強迫自己集中意識，慢慢張開眼。

誰知映入了眼簾的，卻是霍十九憔悴不堪、鬍子邋遢的俊臉，他哭得很醜，完全沒有了從前倜儻矜貴的風度，就像是被拋棄的小狗，或者是迷路的孩子。

蔣嫵吶吶道：「我不是在作夢吧，阿英？」

「嫵兒，是我。」霍十九將臉埋在她胸前。

她身上的外傷都好得差不多了，只是那一箭貫穿傷，雖沒有傷及到內臟，卻也是凶險地擦邊而過，還傷了大血管。這會兒他一碰，她感覺不舒服，就動了動。

霍十九這才想起她身上有傷，忙輕手輕腳將她放下。「妳怎麼樣？好些了嗎？」

蔣嫵道：「我沒事。」靈動的杏眼打量他，撇嘴頑皮地道：「哭得好醜，你快些去整理自己，我可不要這麼醜的夫君。」

賭氣的語氣，逗得霍十九噗哧一笑。

馬車外，曹玉扔了佩刀，扒拉開身旁包圍他的衛兵，激動地道：「夫人，您沒事了？」

聽得曹玉的聲音，蔣嫵想要高聲說話，一提氣卻是一陣咳嗽。

霍十九連忙端了手邊的溫水餵了蔣嫵幾口，她這才有些沙啞地道：「沒事了，五、六十年內還死不了。」

曹玉長吁了一口氣。那天晚上，霍十九昏迷早一些，所以沒有看到蔣嫵受的是什麼傷，可是他看得十分清楚，而今所有的擔憂，都在蔣嫵安然無恙之下化為烏有，曹玉一迭連聲道：「夫人大難不死，將來必有後福，必有後福。」

焦忠義已經狼狽起身，拍去身上的塵土，望著馬車方向咳嗽了一聲。「侯爺。」

霍十九下了馬車，只淡淡掃了焦忠義一眼，就道：「啟程去田莊，焦將軍也莫走。」

霍十九手握虎符，皇上又曾親口下旨，吩咐焦忠義往後一切都要聽霍十九發號施令，他原本存了僥倖，想護送霍十九至此就先行離開。因他心底裡不喜霍十九這種長得像個女人、偏偏得皇上寵信的弄臣，所以才明知他心疼夫人，還惡整了他一頓。

但現在，霍十九下了馬車之後，神色就一改這半個月來的頹喪和忿恨，變得十分平靜，讓人看不出喜怒，且他又開口吩咐，焦忠義也只能硬著頭皮答應了。

隊伍開拔，霍十九上了馬車，讓蔣嫵枕著他的腿躺著，劫後餘生的喜悅，讓二人都滿心複雜，一時間都說不出話來。

曹玉和小娟則跟在馬車外。

曹玉神色冰寒，小娟則嚇得臉色煞白，看看「老爺」，又看看那些「鏢師」和「趟子手」，她有種掉進龍潭虎穴的感覺，自己的未來堪憂啊！

不多時，一行隊伍就到了田莊。

這處產業還是霍十九剛剛獲封侯爵時，命人置辦起來的。

莊子裡安排了莊頭一家看守，眼見著霍十九一行人來，莊頭連忙帶著兩個兒子出來行禮，又吩咐婆娘們去清掃臥房。

霍十九這廂先下了馬車，焦忠義想要緩和一下關係，立即吩咐人。「去抬夫人出來。」

霍十九卻已先一步將蔣嫵抱了下來，一面走向莊子一面道：「不必煩勞，焦將軍安排部下整頓吧，就歇在莊子裡。半個時辰後，你來見我。」

「是！」焦忠義無奈地帶著手下人去了。

霍十九則一路抱著蔣嫵進了院子，直往後院的臥房去。

小娟左右為難，不知該怎麼辦好，幸而曹玉考慮周到。「妳去跟莊頭家的僕婦說一聲，妳就留下吧。」

小娟連連點頭，感激不已。她不想被賣到那些不堪的地方去，能留在莊子裡幹活，也好過在家裡挨餓。

田莊裡的房舍都很樸實，卻也很結實穩固。

屋內陳設簡單，一進門正對屋門擺設著方桌條凳，一面竹簾後便是內室，進門只有可供一人行走的空間，右側便是一整面的大炕。炕上鋪設著涼蓆，整齊地堆放著質地細密的細棉布大紅被褥。

霍十九將蔣嫵放在炕上，脫鞋上炕，抖開幾床褥子在炕桌的另一側鋪好，又試了試，覺得溫暖又蓬鬆，能讓蔣嫵躺得舒適了，才回身將她放置在床褥，拿了枕頭讓她靠著。

他在做這些事時，手腳分明是笨拙的，可是他眼神專注，彷彿為她鋪床是一件神聖的事。

蔣嫵笑盈盈地望著他，終於可以放下心。因為精神放鬆，身體又虛弱，便又有些昏昏欲睡了。

「阿英，我想睡一會兒。」

「好，我陪妳。」

霍十九在她身側躺下，卻是不敢碰觸到她，只專注地望著她消瘦如巴掌大的小臉。直到她睡著，他才輕手輕腳地展開她原本只是輕蓋在身前的衣襟。

她沒穿胸衣，腰腹部纏著紗布。紗布遮擋之下是什麼樣的傷口他不知道。可是她左乳上方和右側肩頭上的疤痕，以及早先她肩頭上的傷痕，就映入了眼簾。

如此嬌柔的女子，這般纖細的身軀上，隨意敞開衣襟就可見這麼多的傷口，且還都是為了他而傷的。

顫抖著手為她合上衣襟，霍十九盤膝坐在她身邊，久久出神。霍十九從前不覺得自己是弱者，縱然沒有孔武有力的形貌，也沒有曹玉那般俊俏的身手，可是他運籌帷幄、殺伐決斷從未有過敗績，這些年保護著皇帝，暗中謀劃，表面裝混，在英國公以及其黨羽面前虛與委蛇，雖疲憊，但也總是欣慰的。

可現在，他前所未有地恨自己。

幾次三番的險境，追根究柢，所有原因都在英國公身上！只要其對皇位還懷有覬覦之心，他再防備又有何用？

這一次發生的事，不也是在他防備之下嗎？雖然是小皇帝做的，但也給了他一個警示。但凡瞭解他身邊人事構造者，就能制定出萬全的計劃：曹玉武藝高強，那麼就下迷藥，讓他不能施展功夫；他身邊護衛很多，那就以千軍萬馬來對付，且還有人心這一項，有幾個護衛能如蔣嫵這般不懼千軍萬馬，寧可搭上性命也要救他的？

他是男人，他是強者，他不能每次都指望著人救，尤其是該被他保護在羽翼之下的蔣嫵！他不能再等下去了，最好的防守，就是反擊！

霍十九握著蔣嫵的手，感覺她指頭冰涼，忙雙手握住。

無論如何，他此刻是感激上蒼的，能夠讓她平安回到他身邊。他無法想像若是她真的死了，他的未來會怎樣，或許如行屍走肉，再或者拚盡全力，以玉石俱焚的心往英國公那兒撞過去？

他不知道。也不想再體會那種絕望了，也只有在這個時候，他才知道自己對蔣嫵到底有多在乎。這個小了他十一歲的女孩，到底在他的心裡烙下多深刻的烙痕？他甚至一想到將來年邁的那一天，他會先一步辭世，留她一個人孤單在這個世上，就覺得心如刀剜一樣，或許他應該努力，多留一些他們的孩子陪她……

霍十九胡思亂想之時，外間傳來小心翼翼的一聲輕喚。「老爺……」

會這麼喚他的必定不是自己人。

「進來。」

竹簾一挑，方才被他丟到地上的那個圓臉少女進了門，飛快地看了他和蔣嫵一眼，笨拙地行了個禮，怯聲道：「老爺，外頭那個老爺吩咐我來伺候夫人。」

蔣嫵身邊的冰松、聽雨都跟著趙氏先行去封地，其餘四個大丫鬟則留在府裡看家，她身邊的確沒有伺候的人。

霍十九想著回頭要將冰松和聽雨接來，便道：「妳先去打水，我要盥洗更衣。」

「是。」小娟連忙出去了。

許是一切都不熟悉，預備霍十九的衣裳又多費了些時間，許久她才和曹玉一同回來了。

曹玉已經盥洗過，穿了件淡青色的交領細棉布直裰，頭戴文士方巾，瀟灑如風地走在前頭。

小娟提著黃銅水壺，夾著剛購置來的衣服跟在後頭，忍不住偷眼去打量曹玉。想不到這位剛才邋遢的公子，竟是個俊俏的人。

曹玉被小丫頭盯得不自在，但小娟只是單純的鄉下女孩，沒見過大世面，眼神單純只有好奇而已，所以他也並未苛責，只是先進了屋，在外室道：「爺。」

屋內傳來一陣窸窣之聲，不多時就見霍十九走了出來。

小娟忙去兌了溫水，服侍霍十九洗臉，又拿了剃刀來，對著坐在圈椅上閉目養神的霍十九發呆，左比劃，右比劃，竟不敢落刀。

霍十九似有所感，張開眼，見小娟一副苦惱的樣子，便道：「妳下去吧。」

他張開眼的一瞬，恍若天地之間的清泠之氣都融入其中，縱然他頭髮凌亂，鬢角滴著水，還鬍子拉碴，他的容貌在此刻卻多了些落拓瀟灑之氣。被他的眼神一掃，小娟先是紅了臉，聽他簡短的四個字，又覺得內心備受打擊，頹然將剃刀放下，就要下去。

霍十九突然想起蔣嫵身邊現在還缺人手，就道：「妳先去伺候夫人，就如妳這些日所做那般。」

小娟驚喜地連連點頭。「多謝老爺！」喜孜孜地進裡屋去了。

霍十九自行剃鬚，梳頭更衣。

許是焦忠義吩咐的，衣裳是極為合身的成衣，衣料雖不及霍十九平日所穿的那些名貴，顏色卻是極襯霍十九的深紫色。

扣好銀絲帶扣，霍十九問曹玉。「焦忠義呢？」

「剛在外頭吩咐隨行的親兵一些規矩，估計這會兒就要來了。」

「嗯。墨染，我有事煩勞你。」

「爺只管吩咐。」

「嫵兒身邊沒有妥貼的人不行，你去一趟侯府，將冰松和聽雨接來，若是我爹娘問起，就說這邊臨時有些事，還不能立即回去，等辦完了皇上吩咐的事，我們自然會搬回侯府。不要透露咱們就在田莊的消息，免得爹娘找來，見到嫵兒這般要心疼擔憂。」

曹玉略想了想，道：「爺，不如讓旁人去，我不放心你這裡。」

若擱在原先，霍十九是不會在乎的，可是僥倖心理害人害己，他必須要謹慎，當下頷首道：「那你替我吩咐下去。」

曹玉拱手道是，就連忙出去了。

不多時，焦忠義便來了。霍十九與之去了前頭的正廳，屏退了旁人，遂親自沏茶。

焦忠義忙雙手去接過，道謝。

安穩落坐後，霍十九才道：「出行半個多月，京都的情況你該有所瞭解吧。」

焦忠義原本擔心霍十九會先拿他來興師問罪，畢竟他在那樣大的事上耍了他，想著到時候大不了磕頭認錯。

想不到這件事霍十九並不提起，而是先問起朝中情況。

焦忠義對這位皇上執意要保護的「弄臣權奸」，終於有了一些新的認識，面上也恭敬許多，面色沈重地道：「三天前傳來的消息，皇上病重，現在朝政由英國公代理，所有奏摺英國公代為處置，已換朱批為藍批。」

霍十九的心咯噔一跳，面色凝重，緊抿著唇，半晌方道：「可知皇上得的是何急病？」

「說是皇上貪玩，爬屋頂摔下來，之後就昏厥了……」說到此處，魁偉的漢子一拍桌子。「他娘的，這是什麼破爛藉口！我看分明是老賊想要篡位！」

霍十九擺了擺手，十分沈著地道：「焦將軍稍安勿躁，仔細隔牆有耳。」

焦忠義吼過了才意識到自己方才太過激動，嗓門大了一些，便訕訕坐下，低聲道：「侯爺莫怪，末將著實太過焦急。」

焦忠義雖是一介武夫，卻也並非缺心少肺，皇上能將虎符交給一個竊國賊嗎？既然皇上要保護他，還將三千營、神機營和五軍營的調配權力都交給他，那就說明此人畢竟有過人之處，如今見他遇事沈著冷靜，又無傳說中那般妖嬈惑主的勁兒，分明是個清冷矜貴的貴族模樣，當下就息了許多鄙夷的念頭，加之先前感激他豁達不予追究，就愈加恭敬起來。

霍十九食指在桌上輕輕敲著，緩慢而規律的聲音，像是心跳，讓人浮躁的心漸漸地沈靜下來。

「如今情勢緊張，你我在此地或許已被英國公的人盯著，若有異動一定會驚動上頭。英國公連那等事都做得出，隨意給你我安個罪名，再誣陷我偷了虎符以圖謀反，派兵來平亂，你我可就只有一死了。」

「侯爺說的極是啊！」焦忠義連連點頭。

「所以你我切勿輕舉妄動，還需想個萬全之策。皇上未必是摔下來了，或許他只是被軟禁了也未可知，你我也不必先自亂陣腳。皇上若有事，與咱們一樣著急且會先有行動的大有人在。」

「你是說……清流？」焦忠義說著，眼前一亮。

霍十九略頷首，優雅地喝了一口茶。雖是很尋常的白瓷茶碗，但在他修長白皙的指頭中，那茶碗都顯得貴氣。

「焦將軍，這些日煩勞你密切關注京都中的情況，我想你的人必然會經常傳信給你。我初來錦州，且有許多事已長久未接觸，還需要再適應一段時日。」

霍十九說得委婉，所謂的「長久」，還不是焦忠義將他綁了的這半個月？

焦忠義老臉一紅，又感念霍十九不追究，忙道：「是，末將定不辱使命。」

「那就有勞將軍。」

霍十九又仔細地囑咐了焦忠義一些事，例如手下親兵不可對田莊的人表露身分，就說是他隨行護衛即可，若無命令也不准隨意外出走動，免得引起不必要的麻煩，再得英國公的關注……

霍十九所思周密，話也不多，往往言簡意賅卻能一針見血，著實讓焦忠義敬佩萬分。

到一切事情談論完畢，焦忠義要告辭時，才爽朗地笑道：「果然，傳言不可盡信啊。侯爺竟是這般清風明月的人，從前是老焦的不是了，因侯爺那些不入流的名聲，總覺得您是弄臣，很欠揍，老焦才起捉弄之心，今日著實悔不當初，還請侯爺恕罪。」說著拱手單膝跪地。

霍十九微笑將人攙扶起來，玩笑道：「現在焦將軍不覺得我很欠揍？不是弄臣了？」

「您活生生的人在我眼前，比那些傳言要可信多了，傳言有虛，恐怕也有人特地加油添醋誣衊侯爺，老焦現在是心服口服，皇上英明，慧眼識英才啊！」說著又是爽朗地笑。

蔣嫵醒來時，屋內瀰漫著一股十分清新的米香味，其中還混雜著淡淡的乳香和茶香。她原本是不怎麼覺得餓的，許是因為得知霍十九安然無恙，昏迷時依舊壓抑的心情終於得到舒緩，她還沒張開眼，就感覺到飢腸轆轆。

「夫人，您醒了？」看到她眼珠轉動，身旁一直盯著蔣嫵的冰松鼻音濃重地道：「您感覺怎麼樣？」

蔣嫵張開眼，立即覺得桌上的絹燈光線刺眼，瞇著眼適應了片刻才道：「妳怎麼在這裡？」

「是侯爺接我和聽雨來的。夫人，您怎麼傷得這麼重？」冰松才剛忍住的淚水又一次湧了上來，怕蔣嫵煩亂，忙用手背拭去。

蔣嫵笑道：「都是皮肉傷，沒大礙的。」

「什麼皮肉傷，您當我還是原來那樣傻乎乎的啊。」冰松嗔怪道：「剛郎中來都說了，夫人受了貫穿傷，傷及大血管，需要好生將養著，您沒看到，侯爺當時聽得臉都青了，我和聽雨都嚇得直哭……夫人，您長這麼大，哪裡受過這種苦，想不到做了侯夫人，反而不如在家時，從前在家裡劈柴那種粗活都比這個安全啊。」

冰松喋喋不休時，蔣嫵已經聽到外間的動靜，雖看不清竹簾外頭的人影，卻能感覺到有人停步在門前舉步不前。

蔣嫵猜到那人是霍十九，忙轉移冰松的注意力。「我餓了。」

冰松抹了把眼淚，忙道：「我這就去端吃的來，郎中說夫人這段時間要吃一些好消化的，最好清淡一些，剛廚房裡預備了粳米粥，還有四樣精緻的小菜，十分爽口，侯爺又吩咐人給您弄了羊奶子來，您稍候，我馬上就回來。」

說著話，冰松已經撩起竹簾，一抬頭，看到站在門前的霍十九，先是一愣，隨後想到自己那番話可能被他聽到了，有些心虛，可轉念一想夫人竟然為了他受苦這麼多，當即冷下臉來，竟還對著霍十九哼了一聲才走。

霍十九一時間覺得哭笑不得，平日裡冰松並非是很大膽的女孩子，如今竟然都能為了蔣嫵給他擺臉色看了，可見他在她心目中有多過分。

一個婢女尚且如此，若是讓爹娘和家人知道了，還不將他剁去餵狗……

「嫵兒，妳醒了？」霍十九坐在炕沿，摸了摸蔣嫵的額頭。「還好，已經退熱了。」

蔣嫵道：「我剛發燒了？」

「嗯，略有些低燒，郎中已經煎好藥送來了，待會兒吃過飯了再吃。」

「好。」

蔣嫵乖巧應著，從她平躺的角度去看霍十九，他雙下巴都出來了，只覺十分有趣，難免心情大好，道：「阿英，我躺得不舒服，你扶我起來坐一會兒吧。」

「也好，總是一個姿勢，身子都僵了。」霍十九扶著蔣嫵起身，索性在她背後坐下，自個兒充當靠枕，讓她靠在他懷中，一隻手輕柔地為她按摩背部。

觸手的是一片皮包骨，都有些硌手……從前的她穠纖合度，生產後更是豐腴不少，皮膚光滑細膩，彈性十足，手感是極好的，如今卻是瘦骨嶙峋。

霍十九心疼地皺著眉，卻是溫柔地問：「這樣好些嗎？」

「嗯。」蔣嫵索性歪在他懷裡，咕噥道：「阿英，你身上硌得慌。」

霍十九好笑地道：「是妳瘦了那樣多，現在還來嫌棄我。」

「我不管，反正硌得慌，我枕著不舒坦，你趕緊多吃一些。」

冰松這會兒和聽雨抬著小几進來，見霍十九溫柔地為蔣嫵按摩背部，相視一笑，輕手輕腳地將清粥小菜放下，又將羊奶子溫了送來，就都退了出去。

蔣嫵飢腸轆轆，吃了一大碗竟然沒飽，再要吃，霍十九卻不許了。

「突然吃得那麼多，仔細難受。乖，待會兒咱們喝了羊奶子還要吃藥。」

蔣嫵只得依依不捨地看著冰松和聽雨將美味的小菜撤了下去。

二人相依偎著，蔣嫵道：「爹娘怎麼樣？七斤怎麼樣？」

「我留了人在爹娘身邊，他們安全無恙，一切正常。路上曾經遇上過盜賊，不過我安排了侍衛，另外還有皇上派來的人加以保護，所以爹娘和孩子都好。」

蔣嫵放下心，嘆息道：「想不到你這般聰慧的人，都被皇上算計了。可見皇上當真是青出於藍，只是皇上現在的情況不知如何了，若是無恙，他也不會出此下策。」

「妳呀，就是有操不完的心。妳現在的首要任務是養好身子，其餘的什麼都不要多想。妳看，跟了我才多久，我已拖累妳受了兩次貫穿傷，再有一次，我直接自刎謝罪算了。」

「好吧，我也的確沒力氣多問，反正外面的事交給你，我也沒有什麼不放心的。我是想什麼時候才能回侯府，我有些想念七斤。」

至今都分別半個多月了，她不想錯過孩子任何一個成長階段。

「等妳身子好一些，咱們就回去，我也想孩子了。」

蔣嫵枕著霍十九的肩膀，想起七斤可愛的模樣，內心就是一陣糾結。不過好在霍十九沒事，她也沒事，否則七斤豈不是要成了孤兒？

蔣嫵的身體底子是好的，只是從前受過一次傷，本就失血過多，當時懷七斤的時候都有危險，生產後沒多久又傷了這麼重，就算是個鐵金剛也著實會被放倒的，是以她在莊子裡休養的時候，隔三差五便會發低燒，也時常在沈睡。

郎中懼怕霍十九，雖然霍十九沒有說什麼恐嚇的話，但每一次只要他講出蔣嫵的真實情況，霍十九的眼神就好像要從他身上剜下一塊肉似的。

郎中知道霍十九可是個殺人不眨眼、吃人不吐骨頭的主兒，他怕死，也怕全家老小被波及，當即就施展開全身本領，竭盡全力醫治蔣嫵，又制定了藥膳食譜，每日從飲食上讓蔣嫵恢復。

如此折騰到中秋之前，蔣嫵的身子狀況終於好一些了。她已經能夠下地行走，也不會動輒發熱，只是人消瘦蒼白了許多，將她原本楚楚可憐的外表更增了一些弱柳扶風的氣質。

這麼久以來第一次對著銅鏡梳頭打扮，蔣嫵竟很鄙視自己現在的外形。

「……夫人，侯府金碧輝煌的，我瞧著跟從前什剎海的宅子相比，雖然沒有那麼精緻了，卻更添了貴氣，可見皇上是很寵侯爺的。」冰松為蔣嫵點了胭脂。

聽雨也一面為她梳頭一面道：「只可惜，皇上竟然從那麼高的地方掉下來，到如今還沒清醒過來，他才剛選妃，妃子中又無有身孕的，萬一連個龍嗣都沒留下，將來可怎麼辦？」

蔣嫵這些日還是第一次聽到京都城中的狀況，自上一次問了霍十九，霍十九不肯說，又叫她好生將養身子開始，她就沒再問過。

怎麼小皇帝還從高處摔下來？

蔣嫵看了鏡子中的聽雨一眼，笑道：「怎麼，妳家侯爺捨得讓我知道這些了？」

聽雨聞言臉上一熱，喃喃道：「真是什麼都瞞不過夫人。前兒的確是侯爺吩咐了，不許我們在夫人面前亂嚼舌頭，如今夫人好些了，侯爺才說可以適當讓您知道朝廷中的事，您足智多謀，倒不是讓您勞累去謀劃，好歹也做到心中有數。」

蔣嫵笑著點頭，她已經施了淡妝，微笑時有純淨嫵媚的美感。自她此番受傷之後，又因瘦了許多而更增加弱柳扶風之氣，嫣然一笑，當真不可方物，聽雨和冰松看了都愣了愣神。

蔣嫵根本沒有注意到，追問道：「妳說皇上從高處落下？」

「是。」聽雨忙將自己所知的告訴了蔣嫵。

原來，蔣嫵在田莊裡將養的這十來天，小皇帝依舊還在昏迷之中，英國公一心為了皇帝，太醫院那些治不好皇帝的庸醫都被拉出去砍了四、五個，現在皇上昏迷的事已經傳遍天下，英國公正廣貼告示，海納有用之人，誰若能將皇上治好了，重重有賞。

「真是賊喊捉賊。」蔣嫵冷哼了一聲，拿了篦子梳著垂落在胸前的長髮。

若非有英國公步步緊逼，皇帝何至於要想法子支開霍十九？她也不會誤會了，害得自己遍體鱗傷不說，還暴露了她會功夫。

相信焦忠義手下此番隨行而來的人，都知道她就是當日去營救霍十九的人。霍十九從前身邊的護衛雖多，但可用的也只有一個曹玉而已。若她是敵人，早就將他身邊的防衛情況調查得一清二楚，小皇帝不就是活生生的例子，可以將之迷倒抓獲嗎？

她原本藏於暗處，還可保護霍十九，打擊敵人措手不及，現在可好，她由暗轉明，那豈不是很難做暗中保護之事，敵人也會防範她了？

這筆帳，還是要算在英國公身上。

「夫人，馬車已經預備了。」廊下，小娟恭敬地回話。

自從冰松和聽雨到來，小娟就去做粗使丫鬟了。她也是這些日才慢慢弄清楚，原來她口中的第一個「老爺」只是個護衛，而第二個「老爺」才是真正的貴人，人家可是個侯爺。

小娟自小就在村裡，若不是家裡窮得揭不開鍋，下頭還有兩個弟弟和三個妹妹要養，爹娘也不會將她賣了。她運氣算是好的，一出來就伺候夫人，如今又得知夫人不是普通的富貴人家夫人，而是侯爺夫人，是傳說中的誥命夫人，她更覺得就算給她做個粗使丫頭都是一種榮耀。

蔣嫵這段日子與小娟相處久了，頗為喜歡她的淳樸單純，便溫和地道：「去告訴侯爺，我馬上就來。」

「知道啦。」小娟應了，往外走了幾步才突然想起來似的，怕蔣嫵聽不真切，大聲道：

「侯爺說了，教夫人不要焦急，小心身子不舒坦，他可以在外頭等。」

這丫頭……這種話哪有大吼的……

蔣嫵瞪了一眼銅鏡中偷笑的冰松和聽雨，揚聲道了句。「知道了。」

小娟這才歡天喜地出去了。

小娟一走，聽雨和冰松就是一陣笑，打趣起蔣嫵。

第四十四章　真相大白

秋日的天氣，早晚溫差開始變大，又是在北方的錦州城中，蔣嫵這會兒身上穿了蜜合色的盤領對襟褙子，外頭又披了一件淺粉色的小襖，這才覺得暖和點。

她知道自己這是氣血不足才畏寒，這種症狀只可好生調養，絲毫是急不得的，只能靠進補來慢慢緩解症狀，反正短期內霍十九是安全的，經此一事，他必然會加固身旁的防護，就連曹玉都會提起一萬個小心，所以她相信即便她休養生息，對他的安全也是無礙的。

聽雨為她戴上帷帽，隨即與冰松一左一右地攙扶著，一路從二門出來，緩步到了大門前。

一輛寬敞華麗的朱輪華蓋青帷馬車已經安靜地等候在那裡，周遭還有焦忠義帶領的五十名士兵，做隨從的打扮保護著。

這樣大的排場，除了京都城中的小皇帝和英國公，也就只有錦寧侯有這個膽子了。

看到拉車的那幾匹馬，蔣嫵就想起了她的烏雲。她後來自身難保，顧不上牠了，烏雲現在是不是已經去做野馬了？還是被什麼人撿到、販賣？

轉念一想又覺得不可能，烏雲的脾氣大得很，等閒人無法馴服，可能還是做野馬的機率大一些。

「嫵兒，怎麼了？」霍十九原本是坐在車裡的，可是透過薄薄的窗紗，看到蔣嫵在發呆，就擔心地下了車。

她自己或許都不知道，在她沈思之時，蒼白瘦弱的模樣著實會讓人疼惜到骨子裡去。

「我沒事，就是有點冷了。」蔣嫵對霍十九嫣然一笑，二人相攜到馬車前。

霍十九先抱著她上車，才自己跳上去，將早就預備好的精緻琺瑯彩描金小手爐遞給蔣嫵。「就知道妳畏寒，特地預備的。」

蔣嫵接過，將之抱在懷裡，明媚的杏眼就笑瞇起來。

霍十九喜歡她乖巧的模樣，憐惜地道：「待會兒就到家了，就能看到爹娘和七斤，明兒可以一同過中秋，妳喜歡嗎？」

「怎麼不喜歡？」蔣嫵在柔軟厚實的官綠色福壽不斷紋錦緞坐褥上尋了個舒服的姿勢斜躺，又取了軟枕靠著，道：「我前兒還在擔心這個，如果過中秋咱們都不回去，爹娘必然會疑心的。現在這樣剛好。」

說著翻了個身，枕著霍十九的大腿道：「阿英，你回去說話當心一些，也囑咐下頭的人留神，不要與爹娘說起我的傷勢。」

霍十九望著蔣嫵，憐惜地挑起她的下巴，俯身啄了一下，道：「這事很難瞞過去，妳現在的模樣，分明就是病體初癒。」

「那你可以說我只是染上風寒，也不必說我是受了傷。好端端的，我一個深閨婦人怎麼會受傷？若是說了，必然還要解釋我會功夫的事，爹娘曉得了還不知會如何驚訝。」

最主要的是唐氏也在，她的親娘自然知道她是否有拜師學藝過，萬一提起來，她豈不是怎麼樣都說不清了？總不能告訴他們，她是兩世為人，是前世學會了功夫？

霍十九並不知蔣嫵內心的波瀾，只道：「這倒是可以，只不過我沒照顧好妳，竟然讓妳染了風寒，爹還是會罰我去跪豬圈的……他一直覺得不論是在家中也好，還是出門在外也好，保護妻子是丈夫的職責。妳病了，就是我的失職。」

一想到霍大栓，蔣嫵禁不住笑了起來。「爹對你的要求是高一些，不過他是有些恨鐵不成鋼。」坐直了身子，凝望著霍十九秀麗的眼眸，緩緩道：「不如就趁這機會，將你的事與爹娘還有廿一說明吧，也免得他們整日裡都憋悶著。爹和娘，其實是很疼惜你的，縱然他們以為你是個奸臣。」

霍十九揉著她垂落在肩頭的柔順長髮，腦海中浮現的是自小到大，父母對他樸實的教導和真心的疼愛。

如今他初為人父，雖然七斤還小，可他也曾經設想過，假設七斤將來是個在萬人口中被唾罵的壞人，他該怎麼做？他是否能做到像霍大栓對他那樣一邊責罵，恨不能打死他的「恨鐵不成鋼」，一面卻又希望他改邪歸正，不惜去低聲下氣地求人？

當初霍大栓去跪求蔣學文的事，蔣學文曾經對人說過，他不費吹灰之力就查到了。

馬車平穩地前進著，見霍十九沈默，讓蔣嫵也不忍心去追問，有些事情並非一朝一夕就能解決的，他與父母之間的關係，也不是她一個做妻子的可以摻和的。

靠著他溫暖的懷抱，在車子緩緩向前輕微的搖晃顛簸中，蔣嫵又一次昏昏欲睡。

在她半睡半醒之際，聽見霍十九開口。「現在還不成。將來吧，將來時機成熟，我一定會告訴爹娘。」

蔣嫵心裡還在想，或許霍十九是擔心霍大栓和趙氏太歡喜，對誰都這麼宣傳，這樣反而會壞了霍十九的事，說不定還會招來英國公的追殺。

錦寧侯府位於錦州城北方的一座四進的大宅院。

因是霍十九受封時皇上的賞賜，此處是特地粉刷整理過的。馬車沿著安靜的胡同走向錦寧侯府的時候，一覺醒來的蔣嫵只透過窗紗看到碧瓦紅牆，以及彷彿沒有盡頭的圍牆。

過了許久，馬車緩緩停下。

馬車外的小卒身著侍衛服飾，對霍十九道：「侯爺，已經到了。」

霍十九先下車，後又扶著蔣嫵下了車。

門子早就看到馬車靠近，這會兒連忙上前來，行大禮道：「小的給侯爺磕頭了，老太爺、太夫人聽說侯爺要回來，一早就吩咐小的在此處恭候了。代步的小馬車已經預備得了，請侯爺和夫人跟小的來。」

門子一口不大標準的官話，做事卻是很符合要求的。霍十九只見此一人，就知道這段時間侯府裡的一切應該都很順利。

蔣嫵上了小馬車，道：「看來弟妹將家裡打理得很好，阿英，以後還是讓她繼續掌家，你看如何？」

「妳就算不說，我也不打算讓妳疲倦。」霍十九道。「都是一家人，誰當家還不一樣。」

蔣嫵好笑地搖搖頭。旁人家都在為了家產、地位爭奪得頭破血流，他們家卻絲毫不見一絲硝煙，就連那些姨娘都安安分分地在後院住著了，現在來了錦州，姨娘們被留在京都的宅院裡，更加不需要考量，按著霍十九的話來說，只當她們不存在即可。

「阿英，嫵姊兒。」馬車才走了一半，外頭就有聲如洪鐘的呼喚聲。

掀開車簾，正看到霍大栓身穿土黃色的粗布短褐，腳上穿著草鞋，鞋底和腳趾上還有殘留的泥污，雙手上也有污漬，迎面而來。

「剛來人說你們回來了，我等得不耐煩。」

「爹。」霍十九下車給霍大栓行禮，回頭又扶著蔣嫵下車。

蔣嫵笑道：「爹，您又種地啦？」

霍大栓一看到蔣嫵和霍十九，像是剛從乞丐隊伍裡放回來似的，都瘦了不少，尤其是蔣嫵原本紅潤的臉色這會兒白裡透黃，像張紙似的，驚訝道：「這是怎麼了？」

霍十九頭疼地道：「爹，嫵兒是路上染了風寒……」

話沒說完，霍大栓已經脫了草鞋，鞋底子「啪」的一聲打在霍十九肩膀，印上一個清晰的泥印子。

「你個小王八犢子，叫你好生照看著嫵丫頭，你耳朵沒帶還是腦瓜子裡裝了屁！你怎不染風寒呢？你讓你媳婦染風寒！」

「爹！您講講道理，這又不是我可以控制的。」霍十九慢條斯理地辯白，眼中卻有笑意。

霍大栓雖然吹鬍子瞪眼睛，手中揮舞草鞋的力道卻是減輕了不少，只是不留神，一大坨泥巴就那麼朝著霍十九的臉上飛了過去……

蔣嫵尚且沒來得及伸手去遮擋，泥坨已經糊在霍十九臉上。

這下子霍大栓也愣了。

趙氏和唐氏腳程慢了一些，這會兒正在蔣嫣和霍初六的攙扶之下轉了個彎過來，正看到霍十九滿臉泥巴，霍大栓舉著草鞋的一幕。

「哎呀！爹，你也忒狠心了！你地裡才上過雞糞，就打我大哥！」

霍十九眉頭擰著，怪不得這個泥巴……味道這麼獨特。

蔣嫵聞言，既是好氣又是好笑地拿了帕子為霍十九擦掉臉上的污漬，又去擦他的肩頭。

趙氏回頭吩咐婢子去預備熱水和替換的衣物，道：「別杵在這兒了。」

轉頭見蔣嫵面黃肌瘦的，心知這裡不是說話的地方，趙氏便道：「嫵兒快上馬車，這個宅子比什剎海的那個還大，要走到正廳去還得一會兒工夫呢，待會兒回去了咱們再好生說話。」

唐氏和蔣嫣這會兒已經到了蔣嫵身邊，見她瘦得像變了個人，內心焦急又擔憂，急於想問出個究竟，卻不好當著霍家人的面，免得像是在責問霍十九一樣。

蔣嫵握了握二人的手，便踩著踏腳的漆黑木凳子上了馬車，又招呼趙氏和唐氏。

二人都搖頭。「我們走一走，對身體反而更好。」

趙氏又道：「阿英跟著嫵姊兒乘車去吧，你正好先去洗把臉，換身衣裳。」

「是。」霍十九用盡全身力氣才能克制自己不要皺眉，給霍大栓和趙氏、唐氏也行過禮後，便上了馬車，還透過小窗對著外頭擺擺手才放下車簾。

馬車一開始行進，他就嫌惡地脫了外袍，團成一團丟在角落，又拿袖子蹭臉，總覺得那股雞糞味怎麼都散不去。

蔣嫵失笑道：「仔細蹭得脫了皮，待會兒洗淨就得了。」

霍十九委屈地白了她一眼，似玩笑又似認真地道：「妳看看，爹娘都疼妳。」言下之意，他是那個被拋棄的。蔣嫵終於忍俊不禁，輕笑出聲。

回到上房，冰松與聽雨早就先一步回來預備好了熱水。

霍十九仔細整理過，換上一身淡藍色的交領素錦直裰，這才摒去心裡的芥蒂。而蔣嫵趁著霍十九盥洗之時，叫了曹玉到外頭去，低聲說了幾句話。

隨後二人便一同去了霍大栓與趙氏所居住的容德齋。

一進門，蔣嫵的視線就落在穿紅色小襖、戴著黃色虎頭小帽，被乳娘抱著的孩子身上。

「七斤。」蔣嫵快步過去，一把從乳娘懷裡奪過孩子，掂了掂分量，笑著對趙氏和唐氏道：「娘，有勞妳們，七斤長大了許多呢。」

許是聽得懂蔣嫵說出了他的名字，七斤竟嘟著小嘴揮舞著小手，拍了一下蔣嫵的臉頰，「呀呀」叫了幾聲。

蔣嫵歡喜不已，搖晃著孩子道：「七斤，知道我是誰嗎？我是娘，是娘。」

七斤又「咿咿呀呀」叫著，咧著小嘴笑了。

他生得粉妝玉琢，是極漂亮的，尤其笑起來時，嘴角翹翹，眼兒彎彎，當真是讓人疼惜到骨子裡去。

霍十九在一旁，早已給父母和岳母行過禮，見蔣嫵抱著孩子不放，行禮都忘了，不免有些好笑，湊到近前來去接七斤。「嫵兒，給我抱一抱。」

「不給。」蔣嫵孩子氣地在趙氏和唐氏身邊挨著蔣嫣坐下，手指輕輕點著七斤的小臉蛋。

霍十九愈加委屈。怎麼他兒子還不許他抱？

眼見這對小夫妻這般甜蜜，蔣嫵又如此疼孩子，眾人看得都是好笑。

霍大栓就把玩著煙袋鍋子，道：「阿英啊，這次你都去辦什麼事了？皇上怎麼樣了？我怎麼聽人說，皇上病重了呢？」

霍十九在一旁坐下，道：「爹，皇上……無恙。」

霍十九平日裡說話極少有吞吞吐吐的時候，今日卻有遲疑。霍大栓見狀，就下意識地看向一旁沈默的霍廿一。

霍廿一原本是今年要參加秋闈的，卻因為皇上出了事，現今朝政交給英國公代理，英國公藍批，下令因為皇上身體抱恙，考試取消。

他苦讀這麼久，就等著此番一朝揚眉，卻沒想到現在臨時變了，便在外頭多方探聽了不少關於京都情況的流言。

有說小皇帝其實沒有生病，許是被奸臣給控制了，也有人說小皇帝沒準兒是被下毒了呢。

霍廿一瞭解他的兄長。別看霍十九看起來是個文人，可實際上他手段果決狠辣，又足智多謀，所謂的「奸臣」控制了皇帝，難道霍十九也有參與，還是說這件事就是他的計劃？

畢竟，他們一行人因霍十九稱病致仕而回了錦州，霍十九等於失去了原本強大的關係網，他難道就不懷恨在心？難道他就不期待能有大權獨攬的一天？

偏偏這個時候，該是他一道同來，他竟找了個由頭沒一同來，還拖延了這麼久才到，而現在京都之中，皇帝病重的消息已經傳開了，事情已經成定局。

霍大栓看向他的時候，霍廿一就忍不住皺著眉點了點頭。

他的猜測，其實暗地裡和霍大栓說過。

霍大栓心裡就是一跳，有些失望，又有些不可置信地看著霍十九。他一直覺得，霍十九只是頑劣一些，只是喜歡斂財又對外人霸道了一點，可是他想不到，他竟然敢謀反？

「阿英，皇上到底怎麼了？」霍大栓已經沈下臉，說起話來也認真了許多。

眾人都聽得出情況不對。

趙氏笑著打圓場。「你看看你，兒子和媳婦才回來，你怎麼就凶神惡煞的，可別嚇壞了嫵兒和七斤。」

霍大栓看了一眼抱著七斤的蔣嫵，強忍怒氣道：「你們都先出去，我有話跟阿英說。」

霍大栓平日裡雖然大大咧咧，毫無架子，這會兒卻因為憋著一口悶氣，顯得極為威嚴。

趙氏便起身拉著唐氏道：「咱們出去走走吧，讓他們爺們自己商議。」

唐氏頷首，又看了蔣嫣和蔣嫵一眼。

蔣嫵便知道唐氏定然是有話要與她說，就抱起七斤跟在後頭一同出去了。

屋內就只剩下霍大栓、霍廿一、霍十九父子兄弟三人。

霍大栓這才粗聲粗氣地道：「阿英，你跟爹說實話，皇上的事到底是怎麼回事，我怎麼聽說皇上病重？先前來家裡種地都好好的，那麼個孩子，正是生龍活虎的年紀，怎麼好端端的就病重了？還有，你這段日子去哪兒了，真的是皇上吩咐你做事了嗎？」

霍十九聽著霍大栓一連串的問題，就已經驚愕地察覺，他的親生父親將他看成蔡京一流，看成是要謀反的大奸臣。

他的確是名聲不好，但也只是在擷美斂財方面，還沒有到大奸大惡的程度。想不到，他在家人心目中竟然是這種形象。

見他沈默不語，霍大栓只當他是默認了。當即一拍桌子，霍然起身指著霍十九的鼻梁罵道：「你個兔崽子，給我跪下！」

霍十九起身，提衣襬緩緩跪下，道：「爹，您息怒。」

「啪」的一聲巴掌響，霍十九的臉被打得偏了一邊，嘴角有血絲滑落。

「混帳，混帳！我霍大栓一輩子光明磊落，不偷不搶，連一個紅薯的便宜都沒占過的人，怎麼偏偏生出你這個混帳東西，我還不如一把掐死你算了！」蒲扇般的巴掌已經按住霍十九脖頸。

霍十九不躲不閃，就被霍大栓按在地上，長年耕種勞作的雙手充滿力量，轉眼間霍十九的臉色就已發紫。

霍廿一看得心急如焚，雖不屑霍十九這個奸臣，可到底還是不忍心，一拍大腿衝上前來，拉著霍大栓的手。「爹，你住手！爹，那是我大哥啊！」

「你滾開！生出這樣的王八蛋，我愧對祖宗啊！今兒我掐死他，回頭再以死謝罪，到了下頭去跟你爺爺好生解釋去！」

「爹，你放開，就算有罪，也有國法來處置，您不能這樣！你讓娘怎麼辦，還有七斤和大嫂怎麼辦？」

霍大栓眼睛瞪得如銅鈴，卻有熱淚湧了上來，在眼眶中打轉。

看著長子，想起他年少時的敏而好學，再想這些年來發生的一切種種，霍大栓只覺得心力交瘁。

正當他放鬆手中的力道時，曹玉和焦忠義二人都急忙地衝了進來，一人一邊扶著霍大栓，將人強行帶到一旁。

「老太爺，住手。」

之後曹玉去扶霍十九起來。

焦忠義對著霍大栓拱手，道：「霍老太爺有禮。我乃三千營主帥焦忠義，特奉皇上密旨，為保護錦寧侯前來的！」

霍大栓氣喘吁吁，雙拳緊握，因憤怒而渾身發抖。「你說什麼？皇上要你保護他？那烏龜王八蛋，就該弄死了丟去餵狗！」

焦忠義想不到，霍十九的父親竟然是這樣一個耿直的熱血漢子，他是粗人，喜歡的也是這一類的性子，便真誠地道：「老太爺果真是真性情。只不過這中間有一些細節和誤會，您或許是錯怪錦寧侯了。」

「錯怪？」

「是，旁的事我並不知情，但是此番護送一事，的確是皇上發現情況有異，特地與我商議布了一局，將留在京都想要幫皇上平亂的錦寧侯給綁了送回封地的。皇上還給錦寧侯寫了一封信，您若不信，可現在就看看。」

霍大栓斥責道：「看個屁！老子又不識字！」

霍十九無語凝噎。

霍廿一咳嗽了一聲。「爹……」

霍大栓一拍腦門，這才想起霍廿一也在，眼睛一瞪。「還不把信交出來！等老子窩心腳踹出你屎來！」

曹玉和焦忠義都沈默了。

霍十九知道事情瞞不住了，狐疑地看了看曹玉和焦忠義，暗自疑惑為何他們趕到這樣及時，為何焦忠義又說出這番話來？

他遲疑地從懷中拿出一直貼身存放的信交給霍廿一。霍廿一幾乎是抖著手接過的。

展開信紙，霍廿一先是將上頭的內容一目十行地瀏覽了一遍，乍一看過，恍若不敢置信，猛地抬頭看著霍十九。

霍廿一是霍十九看著長大的，他每一個眼神，霍十九都能領會。

難道在霍廿一心中認定了他是奸臣，他就一定不能顛覆他的認知嗎？

霍十九苦笑，在一旁的圈椅上坐下，手背抹掉嘴角的血絲，臉頰已經腫起來了。

待會兒蔣嫵看到，還不知要怎麼發飆……

霍十九瞭解霍廿一，霍廿一又何嘗不瞭解霍十九？見他神色動作，就知這封信八成是真的，他的心因激動而狂跳，又一次低頭將信細細看了一遍，雙手顫抖，幾乎要拿不住信紙。

他雖不熟悉皇帝的字跡，但是落款處小皇帝慣用的私印和玉璽，卻昭示著這封信的可信程度。而且信中皇帝的語氣，與平日裡皇帝見到霍十九的那種依賴語氣是相同的。

「這位……焦將軍。」霍廿一有些艱難地問焦忠義。「你說，這封信是皇上寫的？」

「是！我老焦一介武夫，沒有那麼多的花花腸子，從前也是看不上錦寧侯的，不過現在我對他真是佩服！皇上慧眼獨具，不愧是真龍天子啊！哈哈！」焦忠義爽朗大笑。

霍廿一身子一陣搖晃，險些摔倒在地。

霍大栓早就心急如焚，見霍廿一一副要暈過去的娘兒們樣子，氣得一巴掌擂在他肩頭。

「臭小子發什麼呆！還不快給老子說說上面寫啥！」

「爹……」霍廿一揉著肩膀，好似被重擊之後終於回過神來，將信紙上的內容讀了一遍，當讀到最後一句「多年來，你履行託孤承諾，對朕關愛之情，忠孝扶持之義，朕永誌不忘」時，霍廿一的聲音已經哽咽。

霍大栓是個粗人，這封信上有些文謅謅的說法他一時間聽不懂，愣了片刻才慢慢回過味來，當即激動地拉著霍廿一。

「你說『託孤』？就是先皇，把咱現在的皇上託付給你哥照看的意思？」

霍廿一點頭。

霍大栓就扒拉著粗壯的手指頭，喃喃道：「這麼一說，你哥當上錦衣衛指揮使的時間，還有後來不幹人事的時間……好像的確是先皇病重那時候。」

霍廿一再一次重重點頭。

焦忠義起初也沒有想那麼多，如今聽了霍家父子的話，心裡又敞亮了一些，看向霍十九時愈加好奇、恭敬。

霍大栓既是開心又是興奮，激動地一把拎起霍十九的衣襟。「你個龜孫！你還不給老子好好說明白！」

霍十九費了些力氣才解救出自己的衣襟，無奈道：「爹罵我，我認了，可不能罵我『龜孫』，小心爺爺託夢罵你。」

霍大栓氣得噗哧笑了，氣氛立即緩和了許多。

眾人坐定，曹玉立即去將門窗關好，自己不放心地站在門前，留心外頭是否有人靠近。

霍十九這才將當年之事一五一十地說了一遍。「……我有幸得先皇賞識看中，結為異姓兄弟……先皇當年病得蹊蹺，當今皇上無依無靠，年僅九歲，先皇怕他無法平安長大，江山易主，便與我商議了對策，駕崩之前將皇上託付給我……這些年，我們一直同進退，同甘苦，對付早有不臣之心的英國公，在羽翼尚未豐滿之前不能輕舉妄動，只能虛與委蛇。

皇上需要一個正兒八經學壞的理由，所以我就成了壞人，有些事皇上不方便做，我就出了頭……」

他對蔣嫵說明時，其實並未細說，今日在對他寄予很高期望的霍大栓和霍廿一面前，他終於將多年來埋在心裡的話一點一點地說了出來。

「……蔣御史是忠臣，但是他彈劾我也就罷了，還彈劾英國公，我為了保護他，只得抓他進詔獄，讓我的人看守。我與皇上都覺得，若是他安然出了詔獄繼續那般耿直下去，早晚都會被英國公做掉，除非他與我有什麼聯繫，英國公利用我自然也會給我幾分薄面……當初之所以選了嫵兒，也是因為她惡名在外，我又是個人人得而誅之的奸臣，怕糟蹋了蔣家大姑娘的賢名，才選了她，想不到，她是老天爺給我的恩賜……」

霍十九又說起當初蔣嫵在黃玉山的英姿，還有此番來龍去脈，說起蔣嫵於千軍萬馬之中對他仍舊不離不棄，結果遍體鱗傷，又受了一箭貫穿傷。

「想不到蔣御史悉心培養出這樣的女兒，其實我當真是佩服也慶幸的，所以爹，我和嫵兒本想瞞著才說她惹了風寒，其實她傷得很重，這一箭傷及大血管，她險些丟了性命。」

焦忠義一直在旁傾聽，本就已聽得熱血沸騰，對霍十九的佩服和愧疚越發難以抑制，當即雙膝跪地，重重叩頭。

「侯爺，此番是老焦的不是！」

霍十九忙起身雙手攙扶。「焦將軍是忠義之士，看不慣我這個奸臣也是應當的。」

「可尊夫人是我射傷的！」

「當初你是奉旨不得不留我性命，否則依著你，恐怕連我這個奸臣也除掉了。」焦忠義不免有些臉紅，他慶幸自己皮膚黑，臉紅這會兒也看不出來，否則他可真要挖個地洞自個兒鑽進去了！

霍十九將焦忠義攙扶起來，笑道：「其實我很是佩服像你這樣的漢子，我爹和我兄弟，早在我學壞開始就對我恨鐵不成鋼了。」

豈止是恨鐵不成鋼？剛霍大栓差點掐死他，可是焦忠義親眼目睹的，這會兒霍十九臉頰也腫了，脖子上還有紫色的手印，在他稱得上妖嬈的俊臉上，竟然還有一種被施虐的美感……

焦忠義連忙甩頭，誠懇地道：「末將對侯爺，當真佩服得五體投地！侯爺一心為了皇上，不惜冒天下之大不韙，今後但凡侯爺有吩咐，末將萬死不辭！」

「焦將軍果然是忠義之士，不愧對『忠義』二字！」霍十九十分動容。

眼看著霍十九與焦忠義這般肝膽相照起來，霍大栓和霍廿一還都處在震驚之中久久回不過神。

這些年來，他們引以為「恥」的霍十九，竟然一直忍辱負重！

原來他的兒子還是當年那個懂事的兒子。

原來他的大哥，還是當年那個令人佩服的大哥。

霍大栓和霍廿一愣神的工夫，霍十九已提起衣襬端正跪下。「爹，這些年兒子因局勢不明，不敢告知您實情，讓您與娘背負了那麼多『教子無方』之類的罵名，是兒子的不是。還有廿一和初六，因為我是個奸臣，害得他們年齡大了都沒法成婚……我真是愧對家裡，對不住你們。」

霍十九垂首悲涼地道：「這聲對不住，我一直都藏在心裡，早就想與你們說的，我從前一直以為，或許我到死都不會有機會將話攤開來說明……將來，我或許依舊是奸臣，依舊是萬夫所指，或許有一日我會為了皇上拋灑滿腔熱血，也或許有一日英國公不會留我性命，更或許那些個大事一出，還會波及家人。我今生無愧於心，無愧於忠義，無愧於天地，無愧於先皇和皇上，可偏偏愧對你們，這個罵名和風險或許一輩子都拋不開……」

「你個愣頭瓜！」霍大栓虎目含淚，一把將霍十九拽起來。「你當你爹和你弟弟腦子裡裝的都是玉米麵粥，分不清楚是吧？老子告訴你，就算你真是個奸臣，我們被人戳脊梁，將來被你連累，甚至殺頭，也從沒有怕過！誰讓老子沒文化，沒把你教好呢？不過現在，哈哈！」

霍大栓一拍大腿，粗壯的胳膊摟著霍廿一。「我心裡是踏實了，咱做事沒對不起良心，那些不知道怎麼回事的人愛怎說就怎說、愛怎罵就怎罵去！你老子心裡舒坦著呢！」

霍廿一連連點頭。「是，大哥，我與爹心思相同。這些年來我誤解大哥，對大哥不恭不敬，言詞污濁，還曾發誓一定要將大哥繩之以法……好在今日這一切已經水落石出。大丈夫有所為，有所不為，大哥做的是正確的事，只要俯仰間無愧於天地，何必在乎旁人加減幾句言詞？大嫂能夠與你一同承擔那些，她一介女流尚且如斯，我與爹如何做不到？縱使將來不得善終，也今生無憾！」

望著霍大栓和霍廿一灼灼的雙目，霍十九目中有了熱意。

焦忠義更是被這一番話激起了滿腔豪情，道：「只要侯爺是為了皇上，您吩咐什麼就一句話，老焦寧死也會為您辦到！」

霍廿一情緒激昂地道：「朝廷中如此忠義之士相信還有許多，只要有這些人在，大燕亡不了！」

霍十九解決了家中的問題，聽聞此言就想起焦忠義說皇上如今還在昏迷之中，難免有些心急如焚。「如今朝政徹底把持在英國公手中，皇上又昏迷著，我得想個萬全之法才行。」

「不如去殺了那狗賊！」焦忠義道。

霍十九搖頭苦笑，牽動了嘴角的傷，疼得皺眉，道：「你當我沒試過嗎？」

霍十九身邊從來不缺能手，更何況還有武藝高強的曹玉，從前曹玉也是試過要斬草除根的，只可惜，道高一尺，魔高一丈，英國公既然能夠從先皇時到如今都屹立不倒，自然有過人之處，於生命安全上也有萬全準備。若無周密計劃，只靠暗殺，很難取他性命，說不定還會打草驚蛇，適得其反。

霍十九不想再多說這些，就笑著轉移了話題。

幾人便愉快地閒聊起來。

第四十五章　謀劃回京

此時的蔣嫵正斜躺在臨窗的暖炕上逗孩子，七斤被她擱置在懷中，她用食指去點小孩的臉頰，小孩不厭其煩地伸手握住，還咿咿呀呀和蔣嫵「說話」，趙氏、唐氏、蔣嫣和霍初六都盤膝坐在一旁做針線。

趙氏繞著線團，道：「……妳也太不懂照顧自己，怎麼好端端的去洗冷水澡？染上了風寒，妳以為是鬧著玩的？年輕時候不多注意身子，到上了年紀，像我跟妳娘這個歲數，那可是什麼病痛都找上來了，今兒這兒疼，明兒那兒癢的，煩都煩死了。」

唐氏也道：「妳婆婆說的有理，妳也聽著些。別整日裡不將老人的話當作一回事，妳瞧瞧妳，瘦得都脫相了，才剛瞧見妳，還以為妳怎麼了呢。妳現在還有奶水嗎？」

一說這種話題，霍初六就覺得坐立難安，蔣嫣在一旁也頗為尷尬。

蔣嫵倒是沒在意，搖頭道：「已經沒了。」

「好在有乳娘，否則就妳這樣子，孩子肯定會挨餓。」

正說著話，窗外就傳來一陣爽朗的笑聲。

屋內幾人都好奇地往外看去，正看到霍大栓和霍廿一一前一後走了進來，卻沒見霍十九的身影。

霍大栓剛在霍十九跟前時一副凶神惡煞要吃人的模樣，現在卻露出了截然相反之態，趙氏就知這其中必有原由，當即笑道：「怎麼了，竟樂成這樣？」
霍大栓嘿嘿笑著，只是搖頭。
可是所有人都看得出，霍大栓這副歡喜模樣，更勝於當初蔣嫵生了七斤的時候。
蔣嫵內心有數，卻是禁不住打趣道：「爹這麼開懷，比得了孫子還樂，莫非是阿英在外頭有了外室，生了雙生子？」
霍大栓聞言窘迫得很，又上下打量蔣嫵一番，怎麼瞧著都覺得嬌嬌弱弱的兒媳婦，不像是霍十九和焦忠義口中那位叱吒疆場的女大俠啊！
蔣嫵被盯得也有些窘迫了。
趙氏就推了霍大栓一把。「你說你，發啥呆呢！阿英到底是有沒有收外室啊！」
霍大栓雙手連擺。「沒有沒有，阿英可是個好孩子，哈哈哈！」
想起霍十九的英雄之舉，霍大栓心裡簡直如吃了蜜糖。
霍廿一激動得臉頰通紅，拉住蔣嫣的手道：「嫣兒，我有話跟妳說！」他心裡的激動，已經到了必須要宣洩的程度。
蔣嫣滿臉羞紅地被霍廿一拽出去了。
趙氏就道：「待會兒一同來吃晚飯，嫵姊兒身子不好，也趕緊回去歇著吧，阿英保不齊又去忙公事了，妳要是覺得悶得慌，休息足了再來。」
「是。」蔣嫵便起身下地，由婢女服侍著穿好鞋，給長輩們都行了禮後，乳娘抱著七斤跟著蔣嫵一同往上房去了。

容德齋距離蔣嫵和霍十九住的養德齋中間隔著個小花園，穿過花園再過兩個穿堂，就是養德齋所在的二進院落。

蔣嫵進了院門，立即有穿紅著綠的小丫頭們上前來行禮，口稱。「夫人萬安。」

示意她們各司其職，蔣嫵吩咐冰松。「妳去陪同乳娘先安排一下住處，回頭再來。」

冰松行禮道是，跟著乳娘下去了。

聽雨就跟著蔣嫵回了正屋。

一進門，卻看到霍十九正盤膝坐在臨窗鋪設大紅錦緞坐褥的暖炕上，對著把鏡往嘴角塗藥膏。

蔣嫵見狀心裡就著急了。「阿英，你怎麼了，誰打你了？」閃身就到霍十九身旁，臨近了才發現他半敞的領口處，白皙脖頸上，在喉結附近有紫黑色的指痕。

杏眼微眯，殺意頓起。「誰做的？」

霍十九就算不看蔣嫵，都能感受到她身上倏然散發的煞氣，嚇得手一抖，忙放下把鏡道：「妳別急，又不是什麼致命傷，況且爹也是先前誤會了我。」

「是爹做的？」蔣嫵挑眉，挨著霍十九身邊坐下。

「是的，不過爹也是情急之下……」霍十九將方才的事說了一遍，隨後觀察蔣嫵的表情，見她好似並不那麼生氣了，才鬆了口氣，轉而板著臉道：「我還要問妳呢，好一個小丫頭，竟然敢算計妳夫君。」

他說的雖是玩笑話，卻也是半真半假。

蔣嫵無辜地道：「我哪裡算計你了？我不過是做了一些應該做的事罷了，至於時機，還不是趕巧？可見也是天意如此。」

霍十九已經搽過藥，就靠著柔軟的金絲銀線玫瑰紅迎枕躺下，將蔣嫵摟在懷裡，自個兒甘當靠枕替她尋了個舒服的角度，道：「嫵兒，妳是瞭解我的，知道我心裡在期待什麼，懼怕什麼。妳既然知道，我希望家人都明白我並非是那麼十惡不赦的人，也應該知道我懼怕連累了他們。」

「我自然知道。」蔣嫵道。「可是你這種想法，只是單方面的，你有沒有看到爹和阿明今日的笑容？我相信他們與我一樣，是不怕什麼所謂的連累。你以為從前那種誅心之痛來自何處？並非因為被人背後指指點點、丟了尊嚴，而是因為你是他們所在乎的人，可你卻做了讓他們無法理解或無法原諒的事。這種痛苦最是折磨人，我相信那比死還難受。」

霍十九聽著蔣嫵低柔的聲音慢條斯理地說著那些話，柔聲嘆道：「妳說的是對的，可是我心中始終難安。我真擔心將來有一日他們會為了我做出什麼來，到時候真有個什麼，我就是死一萬次也不夠償還。」

「誰要你償還？誰又在你是奸臣的時候拋棄你了？堂堂男兒，何必如此婆媽，你既然不放心，就好生保護爹娘他們，盡全力就好。你呀！就是作繭自縛，自個兒在折磨自個兒！」

霍十九被蔣嫵訓斥得無言以對。

他可真是當今最憋屈的丈夫了，自從娶了媳婦兒，彼此交換了秘密和心事，蔣嫵對他素來就是動輒訓斥一頓。偏她訓斥的還是對的，讓他不得不聽從，且還被訓得心服口服，果然是什麼壺配什麼蓋子。

蔣嫵這會兒已經有些乏累了，但想到七斤剛才在她懷中的可愛模樣，還是忍不住與霍十九眉飛色舞地講了一番。

霍十九也想念孩子，剛在前廳，蔣嫵甚至都沒將孩子給他抱抱，現在聽蔣嫵說這些，哪裡還受得了？立即道：「妳歇著，我去看看孩子。」

他出門前還道：「妳就好生歇著吧，我自個兒去。」

言下之意，蔣嫵若是去了，他肯定又碰不到孩子了。

蔣嫵看著他一陣風似的就捲出門去的背影，不免有些好笑，其實不論是多大年紀的男人，在心愛女子的面前就會展露出孩子氣的一面，就如同女子在男人面前。

蔣嫵藉機睡了個好覺。

自此開始的幾日，整個霍家彷彿日日都是中秋。原因無他，整個家中的三個男子每日都有說有笑，多少年來橫在中間的芥蒂似乎都一夕之間化為烏有。

女眷們自然樂見這種情況，其實除了唐氏不明所以之外，趙氏、蔣嫣都已各自從霍大栓和霍廿一處聽到了一二，只是她們都得了囑咐，千萬不能亂說，怕給霍十九惹禍上身。

霍十九卻是連續幾日與焦忠義和曹玉在書房裡密談。有時候甚至霍廿一會以端茶、送點心為由親自去書房，隨後參與其中。只是他們在談論什麼，無人得知。

蔣嫵雖能猜測出一二，卻也不參與。她雖有一些自己的見解，但更信任霍十九的能力。他在朝堂之中打滾多年，他有自己的一套處事方法，對付英國公之流而言，他的辦法，定然會比她的有效。

「大哥，你就帶我一同回去吧，我跟在大哥身邊，好歹能助你一臂之力！」霍廿一追在霍十九身後，彷彿時光倒流，讓他們回到童年時候一般。「大哥！」

霍廿一拉著霍十九的袖子。

霍十九無奈地駐足，回頭道：「阿明，回京一事還未論定，你還是先去溫書吧。」

「大哥別哄我！我知道你的打算，方才你與焦將軍談話時我就已經看出來了，你不放心皇上，雖然各路消息來報，都說皇上昏迷不醒，甚至你派去應徵的『名醫』都沒有任何好消息傳來，可你不相信皇上那樣精明的人，會真的失足從屋頂落下。」

霍十九聞言，只是垂眸抿唇一言不發。

霍廿一分析的對，他真的是這樣想的。只不過已經讓他們知道他的情況也就罷了，若是讓他們也參與到朝堂鬥爭中，豈不是要連累他們頗深？況且……他從沒想過自己將來會有善終的。

霍十九背過身去，抬頭望向湛藍清朗的天空，北方的秋天比京都城要涼爽一些，秋風颯爽之中，連雲彩都不見一片，空氣也更清新。

霍十九閉了閉眼，覺得他話已說得夠清楚了，便要舉步離開。

「大哥！」霍廿一疾步追上，再度拉住霍十九的衣袖。「大哥，我是你的親兄弟，我可以為你分擔！」

「阿明，你怎麼不明白呢？」霍十九停下腳步，無奈地望著霍廿一，認真地道：「咱們家，怎麼樣也要留下個男丁服侍爹娘，這是我的私心。我生死無懼，但怕爹娘跟前無人盡孝服侍終老，也怕我的孩子和你大嫂將來沒有個著落。阿明，縱然有盡忠報國之心，只捨棄我一個也就夠了，何苦再搭上你？爹娘只有我們兩個兒子，少一個我，他們還有你，可我們兩個都不在，要爹娘和初六以後怎麼辦？又讓你大嫂和你媳婦將來依靠誰？」

「大哥……」

看著霍十九平靜的神色，卻說出這番極為現實又悲壯的話來，霍廿一便知道，打從霍十九走上這條路開始，他就已經做好了一切該有的心理準備。連這麼多年來家人的誤解他都能夠忍受，最親近的人對他動輒辱罵他都能夠一言不發，可見他的決心。

可是他不甘心！從前不知道來龍去脈也就罷了，如今知道了，為何偏偏不能事從人願？

「大哥，你是長子。」霍廿一也同樣認真地望著霍十九。「這些責任要承擔也是該由你來，縱然往後真有什麼犧牲，也不該是大哥你，一則你這些年所受的已經太多了；二則，家裡沒有你也是不行的。」

霍十九揉了揉眉心。霍廿一對他的真誠關心、甚至為之甘願冒險，令他十分感動，但是這般倔強，怎麼說都說不通，才讓他更著急。

「阿明，我方才不是說了嗎？事情還沒定下來。」

「那你就說了許多傷感悲涼的話，又是什麼託付？你的老婆孩子你自己去照看，我不管！」

「阿明！」

「大哥，或許這一次回去沒有危險，說不定屆時柳暗花明，說不定皇上早就已經有了佈置，只是在演戲而已，就如這麼多年來你們所做的一樣，是以我回去斷然無礙的！」

「你太想當然耳了。」霍十九道。「此事不必再議，你往後就專心讀書，不要再參與朝堂之事，還有，做大事不能存僥倖心理，只有做最壞的打算，做最萬全的準備，才能夠不至於被突然而來的打擊打得措手不及。」

霍廿一自然相信霍十九的說法，除了不帶他回京都之外，其餘真的都是對的。

「反正我不管，你若是不帶我回京都，我也自有辦法。我去找大嫂去！」霍廿一轉身便要往養德齋去。

霍十九愈加頭疼。「阿明，你不要胡鬧，你大嫂她還在養身子，上次的傷落下的病根尚且需要調養，哪裡能再為了這些事情而讓她操心？我不但不能帶你去，也不會告訴她我的真實去向，你就安心留下，好生替我照看爹娘，將來或許還需要你照看你大嫂和七斤……」

「七斤我自然會自己照顧。」

「嫵兒？」

霍十九心頭一跳，猛然回頭，正看到蔣嫵在聽雨的陪同下緩步而來。

蔣嫵披了件湖水綠繡葡萄紋纏枝的披風，行走之間披風被風拂動，露出她月牙白的挑線裙子。她不施粉黛，雲髻鬆綰，只觀姿態，端的是嬌柔若柳，但看向她眉目中的冷峻，霍十九卻看得出她在生氣。

而扶著蔣嫵的聽雨也是擔憂地看了看蔣嫵，隨後悄然給霍十九遞了個眼色。

霍十九便知，或許蔣嫵什麼都聽到了。

霍廿一也有些尷尬，方才他與霍十九耍賴的樣子也不知蔣嫵看去了多少。

「大嫂。」霍廿一拱手。

蔣嫵頷首，隨即問：「你要回京都？」

「還未曾定下。」霍十九溫柔地笑道：「妳怎麼到這兒來了？」

「我想快些恢復體力，所以趁著七斤睡了，就出來走走。宮中又有新的消息了？」

霍十九略微有些遲疑。他並非要跟蔣嫵保密，而是知道她的性子，若有了自己的判斷，但凡對他有所幫助的她都會毫不猶豫地去做，然她現在身體還沒完全恢復，哪裡禁得起折騰？

霍廿一見霍十九不答，怕蔣嫵難堪動怒，便道：「大嫂，大哥派去的『名醫』，原本是計劃要捎一些有用的消息回來，可那位名醫卻沒見到皇上的面，就被英國公請去家裡，說是他家裡有什麼人需要醫治。他得不到消息回來，外界又都說皇上命懸一線，是以大哥才如此焦急。」

「原來如此。」蔣嫵唇角勾起一個似笑非笑的弧度，道：「我前兒不言語，是因覺得處理朝堂大事，你比較有經驗，不需要我多言也可以做出最有利的判斷來，可現在看來，你分明是關心則亂了。我且問你，你回京都，打算怎麼個回去法兒，回去之後要怎麼調查皇上身邊的事？你若不露面，調查上有難度，若露面，你悄然回去，被對手抓住了把柄，豈不是能夠參奏你一個擅離封地？你總要將各方面都想好才是。」

霍十九有些慚愧地頷首。

小皇帝畢竟是他親眼看著長大的孩子，二人又有一同忍辱負重的經歷，是以感情自然更加深厚一些。所以遇到小皇帝的事，他才會亂了。

蔣嫵見霍十九垂了長睫，無奈地嘆了口氣。「看來，你還當真是打算就那麼直接偷偷回去，將自己送火坑裡了。」

蔣嫵又看向霍廿一。「你呢，也打算熱血沸騰地陪著你哥去送死？我可真是……佩服你們兩個！原本那般聰慧的人，怎麼在這件事上就犯渾了呢？好啊，你們要去送死，現在就去，立即，馬上去！爹娘和孩子都不必你們操心，我和姊姊就能照顧得很好！」

蔣嫵怒極說罷，轉過身扶著聽雨的手臂往養德齋去。

霍十九與霍廿一對視一眼，都從彼此臉上看到了尷尬。想不到他們兄弟二人爭論了半天，竟被蔣嫵兩、三句就訓得縮了頭。

「嫵兒，妳可是有什麼好主意了？」

在老婆面前就算覥著臉也不算丟人，這是自霍大栓處學來的經驗。霍十九追上蔣嫵的步伐，笑著拉住她的手腕，道：「嫵兒。」

他低著頭，看得到蔣嫵背對著他的雙肩在抖動。

她在哭？

霍十九面上的笑容再也繃不住，一把握住她肩膀將她按在懷中。「對不住，我不是特意要瞞著妳，妳莫氣，氣壞了身子怎麼辦？妳若生氣，就罵我一頓，打我也行。」

蔣嫵雙拳緊握，靠在霍十九懷中，身子一直在顫動。

霍廿一雖看著這樣的場面有些尷尬，卻也是為大哥焦急。

照霍十九的描述，蔣嫵那等烈性的女子，又陪著霍十九出生入死，這會兒霍十九卻在盤算著怎麼回京都去，或許還要不辭而別。

縱然是鐵心石頭腸子，也要傷心的，何況蔣嫵再強悍，也只是個女子而已。

霍廿一連忙跟霍十九比手畫腳，意思是叫他趕快安撫。

誰知正當此時，蔣嫵的聲音卻悶悶地從霍十九懷中傳來。「別在我背後比劃，我會以為你是在罵我。」

輕輕推開霍十九，她眉目含笑地道：「這下你知道錯了？」

「妳……沒哭？」

蔣嫵輕笑道：「你覺得我在哭？我的男人決定要去送死，還要將我單獨丟下，更將我託付給小叔子。」

霍十九臉上發熱，無法直視蔣嫵的眼睛。

蔣嫵卻端正了臉色，正容道：「我雖氣你不與我實話實說，有事又不肯與我商議，但你的義氣和勇氣，我是佩服的。」

霍十九和霍廿一都猛然看向蔣嫵。

「只是，你們兩個都是聰明人，怎麼就當局者迷了？阿英，你難道忘記你是為何來的封地了？」

「我是……因病，皇上特允准我致政，回封地休養。」

「是啊，如今，你病已經好了，還要留在封地躲懶嗎？何況你與皇上素來親厚，皇上病重，你難道以病癒回京為由去看看皇上，英國公會不許？他若不許，一直以來的冠冕堂皇就徹底毀了。」

蔣嫵的一番話，說得霍十九先是一愣，隨後垂眸沈吟。

霍廿一則是目瞪口呆。「大嫂，妳……妳果然想得周全。」

蔣嫵看著霍十九，話卻是對霍廿一說的。「其實你大哥只是當局者迷，他與皇上感情深厚，如今鞭長莫及，又不知皇上到底如何了，才會一時間忘記這重要的一環。」

霍十九閉了閉眼，已經沈靜下來，笑道：「虧得有妳。」

蔣嫵道：「你若不放心我，我便留下照顧著爹娘。」

「嫵兒！」霍十九驚喜地張大了眼。

「我知道我這會兒就算回去也是拖累你，自然不會去扯你的後腿，讓墨染陪著你便是了。不過你也切記，先探聽情況，再從長計議為上策，不要與英國公硬碰，虛與委蛇一番，讓他認為你只是為了顯示自己的忠心耿耿才回去，那才最好。」

霍十九聞言連連點頭，蔣嫵不強迫一同回去已是解決他的一個心病，更何況她還一語點醒夢中人，出了個好點子，給他解決了大問題。

若非霍廿一在場，霍十九定會抱著她轉兩圈，然方才已經情難自禁了一次，現在是絕不能再如此，免得讓霍廿一回頭背地裡取笑他。

「我知道，既如此，那我先去與焦將軍商議一番具體事宜。」

蔣嫵為霍十九理了理垂落在肩頭略微凌亂的長髮，道：「去吧，我再繼續逛逛。」

她的手被衣袖遮擋了大半，只有白皙纖細的指頭露出湖水綠披風外，給人柔嫩清新之感。霍十九握住了她的手，雙手包著蹭了蹭，想要落吻在她指尖，這等調情之舉又做不出來，只得尷尬地咳嗽了一聲，「懸崖勒馬」退後負手道：「那我便去了。」

蔣嫵頷首。

霍十九轉身大步往前頭去了。

霍廿一連忙就要追上，臨出門還不忘回頭揶揄地對蔣嫵擠眉弄眼。

蔣嫵內心雖羞，卻也毫不示弱地挑眉瞪回去。「我回頭告訴姊姊。」

霍廿一連忙轉身走了，對這位既是大嫂又是小姨子且身懷絕技的姑娘，著實是有些敬畏。

蔣嫵這才緩步繼續往花園裡的石子路上繞去。

聽雨虛扶蔣嫵的手臂，笑道：「夫人，您真是機智，那樣的事情也能分析得出。」

「我哪裡機智了？是他們自個兒當局者迷，胡亂抓瞎而已。」

若非聽雨十分瞭解蔣嫵的性子，知她並非是在炫耀，旁人聞此言定會覺得她是在吹噓。

走了幾步路，聽雨又有些忐忑地問：「夫人，您這次真的不打算跟嗎？」

有了上一次黃玉山之行的經歷，聽雨哪裡會相信蔣嫵會老實在家？

誰知蔣嫵卻認真地道：「我自個兒清楚自個兒的能耐。當初我懷著身孕跟去黃玉山，是因我對自己的身體尚且有幾分把握，提口氣能運多大的力氣我還有數，可如今我卻是不能跟了。我若去，還要讓墨染來分心護著我，不如讓他專心護著阿英好一些。」

「夫人……」聽雨一想到蔣嫵從前，那是何等樣的英勇，多少男子綁在一塊兒都不如她，如今卻因為焦忠義那貫穿一箭傷及根本，偏焦忠義又是無心之失，且還是奉命於皇上，不好拿了他，這個啞巴虧也只能這麼嚥下去了。

她雖未親眼所見那個場面，只聽隻言片語也能體會到當時的危機與凜冽的殺意撲面，聽雨不免緊張地握住了蔣嫵的手臂。

蔣嫵安撫地拍了拍她的手背，知她所想，卻也找不到什麼話來安慰，就只是對她微笑。

蔣嫵繞了幾圈就回臥房去，不多時霍十九就回來了。

進了門，霍十九就吩咐道：「去預備幾件衣服，我這兩日要出去，有公事要辦。」

聽雨和冰松忙行禮道是，快步退下去了。

蔣嫵斜靠著寶藍色的錦繡靠背，抱著個柔軟的同色大引枕盤膝坐著，並未說話，只是歪著頭望著他。

被她澄澈了然的眼神盯著，霍十九有些訕訕，笑著在她身旁坐下。「嫵兒，我會儘快回來，妳好生在家裡。」

蔣嫵點頭。「家中你不必擔憂，一切有我呢。你只管好生照顧自己。現在還沒到那個時候，所以你的命很要緊，不能有任何閃失。你不要忘了，你此番前去的目的是為了打探皇上的消息，再探探虛實。一切都等有了確切的情報之後從長計議，你不要不分情況就把自己賭進去，那樣不但我瞧不起你，你到了地下，也沒臉見先皇。你記得，你若身死，這陳家的江山可真的要姓蔡了。」

蔣嫵沒有說的是，如果他死了，也不過是個奸臣得誅罷了，外頭的人會說他與英國公「窩裡反」，說他罪有應得的也大有人在。就是沒有一個人知道他的苦心。

她還想為他此生正名的！一個有擔當、有抱負的男人，不該一直如此不明不白地過下去。

她說話時，霍十九一直微笑著點頭，最後將她摟在懷中，讓她靠著他的肩膀，道：「妳放心吧，我也放不下你們。我更是瞭解妳的脾氣，我不會讓妳有機會再次冒險的。」

如果他真有危險，第一個捨身來救他的一定會是她。若他不幸遇難，豁出性命也會給他報仇的還是她。不是他的父母沒有這樣心思，而是他們都沒有能力，且他們考慮的會比較多。

而他的嫵兒，在面對他的時候，從來都像是飛蛾撲火一般執著。

「為了妳與七斤，我也不會隨便將自己的性命當作兒戲。當初沒有家室，沒有牽掛，我縱然身死也沒什麼大不了，如今有了你們，還有爹娘和阿明他們，我哪裡會魯莽呢？此番不但有墨染跟著，焦忠義也會帶著一部分人喬裝打扮暗中保護，妳只管放心就是了。」

她哪裡能放得下心？只是這一次，她身體尚未痊癒，不能跟去罷了，也只有他在她的眼皮子底下，她才能真正放心啊。

蔣嫵不是個婆媽的人，既然已經作了決定，就沒有再繼續糾結此問題的必要，便將懷中的迎枕放下，繞過他趿鞋下地，去檢查聽雨和冰松準備的衣裳。

不多時裡間就傳來蔣嫵低柔的聲音。「這幾件不用帶……這個帶著吧，還有這個大毛衣裳也帶著，沒準兒什麼時候冷了呢……」

霍十九聽著她溫柔囑咐的聲音，只覺內心澎湃，歡喜滿足。家中越是這樣溫馨幸福，他就越是對那等爾虞我詐、生死難料的生活產生厭倦。

或許這麼多年，他已經受夠了？

只是先帝囑託尚未完成，小皇帝尚未脫離危險，英國公依舊橫行朝野，他使命在身，萌生去意的確不該。

晚膳擺在榮德閣，一家人聚在一起用飯。飯畢上了熱茶，霍十九才道：「我要出趟遠門，約莫也要十天半月才回得來，我不在的這段日子，一切就多勞二弟和弟妹了。」

霍廿一悶悶不樂。他怎麼纏，都無法說服霍十九帶他同去，最後還被霍十九訓斥不懂事。

蔣嫣見霍廿一低著頭不言語，忙道：「大哥放心，只管做正經事要緊。」

霍十九笑著頷首，就拉著蔣嫵起身先回養德齋。

明日就要出門，他要好好看看孩子，還有許多話要與蔣嫵說。

這日夜裡，蔣嫵難得找出旗袍穿了。原本產後豐腴，旗袍已經繫不上盤扣，前一陣子就算瘦了一些，勉強繫上了，上圍處也是緊繃得好似隨時要繃開似的。

這會兒蔣嫵重新駕馭了這身月牙白水墨荷花的旗袍，纖腰楚楚，凹凸有致，肌膚在橙黃燭光的映襯下泛著淡淡如白瓷一般的光澤，尤其是當她跨坐在他腿上，居高臨下望著平躺的他，緩緩解開領口的珍珠小盤扣，以一種折磨人的速度一點一點將雪肌展露出來時，霍十九仰望她被長髮映襯的白淨面容，仰望她若山巒起伏的嬌美身軀上那兩點粉紅，分別在即，哪裡還能抑制。

這一夜要了三次水，直到三更二人才倦乏了睡下。

霍十九清早啟程時，蔣嫵還埋頭睡得迷濛，他落吻在她額頭、鼻梁和嘴角，她才悠悠轉醒，藕臂纏上他的脖頸，主動探入他口中……

「我真的該走了。」霍十九握著她滑嫩的香肩將她拉開，氣息不穩地望著她肌膚上新添的淡淡紅痕，無奈道：「再不走我就要遲了，會被他們笑死。」

蔣嫵攏著柔軟絲被，眉目含笑地仰頭望他。「去吧，我再睡會兒。」

彷彿他只是去外院書房，而不是要去京都歷險。

霍十九心裡欣慰，又有些不是滋味，也不知自己這種複雜的婆媽情緒到底是從何而來的，直到馬車緩緩離開侯府，在侍衛的保護之下大張旗鼓地往錦州城門走去，霍十九才強迫自己不去思考這個問題，轉而分析朝中如今局面。

第四十六章　情敵來訪

霍十九出了遠門，蔣嫵的日子卻過得照舊。除了去趙氏處請安，就是帶帶孩子，不然在院子裡散步聊天，還將錦州城裡各個鋪子好吃的美食吃了個遍，將戲班子請來做了一次堂會。

原本霍大栓和趙氏對霍十九此去都有一些猜測，但在蔣嫵如此鎮定悠閒的表現之下，他們二老的擔憂就都慢慢消除了。蔣嫵是最瞭解霍十九的人，他們小夫妻在一塊兒難保不會說些什麼關於此番出門的事，蔣嫵都這樣吃喝玩樂，霍十九能有什麼危險？

蔣嫵這日又出去閒逛，回府下了馬車，才行了兩步後倏然停下，回頭看向斜對著的窄巷。

巷口處站著幾個人，為首一人身著寶藍色對襟大氅，手握摺扇，身姿筆挺，猿背蜂腰，容貌算不得英俊，但濃眉深目，眼若刀鋒，神色狷傲，乍見她回頭望來，並不閃躲，爽朗地笑了。

「許久不見，蔣嫵。」說著話，那人竟舉步向她走來。

他身後的漢子們紛紛面色戒備，待所有人走出巷口，蔣嫵便發現他身旁的人都是極為進退有度，六人一組，隊形縝密，恰好保護在四周，斷絕了所有放冷箭的空檔。

蔣嫵似笑非笑道：「是你？達公子怎麼想到來錦州了？」

此人正是金國皇帝，文達佳琿。

見蔣嫵容顏越盛，只是面色蒼白有病弱之態，文達佳琿心頭略緊，蹙眉道：「怎麼了？妳男人不給妳飯吃？」

聽雨和冰松都面色慍怒。這人好生奇怪，如何見面就說這等輕薄之語。

蔣嫵卻是絲毫不以為意，道：「不過是病了一場，倒是你，你女人給你吃得太多？」

文達佳琿聞言，下意識低頭去看自己的肚子，他心儀眼前的女子，但也因大了她十七歲，在心理上有些自卑。雖然他如今貴為一國之君，不過三十四歲，正值壯年，多少女人看中他的身分權勢對他趨之若鶩，但在十七歲的她面前，縱然她已經是一個孩子的母親，依舊會覺得不對等。

是以她一句話，他就懷疑自己是不是已經提前中年發福了，還是做皇帝這些日子太安逸，疏忽鍛鍊……

蔣嫵見他竟如此實在，終於忍俊不禁，爽快地笑了。

文達佳琿被笑得很是抹不開臉，尷尬地展開摺扇搖了搖。

「來者是客，不如我請你吃酒。」

「達鷹正要叨擾。」說著，要隨蔣嫵進府。

蔣嫵卻搖頭道：「達公子請先行一步，去城中『慧客居』稍坐，待我稟明公婆，即刻就來。」

達鷹笑容一僵。

他身旁的侍衛立即上前一步，斥責道：「大膽，妳怎可……」

「你才大膽。」蔣嫵不等對方說完，已低柔打斷了他的話。「你們是什麼身分，難道還要我嚷嚷開嗎？」

文達佳琿隨意擺手，斜睨侍衛，那侍衛忙退後垂首，不敢再多言語。

「如今我夫君致政在家，我也是怕給你們惹了麻煩，對他對你都不好。況且要喝酒，在慧客居最妙。」

想不到她能將忌憚他進侯府的話說得這般直爽，倒是頗合他的心意。

文達佳琿也不多言，帶了人先走了。蔣嫵這才與聽雨等人上了丹墀。

冰松道：「夫人，您真要去稟明老太爺和老夫人嗎？畢竟侯爺才剛出門……」

「話不說明，反而事多。」

蔣嫵一面走向前廳，一面道：「畢竟咱們府裡並不似旁人府中那般複雜，老太爺和太夫人都不是多事的人，有話明說比藏著掖著讓人猜忌好，若不回明，才證明心裡有鬼呢，那樣被有心人拿了作筏子，豈不是人家說什麼就是什麼了？」

「夫人考慮得周全。」冰松認真地點頭道：「是我想得太簡單了。」

蔣嫵對她微笑，不多時候就到了上房。恰好霍大栓剛從地裡歸來，換了身乾淨的深藍錦緞褂子，正盤膝坐在臨窗的炕上吧嗒煙袋。

趙氏聽是蔣嫵來，將七斤交給乳娘抱著，笑道：「這丫頭，剛將孫子抱來一小會兒，妳就急匆匆地來了，怕我不還給妳孩子不成？」

「娘說的哪裡話。」蔣嫵一面給趙氏和霍大栓行禮，一面嘻笑著道：「我是從門前來的，都不知七斤幾時被抱來。」

「門前？妳要出去啊？」霍大栓問。

趙氏不等蔣嫵回答就道：「要出去這會兒也不會在咱們這兒了，你個不長腦子的。」

霍大栓一窒，嘿嘿笑了，眼角的魚尾紋在黝黑方正的臉上平添了許多慈愛和善。

蔣嫵也笑了，挨著趙氏坐下，接過七斤抱著，道：「是阿英的一個舊友來了。」

「啊？人在何處？」

「我打發他先去了。」

「那怎麼好，既是阿英的朋友……」趙氏想到霍十九在外頭是個什麼角色，他的朋友八成也不是什麼好鳥，難免訕訕，後面的話就沒有說出口。

趙氏的心事都寫在臉上，蔣嫵一看便知，連忙解釋道：「並非娘想的那般，只是此人身分特殊，若是請進家中，難保不會給阿英的政敵抓到把柄，是以我沒讓他進門，直接打發他去城中慧客居，這廂來稟告爹娘，我打算去一趟。」

若是從前，霍大栓或許會命霍廿一先去應付，畢竟這等事是男人家的事。可自從聽過霍十九那些話，在他心目中，蔣嫵就是個女中豪傑，她又瞭解霍十九，且瞭解朝廷裡的那些事，比一個只知道讀死書的書呆子處置事情自然是要老練得多，當即點頭道：「那妳就去吧，叫幾個人跟著妳去。」

趙氏也知道霍大栓所想，可還是不放心。「嫵丫頭，那個人是個什麼來頭？會不會圖謀不軌，傷害於妳？要不還是讓廿一跟著妳去？」

「娘不必擔憂，不會有危險的。」蔣嫵感激地拉著趙氏的手搖了搖。

霍大栓又添了新菸絲，道：「就讓嫵丫頭自個兒去好些，阿明畢竟什麼都不懂，萬一真有危險，他在那兒還礙手礙腳的。」

蔣嫵莞爾，她的公公還真是個實在人。如果霍廿一在場，一定會再掬一把辛酸淚，霍十九嫌他「礙手礙腳」沒帶他進京，現在又被自己老爹嫌棄了。

「爹、娘，那我就先去了。」蔣嫵將七斤交給趙氏，點了點孩子的小臉，成功地聽到一陣快樂的笑聲，這才與霍大栓夫婦作別，與聽雨和冰松出門。

到了外院門前，蔣嫵吩咐聽雨隨行，冰松看家。

冰松擰著眉頭道：「夫人，要不還是帶上幾名護衛吧？」

「不用，又不是去打架的，無須帶那麼多人。妳好生在家裡守著，幫襯乳娘照顧七斤，有什麼事也多聽多看。」

冰松連連點頭，覺得自己留在家中給蔣嫵做耳目，也是一件要緊的任務，心理平衡了不少，對聽雨露出個大大的笑容。

聽雨早就看出每次蔣嫵都帶她出去，冰松是有些小意見的。不過冰松是單純善良的女孩，並不會因此而記恨在心，反而還會與自己商議著多做一些她力所能及的事，不讓自己太累。

她很感激霍十九當初將她安排在蔣嫵身邊，若非如此，將來不過是隨意配人的命運，不如如今這般，起碼活得像自己，做的也都是自己心甘情願做的事。

蔣嫵沒有乘平日那輛朱輪華蓋的寬敞馬車，而是乘了一輛普通的青帷小馬車，只帶了聽雨一人，不多時就到了慧客居。

才剛下馬車，便有一漢子迎上前來，道：「夫人，請隨我來。」說罷轉身進了店內，引著蔣嫵與聽雨二人上了三層，在走廊盡頭的一間包廂前站定，客氣道：「夫人請進。」

蔣嫵將帷帽摘了遞給聽雨，讓她在門口守著，便推門而入。

包廂是靠樓角的位置，南側和西側都有格扇，且這會兒正是格扇大敞，能看到樓下四通八達的街道以及來來往往的行人。慧客居不遠處就是集市，此處還能隱約聽得到集市上的嘈雜聲音。

文達佳琿正憑窗而望，負手搖著摺扇，並不回頭地道：「妳來了。」

蔣嫵「嗯」了一聲，尋了個靠近門前方便撤離的位子坐下，攏了攏外頭披著的小襖，道：「想吃什麼酒？」

「今日其實不想吃酒。」文達佳琿有些失落，他以為蔣嫵會走到他的身邊，與他一同看看繁華的街道。

他想他能夠與她有一時間的比肩而立。

只是她不肯。她那等聰慧，哪裡肯給他一丁點的希望。

文達佳琿緩步走到八仙桌旁，在蔣嫵對面坐下，道：「妳近日來可好？我看妳臉色極差，很是擔憂。」

「勞公子掛心了。我很好。」

「是病了嗎？還是傷著了？」

蔣嫵不想回答，言多必失，恐怕會讓文達佳琿抓住其中有用的訊息，就只端了茶碗來捧著，汲取其中的溫暖。

文達佳琿滿心熱忱，她卻防備著他，連這樣的問題都不願意回答，當真是讓他心裡難受得緊，搖頭苦笑道：「怎麼，妳是連話都不願意與我說了？」

蔣嫵垂著長睫，抿唇片刻，搖搖頭道：「並非不願意與你說話，只是畢竟你我立場尷尬，我想不到你我之間有什麼話可說的。難道你開口說話時不會多想嗎？不會擔憂我抓住了你話中的訊息嗎？」

「我不會。」文達佳琿聲音顯急切地道：「蔣嫵，若我真擔憂，此番也不會來看妳了。」

一句話可以理解成他是有事到了錦州，順便來看她，也可以理解為來錦州是專程見她。

蔣嫵望著文達佳琿銳利的雙眸，直看到他臉上有些發熱地別開眼才道：「你的朋友情誼，我十分感動，只是你我兩國之間本就風俗不同，我與你出來會面，已經很不成體統。」

「想不到妳竟是將這樣的事看得如此之重？妳若真在乎，黃玉山那時又算怎麼回事？妳只顧著矇我是吧。」文達佳琿站起身，負手在蔣嫵身前轉悠了幾圈，才平息了怒氣道：「蔣嫵，妳是不是對我有偏見？」

「怎麼會。」蔣嫵輕笑出聲。「我只是理智了一些，知道你我不是同一路人罷了。」

「所以連朋友都不能做？」

蔣嫵沈默了片刻，才道：「我希望能，可這友情未必能夠長遠。」

「若我說能夠長遠呢？」

文達佳琿彷彿看到希望，蹲身在蔣嫵面前，誠懇地望著她。「我們金國人一向是說一是一，說二是二，沒有燕國人的那些花花腸子，就是我們的朝廷中，也沒那麼爾虞我詐。我說的話，妳盡可以相信。」

「哪裡的政治不一樣。」蔣嫵不以為然地嗤笑。

文達佳琿被她揶揄的語氣一頓，才捺著性子道：「朕保證，妳與朕之間，不會橫著那麼多的現實干預。」

「一個皇帝的保證？」

「是，金口玉言的保證。」

蔣嫵定定地望著文達佳琿，彷彿要從他表情中看出破綻似的，隨後才緩緩綻放出笑容，道：「既然如此，我信你。」

文達佳琿聞言也笑了，依舊蹲在她身前，道：「那我們一言為定，妳放心，既是朋友，我就不會一點不為妳著想。其實我此番來是因為發現了朝中一些情況。」

「朝中？你是說燕國？」

文達佳琿頷首，神色十分鄭重。

蔣嫵的心就懸了起來，因為霍十九已經啟程五日了。他又是焦急，快馬加鞭地趕路回去，相信這幾日就要到達京都了。

京都的最新情況她都不知情，是以也終日都在揣測和自我推翻之中度過。

文達佳琿既提起此事，蔣嫵哪裡能不焦急。「你說，發現了什麼？」

見她果然對此事有興趣，心中也說不上是什麼滋味，只得壓低聲音道：「貴國皇上，其實根本沒有病重，是被軟禁了。」

「什麼？」

「貴國皇上，根本沒有失足跌落屋頂，其他謠言，說什麼病重之類也都是子虛烏有，他是被軟禁起來，整日照舊享樂，卻無法踏出院門半步。」

蔣嫵瞇起眼。「你如何會知道？」

文達佳琿搖頭道：「我如何得來的消息妳無須知道，妳只要知道貴國皇上無恙即可。所以此番錦寧侯回去，與特意促成此事之人定有一番惡鬥。」

蔣嫵聞言，已面色如常，其實這些她已經設想過，只不過從文達佳琿的口中得到證實而已。

「既然皇上無恙，我也就放心了。還有呢？」

還有？她不是應該與他商議對策的嗎？怎麼如此胸有成竹的模樣？

午後的陽光明朗豐沛，直射入包廂內，將格扇上的雕花投出陰影落在整潔的木質地板上，也灑落在蔣嫵俏臉和肩頭形成一些明暗光影。

她的神色如常，容貌依舊，讓他仔細分辨也瞧不出她的心思。略想了想，文達佳琿已是心頭鬱堵，竭力控制才使得自己聲音如常。

「蔣嫵，看來妳是不相信我說的。」

蔣嫵詫異地眨了眨長睫。「何出此言？」

她眼神清澈，表情詫然，文達佳琿又笑自己反應過激，太過在意小節了，難免降低他帝王身分，便尷尬地咳了一聲。

蔣嫵何等聰明，見他這個模樣哪裡還不知他怒從何來，笑道：「我並非不信你，只是信與不信，一則我與京都城距離尚遠，鞭長莫及；二則我為女流之輩，朝堂之事無法置喙；三則我信任我家侯爺的能力，即便我不多言也能處理得當；四則不論你的消息來源是否可靠，皇上被控制的事實是不變的。所以這消息對我來說，雖然要緊，卻也是讓我無奈的。」

什麼消息，都得她能跟在霍十九身邊才能奏效，否則也只是空掛念擔憂罷了。

文達佳琿一瞬有些洩氣，但眼眸中銳利的光芒落在蔣嫵微垂的俏臉上，就摻雜了些許溫和，在她身畔的空位坐下，嘆道：「我有時會想，妳若是尋常女子那般該有多好，我說什麼便是什麼，我青睞一眼就恍若是天大的恩惠，能在她眼裡看到愛慕和受寵若驚，可妳偏偏不是，妳的言行做法，總是出乎我的意料。然後我又想，也虧得妳不是那樣，否則我又哪裡會注意到妳，從而在意妳？」

蔣嫵抬眸望向面對陽光的男人。他成熟剛毅的面龐上有一絲難以察覺的窘迫，眼眸情深，唇角窘抿。

或許這個人居高位慣了，就只慣於理所應當的得到，不慣於表達了。

「多謝你的好意。只是羅敷有夫，若想這份友情長久，你也當知道該如何行事才妥當。」

「是，正因我知道，又拗不過妳的性子，才覺十分難辦。我原想叫妳丈夫尚公主，可又怕妳傷心難過，最終也不得逼迫他。」

蔣嫵一時也找不到話來說，只是笑了一下。

文達佳琿挫敗地嘆了口氣，玩笑著道：「妳真有本事，剛本不想喝酒的，現在又想喝了。」

「我最近身子不好，只能看著你喝了。」蔣嫵便回頭吩咐文達佳琿的侍衛。「去取酒菜來。」

那侍衛看了文達佳琿一眼，見他點了下頭，這才行禮退下，不多時酒菜齊備。

侍衛拿了銀針，先驗過毒又分別試吃，過了一會兒見無恙，文達佳琿才與蔣嫵一同用飯。

文達佳琿並不是擅長哄女子開心的人，蔣嫵也不是個多話的人，二人只安靜用餐，嚴守「食不言」的規矩，氣氛便顯得有些沈悶。集市上的叫嚷聲仍舊為屋內增添許多熱鬧，好在不覺得尷尬。

飯畢，用了茶，文達佳琿道：「集市熱鬧得很，不如妳我同遊？」

蔣嫵搖頭，耳垂上的小巧珍珠耳墜子泛著淡雅的光。「我還是不去了。此番出府來，尚且不知是否有人看到，若不留神被抓了把柄，屆時你是無恙的，我卻是拖家帶口。」

文達佳琿濃眉微挑。「妳倒是誠實。」

其實他方才在侯府門前時就已經注意到有探子監視，不過為了安全起見，他已讓他的人暗中跟上去，將那人做掉了，想必蔣嫵肯來，也堅信他方才會做好一切善後事宜。

不過集市中人多口雜，倒真不是個好去處。

蔣嫵又道：「不如在此處閒聊片刻好。」

退而求其次，文達佳琿自然樂意。

二人只天南地北閒聊，不涉政事，只論閒言，直到天色漸晚了，文達佳琿才要送蔣嫵回去。

蔣嫵推辭了。「情況特殊，我自行回去較為妥當，你若一同，難免會再引監視之人注意。不知你在何處下榻？」

文達佳琿也知蔣嫵性子倔強，若不肯讓他相送就絕無轉圜餘地，只得道：「我在城中有戶小院，距離妳處倒是不遠。」

蔣嫵便也不深問其位置，道：「那你我就此道別吧，我先走一步，你稍坐片刻再離開。」

見她如此小心翼翼，文達佳琿輕笑道：「看妳如此小心，倒是個做探子的好苗子。」暗指她跟在霍十九身邊的目的。

蔣嫵笑了。「誰叫如今時局不穩，要想平安，自然要一切謹慎小心。你如今身處國外，也須記得此處並非金國的土地，若是不留神被什麼山匪路霸盯上，吃了悶虧可不划算。」

「都這會兒了，妳還有心先來打趣我。」文達佳琿無奈地搖頭，嘆息道：「相聚總是短暫，期待下次妳賞光應允一同用飯。」

蔣嫵戴上帷帽，隔著一層輕紗，文達佳琿的眉目也朦朧起來，她禁不住又打趣道：「若初相識時你若如現在這般文雅，我大約會對你有點好印象的。」

文達佳琿臉上騰地一熱。「難道這會兒就沒有？」凶神惡煞的。

蔣嫵噗哧笑了。「也有，也有。」

「分明是敷衍，想不到朕到了妳面前就成了這般不招人待見的。」雖是賭氣的話，可說出來也的確是讓他忍俊不禁。

二人在包廂門前作別。文達佳琿立於門後，望著虛掩的門外蔣嫵與隨行婢女漸行漸遠的背影，內心複雜地嘆了口氣。

隨行護衛就道：「陛下，是否要臣隨去看看？」

「不必。她的能耐，不會讓人輕易盯梢的。」跟了人去，反而會讓她誤會他派人盯著她。文達佳琿又一次苦笑。他如今貴為一國之君，竟然在個女子面前還要如此小心翼翼、思慮周全，生怕開罪了她。

此時，聽雨按著蔣嫵的吩咐，將藍布的小馬車趕得不緊不慢，專門走街串巷，並不直奔侯府。聽雨拿了剛買來的點心捧給蔣嫵，隔著簾子低聲問道：「夫人，咱們還要去別處嗎？」

蔣嫵搖頭道：「不去，待會兒回府。」

「那咱們現在這是做什麼？」

蔣嫵撩起窗紗，望著被夕陽染紅的粉牆黑瓦在緩緩倒退，又有行人步履匆匆，內心難免生出些悵然情緒來。「待會兒找個安靜的巷子停下，將跟隨的那人解決了，咱們再回去。」

「跟隨？」聽雨凜然。「夫人發現有人跟蹤了？」她不敢隨意查看，生怕驚動了跟蹤之人。

蔣嫵只「嗯」了一聲，便撂下窗紗，懶懶斜倚著軟枕不說話了。

車子又向前行進片刻，天色就已染上了墨藍，聽雨小心地趕著車，全身的肌肉都緊繃著。照蔣嫵的吩咐將車趕到一處安靜的小巷，突然覺得身後冷風一動。

聽雨驚呼一聲，回頭時，就只看到車簾晃動，而蔣嫵戴著白紗帷帽的淡粉身影已掠去三丈遠，將一名穿了深棕色布衣的漢子推逼到牆角，匕首就架在他脖頸處。

「說吧，誰派你來的？」

漢子面色駭然地望著面前的女子，即便她面容掩在薄紗之後看不清臉面，但一路跟蹤下來，他知道眼前這人的確是錦寧侯夫人！

想不到錦寧侯枕邊竟養著如此厲害的角色！

漢子閉口不言，冷汗從鼻窪、鬢角沁出流下，這情況，他說也是死，不說也是死……

蔣嫵沒給他糾結無奈的時間，匕首向前一送，就已劃破那人的頸部動脈，鮮血瞬間噴湧而出，那人捂著脖子張大了嘴巴，瞪圓眼睛，順著牆壁滑坐地上，雙腿蹬著，身子抽搐。

蔣嫵在他身上蹭了蹭血跡，不多停留，便已回了馬車上。

這一切發生也不過就在短瞬間。

聽雨背脊發寒，抖著聲音問：「夫人，沒有人跟著了吧？」

「沒有了。」蔣嫵的語氣一如尋常，聲音也是低柔慵懶的。

這樣的人，殺起人來卻是毫無猶豫，比殺雞還痛快。

聽雨雖駭然，卻也知道，若是蔣嫵與文達佳琿會面的消息傳入京都，讓霍十九的政敵得知必然會拿來大作文章，監視之人尋常時窺視隱私也就罷了，涉及生死，蔣嫵哪裡會退讓。

回到府中，蔣嫵先回了臥房吩咐人預備香湯沐浴。

文達佳琿在距離侯府不遠處的一座二進宅院中喝茶的時候，聽侍衛回道：「剛城裡的確出了個命案，是個賣菜的老翁在回家路上發現巷子中死了個人，約莫三十來歲，是被人一刀切斷頸上的大血管致死的。」

文達佳琿把玩著精緻的描金茶碗的蓋子，笑道：「瞧瞧，朕便知會是如此。」

「皇上是極為瞭解霍夫人的。」隨行侍衛瞭解文達佳琿的心思，說出的話也著實讓他心裡舒坦，比說一萬句「皇上聖明」讓人心中熨貼。

文達佳琿便道：「侯府周圍的人暫且別撤，對方約莫也就是這幾日動手了。」

「遵旨。只是皇上，霍夫人根本不知情，也不會領您的情，您今日與她見面時何不說明，京都城裡有一夥她想不到的人派了刺客要來行刺？」

文達佳琿嗤之以鼻。「你當朕是什麼人？一丁點小事就拿來邀功嗎？」

「皇上對霍夫人的心，可謂真摯，霍夫人若知道必定會感念於心，對陛下傾心的。」侍衛佩服地道。

文達佳琿搖頭嘆道：「你也不必拍朕的馬屁。她縱知道了，感激會有，也未必就會真將朕看得如何。於她來說，她會認為，也樂得認為朕是出於朋友之誼罷了。」

侍衛嘆道：「皇上如此付出，莫說是霍夫人，臣見了都十分動容了。」

文達佳琿將茶碗放在手邊的小几上，看向窗外。

暮色已經降臨，不知侯府內情況如何？蔣嫵若是知道對方是誰，必會驚愕吧。

蔣嫵這時才剛沐浴更衣，穿了件家常半新不舊的淡紫色褙子，將半乾長髮鬆綰起，就帶著七斤去了上房。

一家人照舊圍坐在一處用晚飯，七斤正是犯睏的時候，就被乳娘抱著去西邊的側間睡覺。

霍大栓道：「下午談得怎麼樣？」

「爹放心，不過是陪同閒聊片刻，許是見我是女流之輩，他也沒談論什麼朝政上的事。我只是代阿英盡地主之誼罷了。」

此事合情理，霍大栓並不懷疑，畢竟蔣嫵的身手如今只有少許人知曉，誰會相信一個嬌滴滴的弱女子會有殺伐決斷的能力呢？

霍廿一悶頭吃飯，有些鬱鬱的。

下午從趙氏處得知霍十九的一位朋友前來拜訪，爹娘卻是允許蔣嫵去會面，他好歹是現在家中可以撐得起大事的男丁，怎麼還是輸給個女子了。

蔣嫣見霍廿一那般孩子氣的舉動，既是好笑又是好氣，就配合著岔開了話題。

用罷了飯，一家人都還沒有倦乏，趙氏笑著吩咐。「不如都留在這兒說說話，消消食再回去歇著，否則提早回去也就是睡覺，吃了那麼些也不好消化。」

蔣嫵和蔣嫣對視了一眼，姊妹倆同時莞爾。

「娘分明就是捨不得孫子，才尋個由頭留下我們，乾脆七斤還是留在娘這兒算了。」

趙氏被戳穿心事，臉上發燙，但也並未動氣，輕點了蔣嫵的額頭。「妳這潑猴，嘴上不饒人，連我妳都打趣。到底是做娘的人在意孩子，才能想到我是為了多看看七斤！」

蔣嫵就道：「留下是好，不過爹娘好歹也給我們說說阿英他們兄妹三人年幼時的事。」

蔣嫣立即贊成地連連點頭。

霍初六道：「可不要帶上我，大嫂和二嫂分明就是想知道大哥和二哥小時候的事。」

「妳的那些事，還需將來說給妹夫聽呢。」蔣嫵認真地道。

霍初六立即被羞了個大紅臉，躲在趙氏身後不肯出來。

霍大栓已抽了一袋煙，這會兒在暖炕邊緣磕了磕煙袋，笑道：「要聽這些有什麼難，他們兄弟小時候的事可有得說呢，說不定找個有文筆的人來編成一部書，都要比現在那些說書的講得還熱鬧。」

「爹，您快說說。」蔣嫵催促。

霍大栓眼珠子一轉，想了想道：「有了，嘿！妳們知不知道，阿英小時候最喜歡什麼？」

霍十九喜歡什麼？

「看書？」

「不對。」

「書法？」

「不對。」

「喝茶？」

「不對。」

蔣嫵猜一句，霍大栓就搖一次頭，最後不耐煩地道：「妳這丫頭，怎麼總猜這樣的，我是說阿英小時候，也就幾歲剛會說話、會走的時候。」

霍初六道：「這個時候的事，連我都不知道呢。爹，你快說大哥喜歡什麼？」

霍大栓與趙氏對視了一眼，都噗哧一聲笑了，似因為當年那些快樂，二人都年輕了五、六歲。

「快別只顧著笑，快告訴我們啊。」蔣嫵被勾起了好奇心，一迭連聲催促。

霍大栓嘆道：「他喜歡雞！」

呃……蔣嫵的腦子很不純潔地想到了歪處。

其餘人面上也有一瞬的尷尬。趙氏忙用胳膊肘拐了霍大栓一下，道：「你個沒文化的，話都說不清楚。」又回頭對一臉詫異的唐氏解釋道：「他說的是家裡養的雞，下蛋的那種，阿英小時候特別喜歡小雞仔，還曾經趁我們不注意，偷了蛋回去自己孵。」

「自己孵蛋？」蔣嫵愕然。「他、他怎麼孵蛋？」

霍大栓又是哈哈大笑，笑得上氣不接下氣，許久才道：「他就學母雞那樣，趴在蛋上，結果有一次慌慌張張怕被他娘發現，竟不留神一屁股將那顆雞蛋給坐碎了，染了炕褥上都是生雞蛋。他哇的一聲就哭了，說他殺了雞，哈哈！」

蔣嫵目瞪口呆，下意識地看了看裡間方向。霍十九小時候竟然有這樣的時候……她兒子呢？

霍初六和霍廿一這會兒已經笑得東倒西歪，誰能想到平日裡沈穩睿智的霍十九，年幼時竟還有這樣的「壯舉」。

霍初六又纏著唐氏講蔣嫵和蔣嫣年幼時的趣事。唐氏哪裡肯如霍大栓那般「出賣」女兒。

一家人正笑鬧著，突然聽得外頭一陣急促的腳步聲停在廊下，來人回道：「夫人，衙門裡來人了。」

「什麼事？」

「說是追拿逃犯，眼瞧著逃犯翻了咱們府的院牆，這會兒捕快都到了，說是要咱們開門放他們進來搜捕。」

「啥？逃犯？」霍大栓將煙袋鍋子別在腰上，道：「走，我去看看！」

僕從道是。

趙氏、唐氏、霍初六、蔣嫣幾人臉上就都有了擔憂。

霍廿一忙要隨著霍大栓出去。

蔣嫵卻在這時站起身來，道：「爹、二弟，你們留步。」

已經一隻腳邁出門檻的霍大栓倏然停步，回頭看向蔣嫵。「怎麼了？」

「我覺得事情不對，先商議一下再說。」

說什麼逃犯進來，有三千營那些兄弟們充當侍衛巡邏，逃犯會悄無聲息地潛入才怪！

他們一家到了錦州，一直閉門謝客，沒有見過當地的官員，尤其錦州新派任的知府，幾次三番地登門送禮，霍十九都推說身體欠安、需要靜養給拒絕了。

那樣一個想要竭力討好霍十九的人，又是錦州這塊地盤上有實權的主兒，衙門裡的捕快不會不聽他的吩咐吧？他溜鬚拍馬尚且來不及，怎麼會派人來搜府？

霍大栓和霍廿一又回了屋裡，蔣嫵將方才自己的分析說了一遍，就道：「……所以我覺得此事有蹊蹺。爹，你和廿一不要出去，大家都不要離開這座屋子，我出去看看。」

「這如何使得，外頭既是情況不對，妳就更不該出去。」趙氏一把將蔣嫵拉到身邊，按著她的肩膀讓她坐下，道：「天兒都這麼晚了，妳個小媳婦去拋頭露面的做什麼，什麼事都有他們爺們在呢。」給霍大栓遞了個眼色。「你去瞧瞧，商議一下該如何是好。」

霍廿一擔憂地道：「可是現在情況複雜，既然捕快追查逃犯追到咱們府裡，眼看著人進了府，若是不抓到此人豈不是危險？何況大哥與當地官員的關係還是要維護的，那些人來自然不會是自己的意思，總要聽上層的指示吩咐，咱們若不讓他們搜查，又會得罪人，又會被人冠上個包庇罪犯的罪名。」

「你既說得出這些話，就是也覺得這些捕快來得不尋常。」蔣嫵冷銳的眼神掃向屋門前被風晃動的珠簾，冷笑道：「現在有沒有逃犯一事還不確定，怕就怕那些喊抓賊的才真的是賊。」

趙氏和唐氏聞言，都打了個寒顫。

霍廿一與霍大栓表情十分凝重。他們都知道霍十九出門之前，特地將三千營的精銳留下二十餘人，與侯府原本的護院和霍十九的侍衛死士一同輪流看守，其崗哨是經過霍十九精心佈置過的，若說蒼蠅是否飛得過去這不敢說，可一隻鳥兒是否有飛過，可是在監視的範圍之內的，更何況是逃犯那麼一個大活人，是否進了府裡來，難道護衛們看不見？

蔣嫵被趙氏一攔，如今也平靜幾分，略想了想，就道：「娘，妳們先留在屋裡，替我照看著七斤，我與爹和阿明去外頭商議商議應該怎麼辦。」

只要蔣嫵不單獨一人強出頭，與他們有商有量地行事能保證安全，趙氏和唐氏也就不多阻攔。畢竟霍十九如今不在家，蔣嫵是錦寧侯夫人，是皇上親口封的超一品誥命，那些捕快和當地的官員若要行事，好歹也會考慮一二。

蔣嫵讓乳娘將七斤抱來，交給趙氏和唐氏照顧著，又囑咐蔣嫣和霍初六帶著丫鬟們留在屋內，不要出去隨意走動，這才與霍大栓與霍廿一一起來到上房第一進的正屋。

下人手腳麻利地端了燭臺來。將屋內原本在夜幕下泛著幽藍的景物照亮，讓人瞧了，內心的忐忑似能被光明滌去一些。

霍大栓道：「嫵丫頭，妳是說咱不該去見那些捕快？可不去也不行啊。」

「去是要去的。」霍廿一道。「就是先要仔細問清楚情況再說。不如我先去見一見那些捕快，也好不讓人覺得失了禮數，爹和大嫂在此處將侍衛找來細問問？」

「不必如此。」蔣嫵站起身，緊了緊肩上搭著的水粉色小襖，道：「咱們侯府，又是霍英的宅子裡，就算對那些捕快冷淡點也是常情，難道還有人會指責咱們的不是嗎？阿明不必先去，那樣太危險。」

蔣嫵說著已經到了廊下，撩起簾子道：「去將侍衛叫來。」

聽雨頷首，疾步去了。

第四十七章　侯府遇襲

不多時，兩名漢子並肩而來，上了丹墀，在廊下隔著珠簾給屋內行禮。「小的參見老太爺、夫人、二老爺。」

「不必拘禮，請進來回話。」蔣嫵不等霍大栓與霍廿一開口，就已經先作答。

外頭的人和粗使的下人是不能進屋裡來回話的，蔣嫵對他們這般禮待，一則是她沒那麼根深蒂固的等級觀念，二則是因為這兩人中，一名是霍十九的死士，另一名是三千營中的校尉。前者跟著霍十九出生入死，後者是有軍銜的人，不過是聽焦忠義的吩咐才留下的，對外稱是護衛，可也不能虧待了人家。

蔣嫵吩咐人去上茶的工夫，兩人便已經進了屋，又一次給霍大栓和霍廿一、蔣嫵行過禮。

分別落坐，婢子上了茶，蔣嫵便單刀直入。「說是進來了一個逃犯？你們是守衛侯府安全的，是否有人進來你們應當清楚吧？」

「回夫人，屬下所帶領的弟兄們都沒有發現有人進來。」

「卑職也可以確定，根本就沒有人來。」那校尉語速平緩，但說出的內容卻是十分令人深思。「夫人，卑職覺得事情有蹊蹺。好端端的，為何我等都可以確定沒有人進府裡來，偏偏他們來人說眼看著逃犯翻牆入內呢？他們要搜查，若咱們不讓搜，或許會引起侯爺與地方官員之間的磨擦。」
霍大栓吧嗒著煙袋，道：「你們確定沒看錯？」
「老太爺，我們的確沒有看錯。如果真有的話，那個逃犯一定是個頂尖高手。」
蔣嫵擔心的就是這個，她沈吟片刻，道：「這樣，你們將所有侯府人手速速調集到容德齋去集中起來。侯府宅院太大了，若要藏個人恐怕也容易，不過在容德齋裡，咱們的人集中起來，那就不容易讓人混進來。」
霍廿一聞言道：「大嫂，這樣固然是好，可外頭那些下人們……」
「若真是有心人為之，咱們也就管不了那麼多了。」
兩名漢子同時起身道是。
蔣嫵略想了想，就在桌上擺開了茶碗茶壺，指頭蘸著茶水畫了一下容德齋大概的情況和應當布防的地點。兩人皆凝神傾聽，待最後安排妥當離開之時，二人臉上都有敬佩之色。
霍大栓見人走遠了，才問：「丫頭，既然裡頭沒事，咱這就去門口會會那些捕快吧。」
「不，門前太危險了。爹和阿明都不諳武藝，去了反而不好，還是我帶著幾個侍衛去前頭看看。」蔣嫵說著就站起身，將小襖脫了交給聽雨拿著，只穿了裡頭煙紫色的對襟盤領褙子，輕撫了一下右腿上綁縛的匕首，確定並無什麼累贅之處，就喚了聽雨要出去。
霍大栓哪裡放心，連忙阻攔。「嫵丫頭，妳這樣去不妥，妳身子還沒好呢。」
「爹，我沒事，又不是去打架的，不過為了安全考慮，您和阿明必須先回容德齋。」蔣嫵知道霍大栓的性子，怕他和霍廿一不放心跟來，又叫來兩名侍衛。「你們跟著，護送老太爺和二老爺回去。」

不再給霍大栓和霍廿一辯說的時間，蔣嫵已經帶了聽雨往前頭去了。

因走得急，手中燈籠燭火被風吹得明明滅滅，配以暗淡的天色和樹木的枝椏投射在青石地磚上的陰影，就顯得氣氛愈加詭異。

聽雨緊張地道：「夫人，要不要再安排幾個人跟著您？」

「不必，人多了反而是咱們的累贅，再說我也不過是防範罷了，情況原本也沒這麼複雜。阿英不在家，我寧可小題大做也不能讓他們有危險，否則我哪裡有臉見侯爺。」

聽雨笑道：「夫人對侯爺的心天地可鑑。」

到了大門前，還未走出角門，就聽見門前一陣吵鬧。

「來了這麼久，當我等都是沒事吃飽撐著，來侯府門口吹冷風的嗎？進都不讓進，像個什麼話！」

「幾位息怒，已經有人進去通傳了。」

「侯府就是再大，傳個話而已，人爬著來回也該回來了吧！」

門子和護院已不知道該如何阻攔，恰聽聞一聲低柔慵懶的女聲。「若是小子們，爬著走也是快的，可惜我要親自來瞧瞧，走得慢了些，還望幾位恕罪。」

先是一名容貌極美的婢女提著燈籠出了門。只見她柳腰纖細，步態輕盈，面容姣好，皮膚白皙，就讓幾個人看得心頭漏跳了幾拍。

隨後便是一名穿了煙紫色褙子、體態纖柔的女子戴了白紗帷帽緩步出來。

尚且來不及欣賞其走路時裙襬款款、纖腰楚楚，她便已經開口。「既是衙門裡的人，要追拿逃犯，也不是不可以進侯府的。」

「夫人。」下人們都行禮。

捕快來了約莫十二、三人，聞言面面相覷。

為首一人笑道：「這位便是錦寧侯夫人？果真是知書達禮。」說著揮手就要帶人進去。

蔣嫵攔在門前，笑道：「慢著。你們既然要來搜查侯府，上頭總該有個允准搜查的公文吧？搜查令呢？」

「既是追拿逃犯至此，急急忙忙擔憂逃犯侵擾侯府內安寧，我們哪裡還有工夫去請令？夫人既然說到這個，待咱們抓了逃犯，回頭再將令給您送來吧。您是不知道，那逃犯是個江洋大盜，專門做那些殺人扒皮的勾當，還是個見色起意的主兒。若是被他瞧見了夫人的好樣貌，豈不是危險？」

聽雨聽著這人的話，就覺得有些不著調。怎麼聽都覺得此人言語中有調戲之意。

她方要開口，蔣嫵已先一步擺手打斷了她，道：「多謝你掛心，不過沒有文書，我是不會放你們入府的。」

十幾名捕快早就在府門前等了許久，被蔣嫵攔住，就都失去耐心似的，七嘴八舌地叫罵起來。「咱們也是為了侯府的安危，難道大晚上就是來這裡吃閉門羹的？」

「若不是看在錦寧侯的分上，妳當我們願意來？」

「夫人是女流之輩，不要因一點短見就耽擱了大事，若是真出了事，妳負責得了嗎？」

捕快們個個都是高大的中年漢子，又有北方人特有的魁梧與豪氣，說起話來粗聲粗氣，底氣十足，七嘴八舌的抱怨，竟堪比寺廟裡撞鐘一般震得人耳朵裡嗡嗡地響，聽雨雖會功夫，但也是個嬌滴滴的女兒家，被這幾人吼得心裡發顫。

侯府門前的幾名小廝和護衛見狀，皆為憤然，門子高聲呵斥道：「你們算是什麼東西，膽敢與我們夫人如此高聲說話！夫人肯親自來見是給你們臉面，你們可別給臉不要臉！」

「爺說話，有你個狗腿子什麼事！」為首那名捕快說著就拔出佩刀。

見他如此，後頭幾人也將佩刀拔出了一半。冷兵器出鞘時的磨擦聲刺激著耳膜，讓人聽來背脊上寒毛直豎。

門子縱然再忠心耿耿，夜色中雪亮的兵刃依舊是刺激得他腳底心生寒，語氣一窒，一時做不出反應。

幾名護衛已護在蔣嫵與聽雨身前。兩相對峙之下，蔣嫵一方明顯處於弱勢。

藏身於暗中的十餘名黑衣蒙面的漢子一時間都看向為首的那人。雖未有言語交流，只見為首之人搖了搖頭，十餘人便又繼續潛伏在原處，並未有任何動作。

蔣嫵方才出門時，在面前這些人的吵嚷之下，根本聽不到其他聲音，可這會兒側耳傾聽，她便察覺四周牆後、屋頂，至少潛伏了十多人！且從這些人的氣息看來，必定都是身懷內家功夫的高手。

蔣嫵的內心便有些擔憂。如今情勢已經十分複雜，一則她不確定，那個所謂的「逃犯」是否在府中，也不知那「逃犯」的功夫深淺。二則，她面前的捕快都是假冒的，因為這些人的口音聽來，雖竭力模仿當地人，卻還是聽得出有京都腔。當初皇上親派了知府來，曾與霍十九上報過，當地原本的那些官員都繼續留用，是以捕快這些人應當都是錦州人。三則，她不知道埋伏在暗處的人是誰的同夥，是捕快一流，還是逃犯同夥，還是根本沒有逃犯……

蔣嫵如此想著，也不過是轉念之間就拿定了主意。

她抬起素手，指頭在煙紫色錦緞褙子的映襯之下，宛若白玉雕琢。緩緩摘落帷帽，在眾人短暫愣怔時，杏眼掃過四周，大約已確定了另外十餘人藏身之處。隨後她對方才大吵大嚷、這會兒都有些呆愣的漢子們淺淡一笑。

「各位不必如此焦急，既然那逃犯是無惡不作的歹徒，各位又是捉拿情切，即便這會兒沒有帶了文書來也是情有可原。還有勞各位，定要保護我侯府安全才是。」

回頭吩咐小廝。「開門，請幾位大人進府。」

「是。」

小廝雖猶豫，覺得這些人凶神惡煞的，言語上又有些不著邊，十分可疑，但蔣嫵既然吩咐，他們也只得照辦，回身去開了側門。

眾捕快見蔣嫵明豔的面龐上那客氣的笑容，就知她畢竟是年輕女子，沒見過這等大世面，一定是被嚇怕了才惶恐地讓他們入府去搜查，就魚貫著進門。

蔣嫵與眾侍衛則隨後而入。在側門關上的一瞬，蔣嫵對著幾名護衛使了個眼色。

幾人十分詫異，交換了眼神之後，才跟上捕快們，另有兩人特意遲了幾步，到了蔣嫵身前。

蔣嫵道：「待會兒到了正廳，就將院門關嚴，絕不能讓這些人離開正院接近容德齋。」

「夫人，這是……」

「這些人都是假冒的捕快，待會兒去容德齋告訴一聲，一定要加倍小心，嚴密防守。」

蔣嫵不再多言，已經將帷帽隨手丟在角落，快步跟了上去。

聽雨的心都提到了嗓子眼，壓低聲音道：「照夫人說的做，快！」

「是！」這兩人不再遲疑，分別從兩個方向往前院的側門處去吩咐。

距離容德齋近一些的那人吩咐了個小廝，飛快地往容德齋那處的護衛頭領處傳蔣嫵的話，一定要嚴密防守，不許一人攻入。

蔣嫵與三名護衛、聽雨一同跟隨十幾名捕快到了前院，在院門前，便吩咐小廝不必伺候。

待一行人進了院門，方走到院落中央，身後的院門就吱嘎一聲被關了起來，負責關門的護衛快步跑到蔣嫵身旁站定。

捕快們紛紛駐足回頭，看著蔣嫵身旁不過只有四名侍衛和一個丫頭，竟這般拉開了架勢，難免覺得有些好笑。

「怎麼，夫人是要讓這幾頭蒜來拿住我們不成？」

蔣嫵上前兩步，劍眉下一雙杏眼熠熠生輝，似笑非笑道：「這樣的語氣，難道幾位演不下去了？」

「是不需要演了。」為首之人冷哼一聲拔出了佩刀。「給我殺！」

鏘——

冷兵器齊齊出鞘之聲，彷彿銼刀磨人的骨頭一樣，讓人不寒而慄。

四名侍衛剛要亮兵刃護著蔣嫵，就只看到眼前人影一閃。

煙紫色的錦緞褙子，在月色之下泛著幽藍的光，彷彿一道迅猛的閃電，轉瞬就衝到了「捕快」中間，只見她右手不知何時伸出一把匕首刺入一人心窩，那人尚且反應不及，匕首已經拔出。

鮮血噴濺的同時，她左手已掐住另一人咽喉，一用力，只聽得輕微的「喀」聲，那人口吐鮮血，癱軟在地，是被硬生生掐斷了咽喉，在他倒地的瞬間，匕首已又劃過另一人的脖頸。

頃刻間，奪去三條人命。

而「捕快」們根本沒來得及反應，就連蔣嫵身後的四名侍衛和聽雨都還沒來得及衝上去。

好快的動作！

不，是快在節奏！

本就高於常人的速度，又有恰到好處、天衣無縫的節奏把握，是以在敵人愣神之際，已倒了人。

剛來到牆頭伏身的十餘名漢子皆為之動容，詢問地看向為首那人。

為首之人猶豫著，又搖了搖頭，十人又沒動。

蔣嫵眼角餘光，已發現牆上頃刻多了十多個看客，內心大為震動，可她抽身退步，另四位侍衛添補上與剩餘的捕快戰在一處時，卻並未見牆頭之人有動作。

蔣嫵不禁奇怪，來人到底是敵是友？

若是黃雀在後的敵人，那可就麻煩了。

扶著肋骨處喘了幾口氣，蔣嫵又一次加入戰團，斃了兩人，隨後便又退了出來，輕撫著那被貫穿一箭的傷處，額頭鬢角已沁出細汗。

牆頭之人將她臉上晶瑩的汗珠和蒼白的臉色看得分明，知她的確是體力不濟。若擱在從前，區區十幾個莽夫，她哪裡會在乎？

就在四名護衛陷入苦戰，蔣嫵預備再度衝入重圍之際，牆頭上的黑衣人突然有了動作。有八人參入戰團，「捕快」們立即陷入劣勢。而兩名黑衣人，護著另外一名沒有佩刀劍的蒙面壯碩男子，徑直走向蔣嫵。

聽雨便擋在蔣嫵面前。「什麼人！」

蔣嫵拉著聽雨的手，讓她站到自己身後，道：「別擔心，自己人。」

說著看向局面已經一邊倒的戰局。

剩餘的捕快，在黑衣人的幫助下，紛紛被生擒。

聽雨鬆了一大口氣，好奇地看了看蔣嫵。

蔣嫵便低聲道：「達公子可是特地前來？」

為首的蒙面漢子正是文達佳琿，他依舊蒙著面，負手站在她身旁，答非所問。「妳果真受傷了。」他方才看到她捂著肋下。

蔣嫵道：「不礙事，已經痊癒了，我現在雖不能力敵千軍萬馬，不過護著家人倒是不成問題，要拿下你更是易如反掌。」

「大膽！」文達佳琿身旁的護衛聞言厲目斥責。

文達佳琿卻是輕笑著擺擺手，示意護衛退下。「我知道，手下敗將，哪裡敢在妳跟前炸毛。妳就老老實實地安分養傷，別再累著了，看妳出的這些虛汗。」

侍衛詫異，聽雨更詫異，這語氣……

蔣嫵不言語，丟下他，提著匕首走向被按在地上的「捕快」。

「誰派你們來的！」

餘下幾人都受了傷，卻不致命，看著蔣嫵的眼神都有冷銳指責之意，閉口不言。

蔣嫵將匕首隨意在一個屍體上蹭了蹭，隨即在指尖挽開了銀色的刀花，冷笑道：「你們別以為不開口，我就沒法子讓你們開口。」

方才目睹蔣嫵出手的四名侍衛，這會兒都對蔣嫵更加恭敬了。「夫人，屬下們將他們帶去審問。」

「呸！走狗！」為首的那捕快彷彿沈不住氣，憤然大罵道：「奸人身邊養賤人！你們沒有好下場！」

話音方落，這人已嘴角淌血，瞪圓雙目癱軟在地。

「不好，快卸了他們下頜！」

黑衣人眼明手快，不等蔣嫵話說完，已經動了手，只是還是有幾個動作快的，與方才那人一樣吐出黑血，抽搐而亡，存活的就只剩下兩個。

蔣嫵鬆了口氣，道：「你們將這兩個拿了，給我綁結實點，若是丟了，你們知道後果。」

侍衛忙道是，有人指著地上的屍首，問：「這些人呢？」

「先不必理會，暫時拖到角落去。」

蔣嫵說著話，已提著匕首往容德齋方向去了。

文達佳琿便帶著十名侍衛緊跟在蔣嫵身後，一路出了前廳後門，走上前往內宅的悠長巷子。

「蔣嫵，妳要做什麼？」

「據說有逃犯潛入了府中，現在這個人是否還在，尚且不能確定。」

「保不齊是那些人胡謅，就是為了藉口進來呢？只不過妳冰雪聰明，識破了他們的計策，還來了個甕中捉鱉。」文達佳琿語氣輕快。

蔣嫵搖頭，剛要說話，卻見前方有橘紅色的火光照亮了天空。

蔣嫵心頭大動，那分明是容德齋的方向！

那樣多的侍衛和死士，還有三千營的精銳二十人，竟然守不住一個小小的容德齋！

蔣嫵提裙襬拔足狂奔。

「夫人！」聽雨與跟隨在一旁的兩名侍衛也都飛奔著追了上去。

文達佳琿笑容瞬斂，銳利的眼神一掃身後隨行侍衛，那些人便齊齊打前陣，八人飛躥著向火光來源之處趕去，餘下兩人緊跟著文達佳琿，快步追趕著蔣嫵的步伐。

才轉了個彎，文達佳琿的腳步減緩。

他眼看著蔣嫵煙紫色的嬌小身影直奔著一面高牆而去，騰身躍起時提起裙襬，兩步蹬著牆壁，隨後雙手扶著牆頭，雙臂一撐，身子就已輕飄飄越了過去。雖是手腳並用，姿勢卻輕靈如燕，十分瀟灑美妙，速度也絲毫不比輕功遜色。

這種「不走尋常路」的功夫，他自然不如蔣嫵，輕功是會的，可他擅長的是戰場上殺敵，馬上用長兵刃，大開大合的招式。

一咬牙，斷然不能在這個節骨眼上鬆懈，文達佳琿也衝上前去越過牆頭，直奔著火光處，今兒要是讓侯府中任何一個主子出什麼意外，他的腦袋瓜子大可以摘了，掛在褲襠裡了。

他要護的女人，還沒人能動得了！

蔣嫵這廂飛簷走壁，頂著一口氣來到容德齋院外，此時兵刃相交、喊打喊殺的聲音和僕婢們高喊著滅火的聲音，形成一片人間煉獄的場面。火光沖天，她距離牆壁尚且有一段距離，依然能感覺到熱浪陣陣湧來。

她的孩子、她的母親和姊妹，還有她丈夫的家人都在裡面！

蔣嫵已赤紅了雙眼，再也顧不得許多，提氣衝向院牆。

「夫人，您還是留在外面！」緊隨蔣嫵趕來的是文達佳琿的侍衛。

然而這些漢子七言八語的阻攔，蔣嫵根本聽不見，不管不顧地翻過牆頭。

八人緊忙跟上。這位可是陛下在乎的人，要是在他們眼皮子底下出了事，回頭砍了他們腦袋都不夠賠的。

蔣嫵與八名侍衛先後到了院中，只見正屋已燃起火光，僕婢們用臉盆、木桶盛水滅火，可那火明顯是有人淋了油的，一時半刻哪裡能熄滅。

霍大栓和霍廿一一人手裡提著門閂，一人手裡握著鋼刀，一前一後將趙氏、唐氏、蔣嫣、蔣嬌和霍初六擋在身後，周邊是十餘名護衛，正在與黑衣刺客拚殺。

前後院門處，各有十多名黑衣蒙面的刺客被攔截，人人手持錦衣衛特有的繡春刀，阻攔逃亡去路。侯府的侍衛、霍十九養的死士以及三千營的二十名精銳，除了一部分保護著霍大栓等人，其餘人都在攻擊前後門方向，咬牙殺出一條血路。

遍地是屍首，死的有僕婦，也有侍衛，七斤的乳娘也在其中。

蔣嫵一眼就看到了那個還不滿二十歲的少婦身首異處的屍體，心裡就像是被誰擰了一把。她反握匕首，擋開攻向她的長刀，八名金國漢子也都參入戰團，為她劈開一條通往院落當中的血路。

趙氏等人在蔣嫵翻牆進來時就已看到了她，眼看著她衝向這方，心都提到了嗓子眼，在她安全到達近前時才鬆了口氣。

「娘，妳們沒事吧？七斤呢？」

「七斤在呢，在呢！」趙氏展開衣襟，七斤穿了身小紅襖，眨巴著大眼睛趴在祖母的懷裡，毫髮無傷。

蔣嫵環視一周，見一家人身上髒污十分狼狽，卻都無恙，這才鬆了口氣。「我看到七斤的乳母……」

「那丫頭是忠心護主，替七斤挨了一刀，否則七斤……」唐氏哽咽了。

他們所有人都只是尋常平頭百姓，就算家裡有做官的，可也沒見過這種場面。如今滿地橫屍，火光沖天，血腥刺鼻又九死一生的局面，著實讓眾人心都懸著。

蔣嫵沈默，隨即道：「這樣不成，我看那火一時半刻是撲不滅的，來人又個個武藝高強，咱們的人雖然能夠支撐，但火勢萬一控制不住，咱們不是被燒死就是被嗆死，必須要突圍出去。」

「夫人，卑職一定會護送你們出去，絕不辜負焦將軍的信任和侯爺的囑託！」三千營留守的校尉揮刀擋開一刺客的攻擊。

蔣嫵感激，誠懇地道：「有勞你帶人繼續保護我的家人。」說話間撿起一把鋼刀握在左手裡。

「嫵兒，妳做什麼，妳別去添亂！」唐氏最是瞭解女兒，見蔣嫵那樣的神色，就知她是要去摻和一腳，連忙伸手去拉扯。

可唐氏動作再快，哪裡能攔住蔣嫵？手還未碰到蔣嫵的袖子，蔣嫵已經閃到一名距離最近的刺客跟前，以左手鋼刀劈砍，卻被那刺客閃躲開，隨即不要命似地黏上，在繡春刀距離她脖頸僅有三寸時，她右手的匕首割斷了刺客的喉嚨。殷紅的熱血就那樣在眾人眼前噴射出來，甚至濺在蔣嫣的臉上。

屍體轟然倒地。

蔣嫣高聲尖叫。

唐氏目瞪口呆……

蔣嫵高聲道：「今日不留活口，膽敢來犯者，殺無赦！」氣勢凜凜，殺氣重重。

蒙面的金國勇士立即唱和。「夫人有令，來犯者不留活口，殺無赦！」

「是！」侍衛等人士氣大增，高聲應是。

文達佳琿與聽雨等人翻過院牆時，正聽到這一聲呵斥。

聽雨和兩名侍衛忙去保護霍大栓一眾主子。

文達佳琿則與侍衛和蔣嫵會合。

蔣嫵卻道：「你去後面，別在這裡礙事！」話音未落，人已閃走，到了前門混戰之處。

文達佳琿無語凝噎，他是來幫忙的，怎麼就礙事了……

「主子，您還是不要靠前。」兩名侍衛卻極為贊同蔣嫵的說法，一同護著他們的皇帝陛下退到霍大栓等人所在之處，躲避著沖天火光帶來的一道道熱浪。

混亂之中，兩方尚且來不及打個招呼，因為霍大栓、趙氏、唐氏等人的眼神都聚集在蔣嫵身上。

火光照得院中亮如白晝，她身上上等的煙紫錦緞褙子反射著光亮，彷彿她整個人都會發光。她的身手迅猛如一隻矯捷的小豹子，左手鋼刀，右手匕首，劈砍、刺殺之事對她恍若一曲舞蹈，喊殺與慘叫就是伴奏。只見她曼妙嬌柔的身形輾轉，裙襬綻開一朵燦爛夏花，敵人的熱血就噴濺上她的臉頰，將她白皙又冰冷如玉的面頰點綴上詭異妖冶的痕跡。

「咱家嫵丫頭，真、真他娘的厲害！」霍大栓知道蔣嫵會功夫，可他還是第一次見到她大展身手。

霍廿一吞了口口水，愣愣地點頭。聽說是一回事，可真正看到這等場面又是另外一回事。看著他那平日裡嬌滴滴的大嫂如今竟變成厲鬼一般，砍瓜切菜地收割性命。他終於明白為何話本裡的鬼都是美女了，因為只有美女，在這等森寒如地獄的場面之中，露出那副冰冷無謂的表情，才更加讓人恐懼。

唐氏和蔣嫣依舊呆愣著……

有蔣嫵與那八名金國勇士的加入，院中情勢就呈了一邊倒的優勢。

匕首刺入一人胸口之時，那人雙手抓住蔣嫵即將拔出的刀刃，惡狠狠道：「賤、賤人，虧得大人還說要見機行事救妳們姊妹出去，原來妳早就有預謀，投靠了奸臣！」

蔣嫵聞言，只覺有人在她耳邊放了一掛爆竹似的，震得她耳朵裡轟隆直響。

「你說什麼？你們不是錦衣衛的人？」

那人嘴角淌出的鮮血，沾濕了蒙面的黑布，身體也軟倒下去。

蔣嫵卻並未馬上拔出匕首，而是順勢蹲在他身畔，抓住那人的領子將人提了起來。「你說什麼！你再說一次！」

那人眼神已經渙散。

「蔣嫵！」

身後傳來一聲低沈雄壯的呵斥，隨後蔣嫵便被拉開。

匕首還插在那刺客的胸口，蔣嫵已被文達佳琿護在臂彎中退後了四、五步。

文達佳琿的左臂上開了一道長長的血口子，低沈焦急的聲音就在耳畔。「妳怎麼回事！這是戰場，哪由得妳發呆？」

「主子，您怎樣！」兩名侍衛砍倒了方才那突襲的刺客，都緊張愧疚地護在文達佳琿身側。

不是他們疏忽，而是剛才文達佳琿的動作實在太快，根本不給他們反應的時間。

文達佳琿搖頭。「無事。」

蔣嫵回過神，道：「你受傷了？」轉身離開他的懷抱。

文達佳琿一瞬便覺傷感，懷中空了，讓他心裡也空蕩蕩的。

「無礙，妳怎樣？方才為何發呆？」

蔣嫵抿唇，搖了搖頭。

文達佳琿隱約猜到了什麼，便不再追問，指著正門處道：「趁著這會兒，趕快讓人都出去。」

蔣嫵忙去拔出匕首握在手裡，與校尉、侍衛等人一同護著家人退出容德齋。

院內的殺戮已接近尾聲，刺客彷彿個個都不要性命一般，到最後見露出敗跡，竟都服毒自盡。

大火燒得噼噼啪啪，又是在秋季乾燥的季節，最是容易發生火患的時候，水龍局的人見是侯府發生這樣大的火災，立即就派人來。

在緊忙撲火的同時，院中的屍體也都一併被抬了出來，在前頭正院裡整齊地擺放。其中，刺客與侯府死去的下人又分開來。

看著整齊擺放的屍首，霍大栓臉色慘白，霍廿一則捂著嘴一陣乾嘔。

一整晚的驚魂未定，他都沒有時間來得及去多想，這會兒精神鬆懈下來，刺鼻的焦味與血腥味混雜著，當真是讓連殺隻雞都不敢的霍廿一忍耐到了極限，奔到一旁扶著牆角大吐特吐。

他這一吐，令霍大栓險些沒忍住也吐出來。

而在屋裡的蔣嬌早已經嚇得嗚嗚大哭，趙氏、唐氏、蔣嫣和霍初六幾人也跟著一同抹眼淚。

蔣嫵臉上、身上都是血污，匕首還反握在右手，在死人堆裡巡視了一周，回頭道：「爹，您也累了，這會兒和阿明先去歇著吧。我怕府裡不安全，今兒個大家就聚在一起將就一夜。」

「我不累，我啥都沒做，哪裡就累了，倒是妳，殺……那個，辛苦得很。」霍大栓又吞口唾沫，只覺得連「殺人」這個詞說出來，都會讓他聯想到剛才那些場面——好端端的人，腦袋就飛了，脖子上空出個血窟窿咕嚕嚕地冒血，還有跑著跑著，一刀就從肚子裡穿出來，攪出個大口子，腸子都流下來……

霍大栓終於受不了，也去吐了。

蔣嫵搖了搖頭，回頭吩咐一旁相互攙扶著的侍衛們。「今日諸位辛苦了，幫襯侯府度此浩劫，妾感激不盡。」

「夫人言重了！」

侍衛們以及霍十九的死士方才都見識了蔣嫵的身手，許是強者惜強者，這會兒對她又多了幾分尊重。三千營的人更是早就知道蔣嫵的厲害，如今也都目光灼灼地等她吩咐。

蔣嫵便道：「受了傷的，先去找郎中裹傷開藥。其餘的兄弟還要再堅持堅持，分作兩班，輪流值夜，至於死者，必會厚葬，也會好生安頓家人，今日在場所有人，皆有厚賞。」

「多謝夫人！」眾人再次拱手行禮，隨即退下去了。

蔣嫵便安排了人清點屍首，連同方才在前頭殺了的假捕快、後頭的刺客，以及今日遇害的府中下人和殉職的侍衛們，都要列出一張單子，尤其是府裡的人，家裡情況都要回稟清楚，尚有家屬可尋的，還要去通知一聲來認領屍首並加以撫恤。

蔣嫵尤其厚葬了七斤的乳娘陳氏，還安排人好生安頓其家人。

將這一切都安排妥當後，已經過了兩個時辰。

後頭的大火終於撲滅了，天空也漸漸泛起了魚肚白。

——未完，待續，請看文創風338《嫵妹當道》4

2015年9月出版

閨女好辛苦

文創風 333～334

晏家有女初長成……疏洪救災、上陣殺敵——
別人家閨女學的是刺繡女紅、女訓女誡；
她學的卻是禮樂官制、射御書數，
今生不想再當嬌嬌女，她要自立自強！

願如樑上燕，歲歲常相見／淺畫眉

晏雉自幼爹不疼、娘不愛，被長嫂虐待卻無人聞問，
為了家族，她被迫嫁給豪門浪蕩子為妻，飽受欺凌。
如今生命即將走到盡頭，她不恨不怨，
只是格外想念家中後院的秋千，想念幼時的燦爛春光……
當她發現自己竟回到記憶中的春日時，滿心失而復得的快樂。
機緣巧合下，她與兄長同時拜入名士門下，
每日學習的不是婦德婦功，而是兵法騎射、治國策論。
不甘心受困閨閣之中，膽大心細的她隨兄長赴任，
搶救災民、懲治貪官，打響了晏家四娘的名頭。
她知道，在外人眼中她離經叛道，
收留逃奴須彌，更與他過從甚密，全然不在意女子名節。
那些耳語她一律拋在腦後，
這一生，她決心只為自己而活！

2015年8月出版

閒婦好逑

文創風 319～321

貴為國公府的嫡長孫女，
雙親卻是公認的「重量級」廢柴組合，怎不悲劇？
即使眾人都看衰他們大房，但她相信天助自助者，
來自現代的她還是有信心能幫襯爹娘，讓爹娘帶她上道……

寧負京華，許卿天涯／花月薰

親爹高富帥、親娘白富美……這都跟她穿越投胎沾不上邊，
想她蔣夢瑤一出世，雙親就是「重量級的廢柴雙絕」，
親爹雖是大房子孫，卻在國公府中受盡苦待，還遭逐出府。
好在這看似不靠譜的雙親很是給力，
親爹繼承國公爺的衣缽從戎去，親娘經商賺得盆滿缽滿。
好不容易他們一家人熬出頭，
不料，她的婚事卻被老太君和嬸娘們給惦記上，
她剛機智地化解一場烏龍逼婚、相看親事的戲碼，
受盡榮寵的祁王高博後腳就登門來求娶，
猶記兩人初見是不打不相識，之後竟還越看越順眼……
怎知才提親不久，高博就被聖上褫奪祁王封號、流放關外？!
也罷，既嫁之則隨之，脫離這繁華拘束的安京，
只要夫妻同心，哪怕是粗茶淡飯也是幸福的……

為流浪貓狗加油 和貓寶貝 狗寶貝

廝守終生(一定要終生喔！)的幸福機會

對人來說，貓寶貝狗寶貝只是生活的一部分，
但妳（你）對牠們來說，卻是生活的全部，領養前請一定要考慮清楚——

▲ 活潑乖巧的帥哥小黑！

性　　別：小男生
品　　種：米克斯
年　　紀：大約3、4個月大
個　　性：活力十足
健康狀況：已結紮，已施打第一劑預防針，也有體內驅蟲
目前住所：屏東縣九如鄉（中途之家）

本期資料來源：http://www.meetpets.org.tw/content/61330

『小黑』的故事：

與小黑相遇在某個下雨的午後。那時在路邊停車，看到想躲雨的牠不停被人用棍子驅趕，只因為牠身上多處掉毛，被認為會帶來跳蚤。看到牠已然被逼到角落的盆栽堆躲起來，但驅趕的人依然不放棄，執意拿著棍子在一旁等牠出來。我跟先生看不下去，只好先用紙箱將牠帶走，以免牠繼續被打。

大概知道我們是來救牠的，在我們抓起牠時，小黑完全沒掙扎。讓我們不禁慶幸，還好牠沒因為被排斥嫌惡而失去對人的信任。回程路上，牠可能累了，更是一直乖乖待在箱子裡睡覺，不吵也不鬧。

剛撿到牠時，牠患有脂漏性皮膚炎，全身的毛幾乎掉了一半以上，是名符其實的癩痢狗。不過除此之外，小黑健康狀況良好，並無其他問題。而經過幾個星期的治療後，皮膚炎就幾乎痊癒了，毛髮恢復牠應有的烏黑亮麗。然而由於家住大樓，且已有一貓，還有一個一歲多小孩和即將卸貨的孕婦，讓我們無暇照顧牠。於是目前只能先將牠安置在熟識的動物醫院中。

我們如果有空都會去帶牠出門散步放風。小黑個性活潑，也正是好動的年紀，所以吃飯很急，幾乎餐餐秒殺。不過帶牠散步還算輕鬆，只要有牽繩牠就會乖乖跟人走，相信只要好好訓練，牠會是很適合相伴的小家人。近期便會帶牠去中途之家，衷心希望帥氣活潑的小黑能等到有緣人，給牠一個溫暖的家。有意者，歡迎來信wupingho@seed.net.tw(何小姐)。

認養資格：

1. 認養者須年滿20歲，有獨立經濟能力，並獲得家人與同住室友或房東的同意。
2. 學生情侶或單獨在外租屋的學生，須提出絕不棄養的保證。
3. 同意送養人後續之追蹤探訪，希望偶爾能照相讓送養人看看，對待小黑不離不棄。

來信請說明：

a. 個人基本資料：姓名、性別、年齡、家庭狀況、職業與經濟來源等。
b. 想認養「小黑」的理由。
c. 過去養寵物的經驗，及簡介一下您的飼養環境。
d. 若未來有當兵、結婚、懷孕、畢業、出國或搬家等計劃，將如何安置「小黑」？

嫵妹當道 3

國家圖書館出版品預行編目資料

嫵妹當道 / 朱弦詠嘆著. --
初版. -- 臺北市 : 狗屋, 2015.10
冊 ; 公分. --（文創風）
ISBN 978-986-328-506-9（第3冊：平裝）. --

857.7　　104014035

著作者	朱弦詠嘆
編輯	黃鈺菁
校對	黃薇霓　馮佳美
發行所	狗屋出版社有限公司
地址	台北市104中山區龍江路71巷15號1樓
電話	02-2776-5889～0
發行字號	局版台業字845號
法律顧問	蕭雄淋律師
總經銷	知遠文化事業有限公司
電話	02-2664-8800
初版	2015年10月
國際書碼	ISBN-13　978-986-328-506-9
原著書名	《毒女当嫁》，由中國風語版權經紀工作室授權出版

定價250元

狗屋劃撥帳號：19001626

網址：love.doghouse.com.tw　E-mail：love@doghouse.com.tw